Klaus Maria Dechant

MORDSEIER

Michaela Cordes #2

Klaus Maria Dechant

MORDSEIER

Michaela Cordes #2

Kriminalroman

Die Handlung und alle in diesem Buch auftretenden Personen sind frei erfunden. Ähnlichkeiten mit noch lebenden oder bereits verstorbenen Menschen sind rein zufällig. Bezüge zu tatsächlichen, bedeutenden staats- oder weltpolitischen Ereignissen dienen lediglich der zeitlichen Einordnung der Handlung.

Dieses Werk ist urheberrechtlich geschützt. Jede Verwertung, die über die Grenzen des Urheberrechtsgesetzes hinausgeht, ist unzulässig und strafbar. Dies gilt insbesondere für Vervielfältigungen, Übersetzungen, Mikroverfilmungen sowie die Speicherung in elektronischen Systemen.

1. Auflage
Neuausgabe 2021
Copyright © 2019 by Klaus Maria Dechant / www.klaus-maria-dechant.de
Copyright © dieser Ausgabe 2021
Early-Bird-Books, Hauptstraße 156, 68799 Reilingen.
(Erstveröffentlichung im Südwestbuch Verlag, Waiblingen, Oktober 2019.)
Titelgestaltung und Satz: CreativeCommunications, Reilingen.
Titelbild: iStock by Getty Images, CHBD
Lektorat/ Korrektorat: Ingeborg Dosch, Leimen.
Druck und Bindung: CPI books GmbH
ISBN 978-3-98576-001-5

www.early-bird-books.de

Für meinen geliebten Vater Heinz Franz Peter Dechant
† 08.04.2011

*Was aus Liebe getan wird, geschieht immer
jenseits von Gut und Böse.*

Friedrich Wilhelm Nietzsche

1 Herr Rossi

Die Vormittagssonne brannte unerbittlich auf den toten, steifen Körper. Das Blut war zum Teil in dem sandigen Boden versickert, zum Teil an der Oberfläche getrocknet. Der abgetrennte Kopf lag abseits und dörrte in der ungewöhnlich frühen Hitze vor sich hin.

Herr Rossi war der ganze Stolz des Quartiers gewesen. Attraktiv, majestätisch und äußerst beliebt bei den Damen, die seine Virilität ebenso schätzten wie das Wissen, immer vor allem beschützt zu sein.

Die Herren hielten sich eher fern. Nicht etwa aus Angst. Purer Respekt war es, den Herr Rossi sich mit seiner Kraft, seinem Charisma und seinem beneidenswerten Äußeren redlich verdient hatte.

Niemand hätte es je gewagt, dieser Ausgeburt der Männlichkeit zu nah zu kommen. Huldvoll und prätentiös hatte er tagein, tagaus sein Quartier abgeschritten und hoffärtig seine Vormachtstellung zur Schau getragen.

Bis heute.

Unbekannte Frevler hatten es in den frühen Morgenstunden gewagt, in das Revier des Herrn Rossi einzudringen. Feige hatten sie ihn überrascht bei der morgendlichen Begattung, hatten den begnadeten Körper wüst und brutal vom Leib seiner Begierde gerissen. Dann hatten sie ihm den Kopf vom Rumpf getrennt und die Teile des Leichnams, unwürdig eines Herrschers, im Dreck liegen lassen.

Dieses Ende auf dem Zenit seines Lebens hatte Herr Rossi nicht verdient. Er war wahrlich ein stolzer Hahn gewesen.

Der erste Tag

2 Revier Schwetzingen, Montag, 10. Juli, 9.00 Uhr

Die Gewitterfront hatte sich schon am Sonntagabend langsam, aber bedrohlich von Westen her über die Kurpfalz geschoben und die Hitze der zurückliegenden Woche mit heftigen Windböen vertrieben. Die Nacht war ruhig geblieben. Als würden die Wolken noch auf jemanden oder etwas warten, verharrten sie bis zum frühen Morgen.

Michi fingerte nach dem Lichtschalter, und die sechs Neonröhren, die in Zweiergruppen unter der vier Meter hohen Decke des Altbaus hingen, starteten eine nach der anderen. Mit ihrem kalten Licht ließen sie das triste Büro noch trister erscheinen. Der Regen klatschte gegen die Sprossenfenster, als wollte er sie eindrücken. Obwohl Charly erst einmal, und das vor einem halben Jahr, in diesem Büro gewesen war, verkrümelte sich der Dreibeiner mit einer verblüffenden Selbstverständlichkeit unter den ältlichen Metallschreibtisch.

Michi kam gar nicht dazu, die karierte Hundedecke rechtzeitig von der hellblauen Plastikschüssel zu nehmen, in die sie im Dezember ein paar Habseligkeiten von ihrem Schreibtisch achtlos hineingeworfen hatte. Das rot gerahmte Foto ihrer Eltern, die Reserveflasche Ballistol, ihr privates Heftgerät und natürlich das Namensschild ‚KOK Cordes'. Letzteres warf sie direkt in den Müll. Im Laufe des Tages, so hatte man ihr versichert, würde das neue Schild geliefert, das sie als Kriminalhauptkommissarin auswies. Langsam ließ sie sich in ihren alten Bürostuhl sinken und starrte an die Decke. Als wolle sie nochmals prüfen, ob ihre Entscheidung richtig gewesen war, in den Polizeidienst zurückzukehren, wippte sie den Sessel vor und zurück.

»Frau Hauptkommissarin?«

Charly knurrte und schaffte es, dass der blässliche junge Mann in der Tür stehen blieb und außer dem Kopf lediglich die rechte Schulter sichtbar in den Raum hielt.

»Richter! Mein Gott, lernen Sie doch endlich mal anzuklopfen. Sie erschrecken einen ja zu Tode. Charly, alles gut.« Der Hund stellte das Knurren ein, ließ den jungen Beamten aber keine Sekunde aus den Augen.

»Wie zum Teufel haben Sie DAS denn geschafft?« Michi glotzte indigniert auf die vier Sterne auf der Schulterklappe.

Martin Richter grinste stolz und wippte seine Epaulette. »Ach, der vierte Stern? Den hab' ich Ihnen zu verdanken, Frau Hauptkommissarin. Sie haben ja dafür gesorgt, dass Henning gehen musste, da haben die mich ...«

»... hab' verstanden, Herr Polizeihauptmeister«, Michi war genervt. Alles an Richter nervte sie. Schon immer. Sie konnte den Speichellecker nicht ausstehen und wusste, dass der farblose Sonderling auch sie nicht leiden mochte. Grundsätzlich bezweifelte sie, dass Richter überhaupt etwas mit Frauen anfangen konnte. »Glückwunsch zur Beförderung«, heuchelte Michi noch Richtung Tür. »Aber ich bin mir sicher, Sie wollten nicht einfach nur ‚hallo' sagen?«

Richter und Charly fixierten sich gegenseitig. »Nein, nein, Frau Hauptkommissarin. Da ist nur jemand, der will zum Chef der Mordkommission. Und das sind ja jetzt nun mal Sie?« Der Gedanke, eine Frau könnte ernsthaft ein Dezernat leiten, schien Richter offensichtlich Unbehagen zu bereiten.

»So isses, Richter. Und ich weiß, das macht Sie völlig fertig.« Michi verzog die Lippen zu einem gekünstelten Grinsen. »Verraten Sie mir auch, wer denn zur Chefin der Mordkommission möchte?«

»Eine Frau ...«, Richter zog einen kleinen Block aus der

Brusttasche seines Hemdes, »... Frau Heller, Gabriele Heller!« Grundloser Stolz huschte über das bubenhafte Gesicht.

»Und möchte diese Frau Heller vielleicht ein Tötungsdelikt melden?« Erwartungsvoll streckte Michi beide Hände in Richtung Tür.

»Das weiß ich nicht.«

»Warum haben Sie nicht gefragt?« Michi versuchte, ruhig zu bleiben und schloss für einen kurzen Moment meditativ die Augen. Die Antwort interessierte sie nicht. »Schicken Sie mir diese Frau Heller rein!« Mit hochrotem Kopf reichte der Polizeihauptmeister noch einen Aktenhefter durch die Tür.

»Tut der was?« Richter bewegte sich langsam in den Raum und starrte auf Charly, der sich mittlerweile gelassen das Gemächt leckte.

»Nein, der tut nix, der kriegt Hartz IV«, die Kommissarin schälte sich hinter dem Schreibtisch hervor und kam dem massiv verunsicherten Kollegen ein paar Schritte entgegen.

Der braune Aktenhefter wechselte in Lichtgeschwindigkeit den Besitzer, als Charly sich anschickte aufzustehen. Panisch stürzte Richter aus dem Büro und ließ die Tür offenstehen. Kopfschüttelnd warf Michi die Akte beiläufig auf ihren Tisch, kniete sich hin und kraulte Charly den lockigen, grauen Kopf.

»Der ist ja goldig!« Michi wusste nicht, was sie stärker irritierte. Die Tatsache, dass urplötzlich jemand ihr Sichtfeld verdunkelte oder die kleine, aber fleischige linke Hand, die sich unvermittelt in die Liebkosung des Dreibeiners einmischte, während sich das rechte Gegenstück fast in ihr Gesicht bohrte. »Heller! Ich bin die Neue; also eigentlich die Alte.«

Ohne großartig darüber nachzudenken, griff Michi die Hand und zog sich leicht an ihr hoch. »Cordes, Mordkommission«, kam es einsilbig über ihre Lippen, »was kann ich für Sie tun, Frau ...!«

»... ach, sag' Gaby zu mir. Wie soll ich dich nennen?«

»Frau Cordes wäre passend.« Michi hatte ihre schlanken Einsneunundsiebzig wieder voll entfaltet und schaute von oben ein wenig ungläubig auf die kleine, pummelige Gestalt, die sich anschickte, sich vollends auf Charly zu legen. Der wälzte sich rücklings auf dem Boden und streckte die drei ihm verbliebenen Beine hemmungslos in die Luft. Eine der fleischigen Hände wühlte sich scheinbar ziellos durch die stark abgenutzte Jeanstasche.

»Wehe, Sie geben dem Hund was zu fressen!« Michi versuchte, ihre finsterste Mine aufzusetzen. Von unten strahlte sie dieses rotbackige Mondgesicht an, das umrahmt war von klitschnassen, blonden Haaren. Die ominöse Frau hatte wohl wie Michi auf die Mitnahme eines Schirmes am Morgen verzichtet.

»So steif ging das früher hier aber nicht zu.« Die kleine Person rappelte sich auf, strich die eh schon stramm sitzenden Dreiviertel-Jeans glatt und fischte einen Dienstausweis aus der Tasche. »Oberkommissarin Gabriele Heller!« Sie hielt Michi den blauen Ausweis der baden-württembergischen Polizei direkt vor die Augen und grinste verschmitzt. »Melde mich gehorsamst zum Dienst, Frau Hauptkommissarin!«

»Gabi«, stammelte Michi und kratzte etwas, was aussah wie angetrockneter Keks von der Plastikkarte. Geistesabwesend griff sie zum Hörer des Telefons, das sich unvermittelt lautstark in die Konversation einmischte. »Cordes! Wo sagen Sie? Ketsch? Wir sind unterwegs!«

3 Rheininsel Ketsch, Montag, 10. Juli, 10.30 Uhr

Es hatte gerade aufgehört zu regnen, als Hauptkommissarin Cordes ihren Mini direkt vor der massiven, hölzernen Altrheinbrücke abrupt zum Stehen brachte. Oberkommissarin Heller auf dem Beifahrersitz landete unsanft im Sicherheitsgurt. Insgeheim hoffte Michi, ihrer neuen Kollegin Gaby damit ein wenig die Luft zu rauben. Erfolglos. Ohne Punkt und Komma redete diese kleine Person.

Die erste halbe Stunde des für Michi eher unfreiwilligen Kennenlernens hatte Gaby Heller darauf verwandt, der neuen Vorgesetzten ihre komplette Lebensgeschichte zu erzählen. Michi war erstaunt, dass sie sich einen Teil davon tatsächlich gemerkt hatte. Obwohl sie sich zu diesem Zeitpunkt sicher war, dass diese berufliche Liaison lediglich eine kurze Halbwertszeit haben würde. Sabrina ... nein, Samantha hieß die sechzehnjährige Tochter, und dann waren da noch die Zwillinge Rebecca und Vincent, der Grund für die vierjährige berufliche Auszeit. Den Namen des Ehemanns hatte Michi vergessen. Sie speicherte ihn einfach als Herrn Heller ab. Chemiker sei er wohl bei der BASF, aber jetzt erst mal in Elternzeit.

Die zurückliegenden zehn Minuten im Auto von der Schwetzinger Marstallstraße bis zur Ketscher Rheininsel waren jedoch die schlimmsten gewesen.

»Ich zusammen mit der großen Michi Cordes im Auto ...«
»Ist das alles wahr, was über dich in der Zeitung stand?«
»Hast du wirklich ganz alleine diesen Serienmörder zur Strecke gebracht? Und warst du tatsächlich mit ihm verlobt?« Michi hätte es wissen müssen. Nichts auf dieser Welt gab es umsonst. Auch nicht unerwünschte Informationen. Gaby Heller forderte kommunikativen Tribut. Und Frau

Hauptkommissarin hatte versucht, der Forderung höflichkeitshalber nachzukommen.

Na, so groß sei sie jetzt auch nicht – nur ein Meter neunundsiebzig ...

Nein, die Zeitungen hätten maßlos übertrieben!

Nein, Jean Baptiste Devier habe sie nach Frankreich verschleppt, sich dann aber selbst gestellt. Und die Beziehung sei eine Erfindung der Presse!

Bis auf die Körpergröße hatte Michi gelogen. Die Geschichte des Serienkillers Jean Baptiste Devier, den sie als Gregor Jehnke geliebt hatte, war ihre private Geschichte. Und das sollte gefälligst so bleiben. Über sechs Monate hatte sie damit zugebracht, sich ihrer Gefühle im Klaren zu werden. Die Gefühle für einen Mann, der sie so fasziniert hatte, und den sie bis heute nicht zu hassen imstande war.

Vier Frauen hatte Devier kaltblütig umgebracht, darunter ihre beste Freundin. Michi musste oft an Tanja denken. Immer wenn sie Charly ansah. Obwohl der Hund sie über alles liebte, legte er sich bei jedem Besuch auf dem Schwetzinger Friedhof leise wimmernd auf das Grab seines toten Frauchens. Charlys Atem, eine Mischung aus verdautem Hundefutter und toter Katze, drang zwischen den Vordersitzen in den Fonds und holte Michi aus ihrem kurzen Tagtraum. »Du bleibst hier und bewachst das Auto!« Widerstandslos trollte sich der graue Dreibeiner auf die Rückbank, nicht ohne Gaby mit einem flehentlichen Blick zu bedenken.

Es war lange nicht mehr so heiß wie an den zurückliegenden Tagen, und der warme Asphalt verdampfte die Wassermassen des Morgens. Die feuchtschwangere Luft drückte sich unangenehm in die Lungen der beiden Polizistinnen, die sich auf dem Fußweg zum Wildschweingehege vorankämpften. Vor allem Oberkommissarin Heller bedauerte es zutiefst, dass Michi den Wagen vor der Brücke hatte stehen lassen, um die gut hundert Meter zum Tatort zu Fuß zu gehen, während ihnen der modrige Geruch von faulendem Holz und Moos des Biotops entgegenschlug. ‚Buddha' strahlte über beide Pausbacken, als er Michi sah. Umgehend stellte der Kriminaltechniker die Arbeit an dem vor ihm liegenden leblosen Körper ein und wälzte seinen üppigen Leib mit ausgebreiteten Armen die leichte Anhöhe hinauf, während zwei ebenfalls in weiße Schutzanzüge gehüllte Menschen die letzte Plane an das Schutzzelt hefteten.

»Na, vielleicht wird er ja noch gut, Herr Leistritz. Was haben wir?«, giftete die Oberkommissarin zurück.

Michi übernahm wieder. »Wissen wir schon, wer das Opfer ist? Am Telefon hieß es ertrunken?«

»Ja und nä.« Buddha wandte sich wieder von den Frauen ab und stapfte voran Richtung Leichnam. »Dietmar Heinemann, 48 Johr alt. Unn wann misch froogsch, ä eschtes Herzele. Ä Joggerin hot den Dode entdeckt. Mitm Kopp in dem Wasserloch do hinne. Versoffe isser awwer net!«

Buddha und die beiden Kommissarinnen passierten die beiden aufgeschnittenen Drahtzäune, die das Wildgehege im Abstand von etwa zwei Metern gesichert hatten.

»Wo sind die Schweine?« Michi stapfte recht unbeeindruckt durch den morastigen Boden Richtung Spurensicherungszelt.

»Ä Sau is wohl noch in dem Gehege, die onnere Schwoine sind abghaue. De Förschder unn ä paar Jäger sinn schunn am suche. Der oder die Täter wollde clever soi. Hänn offesichtlich gedenkt, wann se den Kerl dohin ablege, fresse die Viescher ihn. Hot wohl awwer net gschmeckt. Idiode!«

Buddha öffnete die Seitenplane zu dem Zelt der Spurensicherung und zeigte auf die Tätowierungen an beiden

Armen des Toten, Reichsadler und Hakenkreuz auf dem einen, die ‚Schwarze Sonne', die einst den Obergruppenführersaal der Wewelsburg in Büren zierte, auf dem anderen Unterarm. »Än eschde Symbadieträger! Wi isch schunn gsagt hebb.«

Erst jetzt bemerkten die Frauen das deutliche Einschussloch auf der Stirn des Toten.

»Da war aber jemand mächtig sauer auf unseren Nazi.« Michi ging in die Hocke, um die Schusswunde etwas näher zu betrachten. »Ist das eine Brandwunde um das Loch?«

Buddha nickte. »Isch vermuts emol stark. Sieht noch äm uffgsetze Schuss aus. Mords-Kaliber jedenfalls.« Bernhard Leistritz drehte den kahlgeschorenen Kopf des Opfers.

»Wow!« Gaby Heller sah zuerst auf die Austrittswunde. »Sieht nach einer Hinrichtung aus. 460er S&W Magnum? Eventuell sogar Kaliber 500. Könnten Sie mal den Körper so drehen, dass wir den ganzen Rücken vor uns haben?« Heller war bemüht, dem Kriminaltechniker nicht in die Augen sehen zu müssen.

»Aber sischer doch, Fra Heller. Fer Sie immer gern!« Buddha bat einen der Streifenpolizisten, ihm behilflich zu sein, den etwa einsneunzig großen und beleibten Körper von Dietmar Heinemann auf die Seite zu drehen. Über dem schwarzen T-Shirt trug er die typische Lederweste einer Motorrad-Gang. Das aufgenähte Logo zeigte einen Totenkopf mit der gleichen schwarzen Sonne auf der Schädelplatte wie auf dem Arm des Opfers. In Frakturschrift darüber und darunter ‚BRUDERSCHAFT GERMANIA'

»Hab' ich mir doch fast gedacht.« Heller fischte ein Haargummi aus ihrer abgenutzten Jeanshandtasche und klöppelte die immer noch feuchten halblangen Haare zu einem Pferdeschwanz zusammen. »Mit denen hatte ich schon mal zu tun. Übler Haufen. Bezeichnen sich selbst als deutschen Ableger der ‚Arian Brotherhood' in den Staaten.«

Michi meldete sich wieder zu Wort. »Habt Ihr ein Projektil gefunden?« Buddha schüttelte den Kopf. »Dann gehen wir mal davon aus, dass das hier nur der Ablageort der Leiche ist. Die sollte wahrscheinlich von den Schweinen gefressen werden. Aber um sicher zu gehen, Buddha, sucht bitte nochmal die Gegend ab. Der Richter soll außerdem die Nachbarschaft hier abklappern. Zu den Wohnhäusern hier sind es keine zweihundert Meter. Wenn hier einer eine Magnum abgefeuert hat, muss das jemand gehört haben. Kannst du schon was zum Todeszeitpunkt sagen?«

Leistritz fischte einen Plastikbeutel aus seinem Beweissicherungskoffer. »Zwische zwe heit Nacht unn em neune heit morje!«

»So genau?« Gaby Heller zeigte sich schnippisch überrascht. Buddha versuchte, es zu überhören.

»Der hot zwar die halb Nacht im Rege gelege, awwer soi Handy hots iwwerlebt. Unn des hot um 2.04 Uhr noch mit wemm telefoniert. Unn um neune hot die jung Fra ihn gfunne!« Leistritz zeigte Richtung Brücke. »Die warded im VW-Bus uff die Zeugeaussag.«

»Okay, da kümmere ich mich drum.« Michi tippte ihrer Kollegin auf die Schulter. »Machst du mit deinem Handy noch ein paar Fotos, Leiche, Tatort, Umgebung, das Übliche ...«

Heller verzog peinlich berührt das Gesicht, während sie ein Nokia 3310 aus der Tasche zog. So etwas hatte Michi sehr lange nicht mehr gesehen.

»... ich dachte, du warst nur vier Jahre außer Dienst.« Buddha prustete vor sich hin. »Egal. Kümmere du dich um die Zeugin. Die wird den Schock ihres Lebens haben.«

»Des glab isch net.« Der Kriminaltechniker zog sein iPhone aus der Tasche. »Als mir herkumme sinn, hot die schunn alles fotografierd. Do, guck. Unser Freund hier is schunn än Schtar bei Instagram.«

Gaby trottete den Weg zurück in Richtung VW-Bus.

»Sag' mal, Bernhard, was ist da los zwischen der Heller und dir?« Michi verwendete nur in ernsthaften Situationen den Vornamen des Kollegen.

»Des is kompliziert!« Der Angesprochene zierte sich.

»Das ist es immer!« Michi ließ nicht locker.

»Frog se halt selwer!«

»Nein, Bernhard, ich frage dich!«

Leistritz winkte dem eben eingetroffenen Leichenwagen zu. Er nahm Michi am Arm. »Die Gaby unn isch, mir henn emol rumgemacht.«

»Was? Ihr hattet ein Verhältnis?«

»Net rischtisch.« Buddha wirkte verlegen. »Es war uff de Woihnachtsfeier vor vier Johr. Die Gaby war uglicklisch, mir henn ä bissel was gedrunke, unn do isses halt bassiert.«

»Etwa auf dem Revier?« Michi musste sich beherrschen, nicht laut loszulachen.

»Wonns genau wisse wilsch, uff ihrm Schreibdisch!«

»Moment?« Michi kam ins Grübeln. »Du meinst doch nicht etwa meinen ...«

Buddhas Nicken vertrieb alle Zweifel, und Michi hasste ihre neue Kollegin noch ein wenig mehr.

4 Trinkhalle ‚Zur Rheinschnake', Montag, 10. Juli, 11.00 Uhr

Der Zigarettenqualm brannte in Michis Augen. Sie musste unwillkürlich an die angebrochene Schachtel denken, die irgendwo in den Tiefen ihrer Handtasche seit Tagen ein unberührtes Dasein führte. Ihre letzte Zigarette hatte sie vor fast einer Woche geraucht. Und die nur knapp zur Hälfte.

Obwohl noch nicht mal Mittag, war die Luft in dem etwas größeren Kiosk zum Ersticken. In den rauchigen Nebel mischte sich die flüchtige Kopfnote aus Bier und Schnaps mit dem herben Odeur ungewaschener Männerachseln. Optisch passte nur der zwischenzeitlich trockene, aber zauselige Schopf von Gaby nicht so recht ins Bild der Karten spielenden Männerrunde an dem hinteren der zwei abgewetzten Kneipentische in Holzoptik. Michi fühlte sich stark an Coolidges Gemäldeserie ‚Dogs playing Poker' erinnert. Rechts ein gesichtsloser Dicker, dessen blau-weiß geringeltes Poloshirt die Figur unvorteilhaft betonte. Ihm gegenüber ein auffallend kleiner Mann. Die geschwollene, pockennarbige rote Nase deutete auf übermäßigen Alkoholkonsum hin. Mit dem Rücken zur Wand saß ein extrem dünner Kollege mit einem für Michis Empfinden fiesen Gesichtsausdruck.

»Sind Sie eigentlich von allen guten Geistern verlassen, Kollegin Heller?« Michi schob sich geräuschvoll am ersten Tisch der Trinkhalle vorbei. Die angeblaffte Oberkommissarin verschüttete gut die Hälfte des Williams' über ihre Hand. Mit dem Gesicht dem Dünnen zugewandt hatte Sie ihre Vorgesetzte von hinten nicht kommen sehen.

»Is des doi Cheffin?« Der Dicke hatte eine beeindruckend sonore Stimme. Er versuchte eine betont langsame Linksdrehung, blieb mit den Augen jedoch an Gaby haften.

Nickend kippte Heller den kläglichen Rest ihres Schnapses hinunter. »Machst du uns zwei Kaffee Oskar?«

Oskar quälte sich aus dem knapp bemessenen Raum zwischen Tisch und Eckbank und wälzte sich grußlos an Michi vorbei hinter den Tresen.

Gaby erhob sich, wandte sich zu Michi und deutete ihr mit einem kumpelhaften Kopfnicken an, sich an den ersten Tisch an der Tür zu setzen.

»Bist du noch ganz bei Trost«, zischte Michi über den klebrigen Kneipentisch. »Es ist gerade mal elf und du hockst Schnaps trinkend in dieser Kaschemme!«

Aus dem kleinen Schmollmund, der das runde Gesicht der Oberkommissarin kindlich aussehen ließ, entwich ein leises Bäuerchen. Der Geruch von Hochprozentigem indes fiel in dieser olfaktorischen Vorhölle nicht weiter ins Gewicht. Dennoch wedelte Michi angewidert mit dem gammeligen Bierdeckel vor ihrer Nase herum.

»Guido hat mir schon gesagt, dass du ziemlich unentspannt bist. Er ist übrigens enttäuscht, dass du ihn noch nicht besucht hast.« Passend zum Ambiente zog Gaby die Nase ordinär hoch.

‚*Guido*' - der Name traf Michi wie ein Donnerschlag. Aktuell hätte sie jetzt selbst einen Schnaps brauchen können. Kein Tag war in den hinter ihr liegenden Monaten vergangen, ohne dass sie nicht auch an ihren früheren Vorgesetzten hätte denken müssen. Vor etwas mehr als zwei Monaten hatte die II. Große Strafkammer am Mannheimer Landgericht Guido Ruck wegen Totschlags an seiner Geliebten verurteilt; zur Höchststrafe von fünfzehn Jahren. Lediglich die Tatsache, dass er die Vierundzwanzigjährige im Vollrausch in deren Badewanne ertränkt hatte, rettete ihn vor einer Verurteilung wegen Mordes.

Bis heute hatte Michi es nicht geschafft, ihren kollegialen Freund in der Mannheimer JVA zu besuchen. Sie war mit sich beschäftigt gewesen und hatte versucht, die Zeit zu nutzen, um sich über ihr Leben, ihre Wünsche und Ziele klar zu werden. Was man halt so anstellt, nachdem man sich in einen Serienkiller verliebt und ihn dann – zumindest für die Öffentlichkeit – spektakulär zur Strecke gebracht hatte. Nach einem halben Jahr bei ihren Eltern in Hannover war sich Michi aber nur über eines im Klaren geworden. Nur ihre Arbeit würde sie vor pathologischem Wahnsinn bewahren.

Oskar servierte in einer ihm eigenen, recht rustikalen Art die beiden bestellten Kaffee. Die Asche, die sich gerade noch so an der halb gerauchten Kippe in seinem Mund festkrallte, drohte, das Heißgetränk auf Gabys Tischseite zu vergällen. »Milsch is aus.« Oskar nuschelte, während er zurück zu seiner Kartenrunde schlurfte. Der Kaffee roch angenehm und kräftig.

»Ich hab' keine Ahnung, wann oder wo du mit Guido über mich gesprochen hast, aber ich leite jetzt das Morddezernat!« In der Therapie in den zurückliegenden Monaten hatte Michi gelernt, ihre Impulse zu kontrollieren und auch große Wut zu kanalisieren. Und sie war gerade mächtig wütend. Mehr auf sich als auf die Kollegin. Sie sprach jedenfalls langsam und mit Bedacht. »Solltest du ernsthaft den Wunsch haben ...«, weiter kam Michi nicht.

»Hängst du jetzt echt die Vorgesetzte raus?« Gaby schüttelte verständnislos den Kopf und nippte an dem heißen Kaffee. »Wenn ich so drauf bin, nennt meine Tochter mich ,*ne verkrampfte Pussy*'.« Michi wollte protestieren. Ohne Erfolg. »Sag' nichts«, Heller dominierte jetzt die Situation vollends, »ich bin auch nicht begeistert, aber die Kids sind heute so. Versuch' den Kaffee. Der ist echt gut.«

Wie fremdgesteuert griff die Hauptkommissarin zu der Tasse und nahm einen Schluck.

»Ich glaube, wir hatten einen etwas holprigen Start«, fuhr Gaby Heller fort, »ich schlage vor, wir stürzen uns jetzt einfach in die Arbeit ...«

»Nein!« Michi setzte ruhig die Tasse ab, wühlte in ihrer riesigen Handtasche und bekam die angebrochene Schachtel Zigaretten zu fassen. »Wir trinken jetzt eine Tasse Kaffee, ich rauche eine, und du erzählst mir, was du hier eigentlich willst.« Gaby versuchte, ein unschuldiges Gesicht zu machen, während sich Michi genüsslich eine Kippe anzündete. »Du hast drei Kinder, dein Mann hat einen guten Job in der Industrie und du ganz offensichtlich keine Lust auf diese Arbeit.« Gaby versuchte, empört zu wirken, enthielt sich aber vorerst eines Kommentars. Michi saugte den Rauch tief ein. »Du stürzt völlig abgetakelt heute Morgen in mein Büro, duzt mich, ohne vorher zu fragen, hältst mir deinen Dienstausweis unter die Nase, an dem das Frühstück deiner Blagen klebt und kaust mir seitdem das Ohr ab und wieder dran. Und die einzige Aufgabe, die ich dir gebe, nämlich die, die Zeugin draußen am Einsatzfahrzeug zu befragen«, ihre Stimme fing leicht an zu beben, »endet darin, dass du Schnaps trinkend in diesem Loch endest!« Michi zog noch einmal an der Zigarette, nur um den fast vollständigen Glimmstängel in den Aschenbecher in der Tischmitte zu versenken.

»Ist Frau Hauptkommissarin fertig?« Gaby Heller schürzte die Lippen und betrachtete ihre matten, angekauten Fingernägel gegen das grelle Vormittagslicht, das durch die blinden, verrauchten Kneipenfenster drang, als wäre sie gerade aus dem Nagelstudio gekommen. »Ich bin ja nur eine abgetakelte Oberkommissarin«, begann sie ihre Gegenrede, »deren Auto heute Morgen am Bahnhof den Geist aufgegeben hat. Deshalb, verehrte Frau Vorgesetzte, war ich ein wenig derangiert, als ich in das Büro kam, das ich als meines wähnte. Für die Babykotze auf meinem Dienstausweis möchte ich mich in aller Form entschuldigen. Aber einen Hinweis mögen Sie mir gestatten, werte Frau Cordes. Ich käme nie auf die Idee, bei dieser Vormittagshitze meinen Hund ohne Wasser in einem Auto einzusperren. Vielleicht sollte ich die Polizei rufen.«

Schnippisch zog sie noch einmal die Nase geräuschvoll nach oben.

5 Brücke zur Ketscher Rheininsel, Montag, 10. Juli, 11.30 Uhr,

Zum fünften Mal presste Michi mit beiden Händen ein paar Tropfen Wasser aus den Spitzen ihrer Haare. Der Streifenbeamte, der ihr vor fünf Minuten eine Wolldecke aus dem Einsatzwagen geholt hatte, versuchte immer wieder, unverhohlen auf die klitschnasse weiße Bluse zu starren, unter der sich zwei ansehnliche Wölbungen in einem Spitzen-BH abzeichneten.

»Du hast diesen Hund also schon sieben Monate und wusstest nicht, dass er nicht schwimmen kann?« Gaby saß auf dem größeren der beiden grauen Findlinge am Altrheinufer und spöttelte von oben herab, während sie ihre kurzen Beine in der Luft kreisen ließ.

»Na und. Er wusste es ja selbst nicht.« Michi sehnte sich die Hitze der zurückliegenden Tage zurück. Sie fröstelte. Die Sonne, die sich durch die Wolken des Morgens gearbeitet hatte, war längst wieder hinter einer grauen Wand verschwunden, die neuen Regen versprach. Die Wärme hatte jedoch gereicht, um Michis Auto kräftig aufzuheizen. Noch nicht bedrohlich für Charly, aber genug, um ihn unaufhaltsam Richtung Wasser zu treiben. Und schnell hatten alle Umstehenden begriffen, dass auch ein rumänischer Wasserhund mit nur drei Beinen in einem Fluss eher die Eigenschaft eines Kieselsteins besitzt. Michi hatte nicht lange gezögert und war ohne nachzudenken in den Altrhein gesprungen. Lediglich ihre Sneaker hatte sie im Laufen von den Füßen geschüttelt. Obwohl die Hitze der zurückliegenden Wochen den Wasserstand des Altrheins stark gesenkt hatte, sorgte der Rettungsversuch dafür, dass Michi jetzt von oben bis unten durchgeweicht war.

»Wir sollten dir frische Klamotten besorgen. Nicht dass du noch länger so abgetakelt aussiehst wie ich«, frotzelte Gaby.

Michi musste grinsen und fummelte ihren Autoschlüssel aus ihrer feuchten Jeans. »Du fährst!«

6 Wohnung Cordes, Montag, 10. Juli, 12.00 Uhr

»Ich bin heilfroh, dass ich das Handy von dem Heinemann nicht in meine Hosentasche gesteckt habe.«

Nur mit halbem Ohr hörte Gaby Heller die Worte, die Michi aus ihrem Schlafzimmer in den Flur rief. Mit offenem Mund starrte die kleine Person in ihren Dreiviertel-Jeans an die reichverzierte, hohe Stuckdecke. Der villenartige Charakter der Altbauwohnung wirkte einschüchternd auf die Oberkommissarin. Ihr Blick fiel in die üppige Küche, deren Zentrum ein Arbeitsblock mit einer massiven Granitplatte bildete.

»Meinst du, das Telefon hilft uns weiter?« Eher geistesabwesend rief Gaby zurück ins Schlafzimmer. »Ziehst du hier ein oder aus?« In dem riesigen Wohnzimmer rechts von ihr erspähte Gaby eine Reihe Umzugskartons.

»Ich muss leider hier raus – zu teuer.« Mit frischen Kleidern und sich die Haare frottierend ließ sich Michi kurz im Flur blicken. »Wenn du willst, kannst du dir in der Küche einen Kaffee machen, Vollautomat – selbsterklärend – Milch ist im Kühlschrank«, sprach's und stapfte barfuß wieder zurück.

Gaby kämpfte immer noch mit dem Kaffeevollautomaten, als ihre Vorgesetzte geföhnt und dezent frisch geschminkt zu ihr stieß. »Setz' dich«, Michi zeigte auf die Barhocker am Küchenblock, »ich mach das.« Binnen Sekunden röchelte und brummte die Maschine vor sich hin und zauberte zwei perfekte Latte macchiato.

»Zu deiner Frage von vorhin«, Michi fuschelte das Mobiltelefon des Opfers aus ihrer seesack-artigen Handtasche, »es zeigt uns wenigstens, mit wem Heinemann zuletzt telefoniert hat. Vielleicht hat der oder die Angerufene was mitbekommen.« »Scheint ein ‚Er' zu sein«, Gaby navigierte geübt durch das entsperrte Smartphone, »ein gewisser ‚Kutte' ist um 2.04 Uhr in der Anruferliste.«

Michi saugte geräuschvoll an ihrem Milchkaffee. »Dafür, dass du selbst mit einem Dosentelefon unterwegs bist, kennst du dich erstaunlich gut aus ...«

»... ich habe zu Hause ein sechzehnjähriges Pubertier«, grinste Gaby zurück, »da muss ich mich auskennen. Samantha ist übrigens der Grund, warum ich unbedingt wieder in den Dienst wollte.«

»Und ich hatte gedacht, wegen der Babys?«

»Rebecca und Vincent? Easy! Haben einen festen Rhythmus: Schlafen, Futtern, Spielen und ... Aber noch einen vollen Tag mit diesem Früchtchen in meiner ganz privaten Terrorzelle, und ich werde die beste Kundin in unserem Dezernat. Die nächsten drei Jahre ist sie Rüdigers Problem und dann ist sie volljährig ...«

»Zurück zu ‚Kutte'«, Michi wurde das Gespräch ein wenig zu intim, »gib' dem Kriminaldauerdienst die Nummer, die sollen rausfinden, wo dieser ‚Kutte' wohnt.«

»Ich glaub, das können wir uns sparen«, Gaby hob das Glas in die Höhe und bestellte einen weiteren Milchkaffee. »Der Heinemann war erstaunlich ordentlich. ‚Kutte' ist ein gewisser Arnold Mönchheimer aus Ingelrein. Keine zwanzig Minuten von hier. Aber mal ehrlich ...«, der Milchaufschäumer der Kaffeemaschine unterbrach sie kurz, »... wir wissen doch längst, wer dem armen Dietmar das Loch in den Kopf geschnitzt hat.«

Mit ungläubigem Blick stellte Michi ihrer Kollegin den georderten Kaffee auf die Granitplatte.

»Du hast vorhin schon angedeutet, dass du die Brüder kennst. Was für einen Verdacht hast du?« Der angenehme

Geruch des Kaffees wurde mit einem Mal von einem unangenehm feuchten Odeur übertüncht. »Oh nein, Charly, geh' bitte woanders stinken«, Michi griff sich eher symbolisch an die Nase.

Gaby kümmerte das nicht. »Bevor ich zum Mord nach Schwetzingen gegangen bin, war ich bei der OK[1] in Mannheim. Die ‚GERMANIA' gibt's zwar noch nicht so lange, hat uns aber Anfang der 2000er gewaltig Ärger gemacht. Vor allem Prostitution und Kinderpornografie. Chef ist, soweit ich weiß, bis heute Harald Kannengießer, genannt Harrycane. Studierter Jurist übrigens. Jedenfalls hat er sich damals schon persönlich um Bestrafungen gekümmert. Und dieser aufgesetzte Schuss, das war für mich ganz klar eine Bestrafung. Wir sollten auf jeden Fall mal im Clubhaus der Bruderschaft vorbeischauen. Das müsste immer noch in Mannheim in den Quadraten sein. Gegenüber vom Jungbusch.«

»Erstmal kümmern wir uns um Kutte.« Michi war trotz der vorläufigen Entspannung bemüht, ihre Position zu behaupten. »Hat eigentlich dein Gelage in der Kneipe in Ketsch irgendein sinnvolles Ergebnis gebracht?«

»Ja«, Gaby sprang vom Barhocker und fingerte einen kleinen Notizblock aus ihrer Umhängetasche, »Oskar Leibrecht heißt der Wirt der ‚Rheinschnake', der haust auch in einem Hinterzimmer der Kneipe. Er hat mir erzählt, dass er gegen drei Uhr letzte Nacht aufgewacht ist. Durchs Fenster hätte er einen knallroten Dodge RAM gesehen. Der Truck habe kurz vor der Kneipe geparkt, sei dann aber weitergefahren. Es hätte gerumpelt auf der Brücke. Ob das mit unserem Fall zu tun hat, weiß ich nicht, aber die Uhrzeit passt, und wenn du mich fragst, auch diese Kutsche. Typisch für das Milieu.«

7 Kleintierfreunde Ingelrein, Montag, 10. Juli, 13.30 Uhr

Obwohl das Thermometer heute gerade so an die sechsundzwanzig Grad heranreichte, trieb die Luftfeuchtigkeit die gefühlte Temperatur weit über die gemessene Marke und verschärfte den Gestank nach Ammoniak aus den Freiläufen der Geflügelställe. Nur Charly schien der strenge Geruch nichts auszumachen. Im Gegenteil. Er saugte die beißende Luft förmlich ein.

Michi und Gaby hatten ihr Glück zunächst an der Wohnadresse Arnold Mönchheimers versucht, der unter dem Spitznamen ‚Kutte' in Heinemanns Adressverzeichnis gelistet war.

‚Kutte' war aber nicht zu Hause. Aber seine offenbar temporäre Lebensgefährtin Brigitte Lochner. Eine durch und durch unsympathische Person, die recht lautstark zu Protokoll gegeben hatte, das *‚blöde Arschloch'* vor über einer Woche selbst aus seinem eigenen Haus geworfen zu haben. Jetzt halte sich der *‚verreckte Hurenbock'* mit ziemlicher Sicherheit bei der *‚Negerschlampe in seiner Bumsstube'* im Verein auf. Bereitwillig hatte die völlig überschminkte Furie in ihrer geblümten Kittelschürze eine detaillierte Wegbeschreibung geliefert. Nicht ohne den beiden Kommissarinnen den Auftrag zu erteilen, *‚die dauergeile Drecksau'* für immer wegzusperren.

So betrachtet passte der Duft, der das Trio auf ihrem Weg begleitete, bestens zu der gelieferten Tagesration Fäkalsprache. »Isch ke...ke...enn' Sie net. Wer sinnen dann Sie?«

Charly stellte die Nackenhaare, zog es aber vor, sich hinter den Damen in Sicherheit zu bringen.

Die Gestalt, die sich vor ihnen mit einer Schubkarre aufbaute, schien einem Cartoon entsprungen. Der endlos lange, birnenförmige Körper steckte in einer grünen Latzhose, die unterhalb des ebenfalls birnenförmigen Kopfes an schwarzbraun verdreckten Trägern endete.

»Er will wissen, wer wir sind.« Gaby fühlte sich genötigt, ihrer aus Hannover stammenden Vorgesetzten gestenreich zu soufflieren.

Michi überging die augenscheinliche Spitze. »Heller und Cordes, Kripo Schwetzingen. Wir suchen Herrn Mönchheimer. Er soll hier eine Laube haben.«

Die Birne glotzte ein wenig ungläubig von oben, als sich eine leicht gebräunte Hand von hinten auf die hohen Schultern legte.

»Alles gut, Karl, ich mach' des. Die suche de Kutte.« Karl schien zu verstehen und trollte sich mit der Schubkarre in Richtung Spielplatz am Ende des Geländes. Adina Tchandé streifte auch den zweiten Arbeitshandschuh ab und reichte Michi die Hand. »Wir kennen uns. Sie waren doch vor Weihnachten in meinem Atelier wegen – oh Gott, Namen – Anhänger, Gold, Brillanten, Schlangenkette irgendwas mit Erleuchtung ...« »... wegen ihres Kunden Ruck. Sie haben Recht«, vollendete Michi den Satz. »Was ist aus dem Herrn Ruck geworden? Der war seither leider nicht mehr bei mir.«

»Das kann auch eine Weile dauern, bis er mal wieder vorbeischaut«, Michi verschränkte symbolisch die Hände übereinander.

»Schade«, die dunkelhäutige Goldschmiedin schüttelte kurz ihre feine, schwarze Lockenpracht, »ich hätte noch den passenden Ring im Angebot. Aber deswegen sind Sie nicht da, Frau ...«

»... immer noch Cordes. Das ist meine Kollegin Oberkommissarin Heller. Nein, wir suchen Herrn Mönchheimer. Seine Lebensgefährtin meinte, er wäre vermutlich hier.«

»Lassen Sie mich raten, so freundlich hat die Zicke sich nicht ausgedrückt? Egal. Ich kann Ihnen leider nicht weiterhelfen. Den Mönchheimer hab' ich seit Sonntag nicht mehr gesehen. Bin auch nicht wirklich scharf drauf, ihm so schnell wieder zu begegnen. Bei seinen Tieren war er auch seit Tagen nicht. Karl kümmert sich jetzt.«

»Gab es Unstimmigkeiten zwischen Ihnen?«, mischte sich Gaby ein, während es anfing, leicht zu regnen.

»Nett ausgedrückt«, Adina Tchandé drehte nachdenklich ihren Ehering, »Kutte hat sich hier aufgeführt wie ein Berserker. Irgendjemand hat seinen Super-Hahn, den Herrn Rossi, um die Ecke gebracht.« Mit dem linken Zeigefinger fuhr sie an ihrer Kehle entlang. »Der Idiot hat behauptet, ich wäre es gewesen. Hat hier rumgebrüllt, ich wäre neidisch, weil ich nie so erfolgreich züchte wie er. Andere Frage: Was wollen Sie von Kutte? Nicht, dass es mich wundert, dass die Bullerei auf der Matte steht.« Der Regen wurde stärker. »Sollen wir im Vereinsheim weiterreden. Der Hund kann ruhig mit rein.«

Das unverwechselbare Schlagzeugintro von ‚*Born in the USA*' durchbrach die kurze und seltene Stille auf dem Weg zwischen den Geflügelstallungen. »Ja, Buddha, was gibt es«, Michi hatte das Gespräch umgehend angenommen. Mit weit geöffnetem Mund blieb die Hauptkommissarin im zunehmenden Regen plötzlich mitten auf dem Weg stehen. »Das glaub' ich jetzt nicht!«

8 Revier Schwetzingen, großer Konferenzraum, Montag, 10. Juli, 14.30 Uhr

Gerd Hemmerich hatte in den zurückliegenden Monaten sichtbar abgenommen. Michi war das schon vor vierzehn Tagen aufgefallen, als sie mit ihrem Revierleiter die letzten Details für ihre Wiedereinsetzung als Kommissarin besprochen hatte. Heute wirkte der Kriminalrat obendrein fahrig. Von einer unsichtbaren Last gebeugt trat der einst stattliche ein Meter neunzig große Mann in den schmalen und stickigen Raum. Die vorläufige Besetzung der ‚Soko-Heinemann' fiel, auch urlaubsbedingt, recht dünn aus. Neben Richter und einer jungen Streifenbeamtin, die Michi nicht kannte, waren nur Buddha und dieser Dresen aus der IT im Raum.

Der Kriminaltechniker fummelte immer noch an dem Laptop am Tischende herum, obwohl die kurze Präsentation längst eingerichtet war. Michi war klar, er wollte jede Nähe zu Gaby Heller vermeiden.

»Fade, daff wir nifft fum Effen in dem Clubhauf bleiben konnten«, ein Großteil von Gabys Sandwich landete bröckchenweise auf dem weißen Konferenztisch. »Was ist – ich hab' Hunger«, quittierte sie nach dem Schlucken des letzten Bissens Michis vorwurfsvolle Blicke.

»Mahlzeit! Wir fangen schon mal an. Die Kollegen Glatzl von der Pressestelle und Hirsch von der OK müssten demnächst eintrudeln.« Wie man es von Gerd Hemmerich gewohnt war, startete er seine Rede lange, bevor er am Tisch Platz genommen hatte. »Wir haben ein Tötungsdelikt an dem achtundvierzigjährigen Dietmar Heinemann. Eine Joggerin hat die Leiche heute Morgen im Wildschweingehege auf der Ketscher Rheininsel gefunden. Herr Leistritz, bitte.

Was haben wir schon an Details?« Mit fordernder Miene hatte der Kriminalrat endlich Platz genommen.

»Also«, Buddha war sichtlich erleichtert, dass er zunächst vorne am Tisch stehenbleiben konnte. Er startete seine Präsentation mit einem Foto der Leiche. »Dietmar Heinemann, achtundvierzig Johr alt, wie grad erwähnt. Laut Obduktion war än uffgsetzte Schuss in de Kopp die Dodesursach. Also, wie mers drauße schunn gsacht hänn. Kaliber vermutlisch ä Magnum. Was uffallt; de Fundort is mit ziemlischer Sischerheit net de Tatort. Mer hänn alles abgsucht, awwer kä Projektil gfunne.«

Der Kriminalrat tippelte ungeduldig mit den Fingern auf dem Tisch. »Ich glaube, das wissen fast alle hier. Spannender ist doch, was die Obduktion noch ergeben hat ...«

Nachdem der Kriminaltechniker einige weitere Fotos hatte durchlaufen lassen, die die Zugehörigkeit des Toten zur *Germanischen Bruderschaft* dokumentierten, zierte ein einsames, leicht cremefarbenes Ei die Leinwand.

»Unser Buddha! Denkt wieder nur ans Essen.« Breit grinsend und mit singender Stimme meldete Hauptkommissar Stefan Hirsch aus voller Brust seine Ankunft an. »Hallo, Gaby. Zu Besuch oder wieder im Dienst?« Zum Gruß auf den Tisch klopfend schob sich der smarte Softrocker Marke *Bon Jovi* an seiner alten Kollegin vorbei, um sich neben Michi geräuschvoll in den Stuhl fallen zu lassen.

»Haha, Stefan. Än Witz iwwers Esse. Isch lach' misch glei dod.« Neuerdings reagierte Leistritz ein wenig ungehalten auf Späße, die auf seine Körperfülle abzielten. »Känne mir dann weidermache?«

Mit entschuldigendem Gesichtsausdruck nahm auch KHK Walter Glatzl Platz, der seinem Kollegen Hirsch unauffällig in den Konferenzraum gefolgt war.

»Was mir do uff dem Bild sehe«, Buddha nahm seinen Faden wieder auf, »is kä normales Ei. Mir, also de Dr. Meisner vunn de Reschtsmedizin unn isch hänn erschd gedenkt, des wär aus Gips. Is es awwer net. Es is aus Kokain. Unn extrem gutes Zeisch noch dezu.«

Ein Raunen ging durch den Raum.

»Und der Meisner hat das tatsächlich im ...« Michi formte Zeigefinger und Daumen der linken Hand zu einem Kreis,

»... jupp, der Heinemann hot des im Anus ghabt. Poscht mortem«, beendete Leistritz den Satz.

»Vielen Dank, Kollege Leistritz«, Hemmerich übernahm wieder, »bei dem Kokain handelt es sich, vorbehaltlich der Untersuchung durch das Zolllabor, um eine Reinheit von etwa achtzig Prozent. Ist also vermutlich noch nicht für den Straßenverkauf gedacht. Da uns in erster Linie das Tötungsdelikt interessieren muss, übernimmt unsere neue Leiterin der Mordkommission, Kriminalhauptkommissarin Cordes, die Ermittlungen. Die OK, Herr Kollege Hirsch und das Drogendezernat berichten an Frau Cordes.«

»Gratulation, Frau Hauptkommissarin, das ging ja schnell«, mokierte sich Hirsch.

Unbeeindruckt stand Michi auf und löste Buddha am Vortragspult ab. Nur widerwillig ließ sich der Kriminaltechniker in Richtung der freien Stühle drängen.

In Stichworten berichtete Michi von der ersten Spur am Vormittag und der ergebnislosen Suche nach Arnold Mönchheimer.

»Stand jetzt ist das der beste Hinweis. Wir haben Mönchheimer zur Fahndung ausgeschrieben. Er ist erstmal nur Zeuge, kein Verdächtiger. Wenn wir hier durch sind, werden wir,« Michi zeigte auf Gaby, »gemeinsam mit den Mannheimer Kollegen im ‚*Deutschen Eck*' vorbeischauen. Kollege

Hirsch, das ist doch noch der Sitz der ‚*Germanischen Bruderschaft*'?« Der Angesprochene nickte wortlos. »Wie ich vorhin von Herrn Dresen erfahren habe,« Michi schaute in Richtung Pressesprecher, »haben wir aber noch ein anderes Problem?«

Im Sitzen und recht verhalten wandte sich Walter Glatzl an die Runde. »Die junge Dame heute Morgen hat reihenweise Fotos von der Leiche bei Instagram gepostet. Der Account der Frau ist zwar geputzt, aber die Fotos haben sich verbreitet wie ein Lauffeuer. Uns sehr bekannte Rechtspopulisten wähnen bereits Asylbewerber oder einen arabischen Clan als Täter und betreiben die allseits bekannte Hetze. Die Bruderschaft, die Sie erwähnt haben, Frau Cordes, hat für heute Abend zu einer Trauerzeremonie am Fundort aufgerufen. Das wird also ein heißer Tanz. Die Presseerklärung, die wir vorbereitet haben, nennt weitgehend alle Details, nur den Drogenaspekt lassen wir raus.«

»Warum? Das ist doch ein wichtiger Punkt.« Michi schaute verständnislos in die Runde.

»Das war unsere Idee.« Stefan Hirsch stand auf. Mit ausladenden Bewegungen der Arme fächelte er eine potente Wolke seines überdosierten, süßlichen Aftershaves in Richtung Michi. Ungerührt nahm Hirsch ihren angewiderten Blick zur Kenntnis.

»Ich denke, wir sind uns einig, dass es sich hier um eine Bestrafungsaktion handelt. Aufgesetzter Schuss, Drogen im Hintern ... Das ist schon extrem demütigend. Das Problem ist, Drogen sind eigentlich nicht das Ding der Bruderschaft. Prostitution, Waffen, Glücksspiel, das ist eher so deren Metier. Wir müssen also befürchten, dass die Brüder ins Koksgeschäft einsteigen. Und wenn die einem ihrer Kollegen Stoff mit ‚nem Straßenverkaufswert von fast fünftausend Euro in den Hintern schieben, dann ist das nicht nur eine Botschaft, sondern ein Hinweis, dass es davon deutlich mehr gibt. Und wenn wir mal die These aufstellen, dass hier einer versucht hat, die Bruderschaft zu beklauen, dann ist auch davon auszugehen, dass irgendwo von dem Zeug noch was gebunkert ist. Und wenn da noch ein paar Handlanger dranhängen, dann müssen wir die nicht unbedingt über die Presse aufscheuchen. Das leuchtet auch der Frau Hauptkommissarin ein?«

Hirsch zuckte zusammen, als irgendetwas, begleitet von einem düsteren Knurren, auf seinen rechten Schuh patschte. Charly hatte bislang unbemerkt unter dem Konferenztisch gelegen.

9 ‚Deutsches Eck', Mannheim, Montag, 10. Juli, 16.30 Uhr

Der Platzregen am Morgen hatte es nicht geschafft, die angestaute warme Luft aus den engeren Straßenzügen der Mannheimer Quadrate zu drücken. Stattdessen waberte eine unerträgliche Schwüle durch die namenlose Straße zwischen den Quadraten H7 und G7. Obwohl die ohrenbetäubende Explosion schon fast eine Stunde zurücklag, schoben sich immer noch bizarr geformte Quallen aus Staub und Dreck auf den Luisenring, hinüber zur Yavuz Sultan Selim Moschee.

Nur ganz langsam begannen Michis Ohren wieder einen normalen Geräuschpegel wahrzunehmen, als sie auf der schmalen Treppenstaffel im Hauseingang gegenüber dessen kauerte, was vom ‚Deutschen Eck' übriggeblieben war. An der verkohlten Tür zum Lokal flatterte noch der Rest eines Plakats der nationalen Volkspartei. Das heutige Datum war noch erkennbar.

Nur mit Mühe verstand sie den hochgewachsenen Feuerwehrkommandanten: »Wir haben das Feuer jetzt unter Kontrolle. Es sind nur noch ein paar Glutnester da. In der Küche haben wir zwei Leichen gefunden. Viel ist da nicht übrig zum Identifizieren!«

Charlys Angst verflog zwar langsam, sein Zittern hatte sich gelegt, dennoch knurrte er den Helfer im ockerfarbenen Anzug an. Unbeeindruckt nahm der seinen Helm ab, ging in die Hocke und kraulte den überraschten Hund. »Ist bei Ihnen alles ok?«

Michi erwiderte das rußverschmierte Lächeln. »Ja, langsam geht es wieder.« Sie stand auf. »Was ist mit meiner Kollegin?«

»Die ist auch wieder auf den Beinen. Sie hat gerade die Brandermittler des LKA in Empfang genommen.«

»Zu früh für Spekulationen«, der ältere Brandermittler mischte sich in das Gespräch ein, »Rübsamen! Gerhard reicht«, lächelnd gab er zuerst Michi, dann Gaby die Hand. »Geht es euch beiden gut?«

Dankbar nahmen die Frauen die Nachfrage nach ihrem Befinden auf. Die Druckwelle der Explosion hatte die Polizistinnen und Charly regelrecht an die gegenüberliegende Hauswand geschleudert. Sie hatten von Glück sagen können, dass sie zum Zeitpunkt der Detonation noch gut fünfzig Meter von dem Lokal entfernt gewesen waren.

Gerhard Rübsamen drückte seinem Kollegen Bleistift und Klemmbrett in die Hand. »Holger, frag' mal die Kollegen, wie nah du schon ran kannst. Und denk' an die Fotos.« Umgehend wandte sich das freundliche, runde Gesicht wieder den Damen zu. »Ich glaube nicht an Zufälle«, Rübsamen kratzte sich die kahle Vorderseite des Kopfes. »Eine Gasexplosion, genau in dem Moment, als ihr einen Zeugen befragen wollt? Ist mir zu dick. Außerdem, was ich bisher sehen konnte, ist die Küche ganz hinten Richtung Innenhof. Und wenn im Gastraum hier vorn nicht irgendwas steht, was mit Gas betrieben wird, müsste da hinten auch das Gas ankommen. Und wenn Gas ausgetreten wäre, dann wären unsere zwei Röstis vermutlich aus der Bude geflüchtet. Aber wie gesagt, im Moment noch zu viel *würde, könnte, hätte*. Wisst ihr schon, ob euer Zeuge auf dem Grillteller war?«

Michi hatte gute Lust, dem ach so jovial daherredenden Gerhard amtlich eine runterzuhauen. Seine respektlose Ausdrucksweise widerte sie an.

»Wir wissen, dass er nicht unter den Toten ist«, Gaby entschärfte die Situation und machte Michi mit den Informationen vertraut, die sie selbst erst vor wenigen Minuten erhalten hatte. »Kannengießer ist putzmunter in seiner Villa in der Oststadt. Ich habe Richter zu seiner Wohnadresse geschickt, während du dich noch aufgerappelt hast. Der Herr Anwalt gewährt uns morgen früh eine Audienz!« Gaby verdrehte die Augen. »Ach ja, das hätte ich beinahe vergessen: Auf Kannengießers Kanzlei ist ein Dodge RAM zugelassen.«

Michi war wieder zu hundert Prozent auf ihrem Posten. »Rot?«

»So rot wie dein Unterarm. Du solltest die Schwellung versorgen lassen.« Gaby gab sich mütterlich und wandte sich Rübsamen zu. »Meine Chefin gibt dir eine Visitenkarte. Ihr meldet euch, sobald ihr was habt?«, der rhetorische Unterton der Frage war eindeutig.

10 Kleintierfreunde Ingelrein,
Montag, 10. Juli, 19.30 Uhr

»Ich sage es dir jetzt zum letzten Mal, Kolja, die Hunde können nicht über Nacht auf der Anlage bleiben. Basta!« Adina Tchandé flehte förmlich um Verständnis. Sie sah ihrem Züchterfreund tief in die Augen. »Ich hab' dich wirklich gern, Kolja, aber so geht das nicht weiter.« Adina wedelte mit einem Schreiben der Gemeindeverwaltung. »Der Bürgermeister macht uns echte Probleme, die Nachbarn beschweren sich reihenweise über das Gekläffe ... Es geht einfach nicht mehr.«

Verständnis war so ziemlich das Letzte, was sich aus dem Gesichtsausdruck von Kolja Becker schließen ließ. Der fast kahle Kopf des kleinen, kräftigen, aber gedrungen wirkenden Mannes hatte die Farbe überreifer Erdbeeren.

»Wo soll hin?« Das überwiegend pronomenlose Deutsch des Ingelreiners mit russischen Wurzeln klang nasal und gepresst. »Seit sechs Jahr nix Problemm. Erst du mache Ärger. Arnold recht – Du muss weg!« Der gläserne Bierhumpen überlebte nur knapp den Einschlag auf dem schon arg geschundenen Tisch in der Ausstellungshalle der Kleintierfreunde.

Nur sechzehn der insgesamt fünfzig Mitglieder des Vereins waren zu der Monatsversammlung gekommen, die zwölfte dieser Art, die Adina als Vorsitzende des überwiegend von Männern dominierten Clubs von Hühner- und Hasenzüchtern leitete. Und es war auch die zwölfte Sitzung, in der einer der Männer sinnbildlich an dem Stuhl von Adina zu sägen versuchte. Nicht, dass bei einem der Herren auch nur im Ansatz die Bereitschaft bestanden hätte, selbst Verantwortung zu übernehmen. Nein. Es war doch sehr kommod, so aus der zweiten Reihe heraus Entscheidungen zu kritisieren. Und wenn einmal etwas schiefging, war der Satz »... ich hab's dir doch gleich gesagt, Mädchen ...«, eine beliebte Methode, krampfhaft an den sich nur langsam zersetzenden patriarchalischen Strukturen festzuhalten.

»Kein Problem, Kolja. Dann soll Arnold den Laden doch übernehmen.« Adina war, wie eigentlich immer in diesen Sitzungen, einfach nur genervt. »Der macht das bestimmt toll. Hat er ja bewiesen. Zehn Jahre hat er zugesehen, wie mein Vorgänger alles runtergewirtschaftet hat. Wo ist Arnold überhaupt? Seit einer Woche kümmert sich Kutte noch nicht mal mehr um seine Tiere!«

»Wartscheints hott er des gemacht, was mir alle demnächscht mache«, Rainer Meff mischte sich ungefragt ein, »abhaue vor dir. Seit du do bisch, koscht alles Geld unn misser mer schaffe wie bleed. De Kolja hot rescht ...«, ein Hustenanfall erstickte die Wutrede des Endfünfzigers, der nur mit Mühe noch seine bis zum Filter heruntergebrannte Zigarette in dem Aschenbecher vor sich ausdrücken konnte. Die Rauchschwaden waberten sichtbar durch den zwar langgezogenen, aber recht niedrigen Saal und begannen für Adina die Formen von Geistern anzunehmen. Geister der zahlreichen Führungskräfte vor ihr, die, da war sie sich sicher, schlussendlich dem tödlichen Odem des deutschen Vereinswesens zum Opfer gefallen sein mussten.

Meffs Aufbrausen hatte auf jeden Fall die ganze Gesellschaft in Aufruhr versetzt. Nur Paul und Leni, die die ‚Jugendabteilung' der Kleintierfreunde bildeten, daddelten mit Stöpseln im Ohr unbeeindruckt auf ihren Smartphones herum.

Das dumpfe Brummen, das aus dem Halbdunkel des Saales von einem Nebentisch kam, verlor sich in dem Tumult.

Karl Kalkbrenner saß weitgehend bewegungslos in der Ecke bei seinem vierten oder fünften Bier. Niemand zählte noch mit.

Das wilde Durcheinander schmerzte in Tchandés Kopf. Den Blick auf die Tischplatte gerichtet, hielt sie sich mit aufgestützten Ellbogen beide Ohren zu, um das Gebrüll zu dämmen.

Dem jetzigen Geschrei vorausgegangen war eine halbstündige, hitzige Diskussion über die Frage, ob das Angebot beim diesjährigen Hähnchenfest um eine Salatbar erweitert werden sollte. Immerhin, so hatte die Vorsitzende argumentiert, nehme die Zahl der Vegetarier und Veganer stetig zu. Und auch hier waren es vor allem Rainer Meff und Kolja Becker, die sich lautstark über den ‚*typisch weiblichen Hirnfurz*‘ beschwert hatten. Wenn sie Salat wolle, dann solle Adina doch zum Obst- und Gartenbauverein wechseln oder den Platz mit den Karnickeln auf der Anlage tauschen. In dem Wort ‚*Hähnchenfest*‘ sei der Fleischbegriff seit hundertdreizehn Jahren quasi implementiert, und in einem Kleintierzuchtverein sei für so einen neumodischen Quatsch kein Platz.

11 Montag, 10. Juli, 20.00 Uhr

»Ey, voll die Stasi-Methoden«, Samantha blitzte ihre Mutter mit ihren zu Schlitzen verengten Augen an und stapfte wütend an ihr vorbei, die Treppe hoch Richtung Kinderzimmer. Gaby Heller hörte nur noch das Schlagen der Tür, gefolgt von einer undefinierbaren Basslinie, die das in Teilen liebevoll sanierte und recht pittoresk wirkende Backsteinhaus in der ehemaligen Edigheimer Arbeitersiedlung merklich vibrieren ließ.

Rebecca und Vincent versuchten, im Takt mit den Köpfen zu nicken. »Die Babys stehen voll auf dieses Gewummere. Hallo, mein Schatz, wie war dein erster Tag?« Rüdiger Heller reckte seinen langen Hals zwischen den beiden Kinderstühlen in die Höhe und drückte seiner Gattin im Sitzen einen liebevollen Kuss auf die Backe.

»Es ging hoch her. Kam noch nichts in den Nachrichten von der Explosion in Mannheim?« Gaby herzte die Zwillinge, die sich jedoch nur widerwillig vom Abendessen ablenken lassen wollten. Sie fläzte sich auf die abgenutzte Kieferneckbank und warf müde den Kopf in den Nacken.

»Ich bin froh, dass es dir gut geht.« Rüdiger Heller schob seinen langen Arm am Gesicht seines Sohnes vorbei und streichelte Gaby sanft über die Wange. »Im Radio haben sie was von einer Gasexplosion gesagt. Weißt du mehr?«

»Ja!« Gaby starrte an die Decke und schloss die Augen. »Aber wenn ich es dir erzähle, muss ich dich danach töten.« Sie grinste. »Wir wissen es nicht sicher. Könnte auch ein Anschlag gewesen sein. Was war denn schon wieder mit unserem Monster? Das wievielte Mal ist sie denn heute schon geflüchtet?«

Rüdiger kraulte sich gelassen den Dreitagesbart. »Seit sie aus der Schule ist, das fünfte Mal – sag' mal, hast du Schnaps getrunken?«

»Mama Snaps trunken«, Rebecca zeigte mit dem stummeligen Zeigefinger der linken Hand frech grinsend auf ihre Mutter.

»Ja, heute Morgen. Riecht man das echt immer noch?« Gaby hauchte in ihre hohle Hand und verzog das Gesicht. »Ich hatte sie zuletzt auf drei Fluchtversuche runter zwischen Mittag- und Abendessen. Aber das schaffst du auch noch. Ich glaube fest an dich.« Gaby tätschelte Rüdigers Arm. »Hast du ein Bier für mich?« Rebecca und Vincent gluksten fröhlich, als das Ploppen und Zischen des Kronkorkens zu hören war. »Was war denn jetzt eben wieder los mit Samantha?« Sie nahm einen tiefen Schluck aus der Flasche.

»Wegen Hannah schon wieder.« Rüdiger hob die Zwillinge aus ihren Kinderstühlen und stellte sie auf dem Boden ab. »Zehn Minuten Toben, dann geht's ins Bett!« Gerade noch so konnte er Vincent einen freundschaftlichen Klaps auf die Windel geben, bevor die Kinder tapsig aber schnell die Küche verließen. »Samantha wollte unbedingt mit Hannah zu irgendsoeiner Kundgebung, und ich hatte die Unverschämtheit zu fragen, um was es denn da gehe und wo das Ganze stattfände.« Rüdiger und Gaby ließen die Böden ihrer Bierflaschen dumpf aneinanderstoßen.

»IM Rüdi – was bist du auch für ein übler Stasi-Spitzel.« Gaby versuchte, ihr rundes und freundliches Gesicht zu einer finsteren Fratze zu verformen.

Rüdiger grinste kurz, wurde dann aber doch ernst. »Wir müssen uns da was einfallen lassen. Seit Samy wieder Umgang mit Guidos Tochter hat, ist sie noch unausstehlicher geworden. Und ständig dieses Gehetze gegen Flüchtlinge. Das gefällt mir gar nicht.«

»Mein Gott, es sind zwei Pubertiere. Und sie haben sich schon als kleine Kinder gut verstanden. Du hast dich selbst gefreut, dass Hannah zu ihrem Bruder nach Oppau gezogen ist, nachdem Guido in den Knast kam. Außerdem habe ich Guido versprochen, dass ich auch ein bisschen ein Auge auf seinen Liebling habe.« Gaby drückte sich stöhnend am Tisch hoch. »So, mein großer, starker Mann, für den ersten Tag als Vollzeitdaddy hast du genug getan.« Sie trabte Richtung Wohnzimmer. »Jetzt kümmere ich mich um die Babys.«

Rüdiger Heller verschränkte entspannt die langen Arme hinter dem Kopf und rief seiner Frau nach. »Hast du heute Buddha gesehen?«

»Ja, am Tatort!« Mit je einem Zwilling auf jedem Arm stand Gaby mit einem Mal wieder im Türrahmen zur Küche. »Aber er ahnt nichts. Wie denn auch. Komm, gib' den beiden noch einen Kuss!«

Das Wummern der Bässe aus dem Obergeschoss des alten Hauses war schon lange verstummt. Unbemerkt von den übrigen Bewohnern.

***

Im Dachgeschoss des ansehnlichen Bürgerhauses in der Goethestraße in Schwetzingen dagegen dröhnte es deutlich aus dem kleinen Bluetoothlautsprecher durch die leeren Räume. Michi hatte beschlossen, ihr künftiges Schlafzimmer in einem dezenten Pastellblau zu streichen. In der bisherigen Mietwohnung einen Stock tiefer hatte es die Kommissarin nicht gewagt, etwas Aggressiveres als ein Eierschalweiß an die Wände zu bringen. Hier war es ihr vollkommen gleichgültig. Die großzügig geschnittene Zweieinhalb-Zimmer-Wohnung gehörte ihr schließlich.

Der rechte Arm schmerzte immer noch ein wenig, die Schwellung war jedoch schon wieder am Abklingen. Der Verband, den sie sich am Nachmittag noch am Krankenwagen hatte anlegen lassen, hatte seinen Zweck aus Michis Sicht erfüllt und war längst entsorgt. Den leichten Schmerz rollte sie sportlich mit der Farbe an die Wand.

Michi konnte es immer noch nicht fassen, dass Anfang März völlig unerwartet ein Heidelberger Anwalt bei ihren Eltern in Laatzen aufgetaucht war, um sie über ein Testament ihrer ermordeten Freundin Tanja Stahlberger in Kenntnis zu setzen. Es sei jetzt erst unter mysteriösen Umständen aufgetaucht. Da Tanja keine Verwandten hatte und somit niemand das Testament anfocht, war Michi fortan stolze Eigentümerin von neunzig Quadratmetern besten Wohnraums in durchaus exklusiver Lage. Sogar etwas Barvermögen hatte Tanja ihrer Freundin hinterlassen, genug jedenfalls, um die Erbschaftssteuer zu begleichen.

Acht Monate war es jetzt her, dass Jean Baptiste Devier, alias Gregor Jehnke, Tanja erdrosselt hatte. Acht Monate war es her, dass Michi an jenem Sonntagmorgen in dieser eilig angesetzten Sitzung der Sonderkommission im Mannheimer Präsidium völlig unvorbereitet auf der Videoleinwand auf den toten und grausam entstellten Leichnam ihrer Freundin starren musste. Ein kleiner Augenblick, der ihr Leben zunächst in den Grundfesten erschüttert und gleich darauf fast vollständig hatte entgleisen lassen.

Nur die bedingungslose Zuwendung und Liebe ihrer Eltern und die Kompetenz jener Psychologin, die den Fall um den Serienmörder Devier begleitet hatte, hatten verhindert, dass Michaela Cordes jeden Halt verlor. Dem Alkohol eh nicht abgeneigt, hatte Michi nach Tanjas Tod und der Entführung durch Devier Betäubung und Trost im Trinken gesucht. Gefunden hatte sie weiter nichts als Albträume, wachsenden Selbsthass und einen dauerhaft miesen Geschmack im Mund.

Annerose Strühl-Sütterlin, die Profilerin aus Stuttgart, deren Charme dem eines gezackten Brotmessers am nächsten kam, hatte sie hart rangenommen. Ungefragt war die Psychologin Ende Januar in ihrem Elternhaus in Laatzen aufgekreuzt. Im Gepäck zwei Flaschen billigen Fusel aus dem kleinen Supermarkt am Ortseingang und eine bunte Mischung pharmazeutischer Produkte. Die Leiterin der OFA$_2$ hatte die junge Kommissarin vor die Wahl gestellt: Sich mit den ‚Mitbringseln' dauerhaft das Hirn zu Brei zu verarbeiten oder am Wiederaufbau der geschundenen Seele mitzuwirken.

Michi hatte sich für Letzteres entschieden. Auch ihren Eltern zuliebe, die sie mit ihren manisch-depressiven, zuletzt auch aggressiven Stimmungsschwankungen bis zum äußersten Rand der Verzweiflung getrieben hatte.

Dankbar, aber nicht ohne Scham dachte sie mehrmals am Tag an diese Zeit zurück. Es erfüllte sie mit einer bescheidenen Form von Glück, durch die unverhoffte Erbschaft und mit Charles immer ein Stück Tanja um sich zu haben. Mit den Tränen, die sich ab und an in das blaue Pastell im Farbeimer mischten, malte Michaela aber auch ihre Trauer an die Wände. Bis in die tiefe Nacht.

***

Keine zwanzig Kilometer weiter knatterte Karl Kalkbrenner durch die menschenleere Nacht Ingelreins. Und selbst wenn jemand seinen Weg gekreuzt hätte - niemand hätte sich an der Ladung in dem Anhänger gestört, die das eh schon gebrechlich wirkende Mofa bedenklich in Richtung Asphalt drückte. Alleine Karls massige Erscheinung auf der drei PS starken Kreidler rief beim Betrachter Mitleid hervor – für die Maschine. Entsprechend langsam kutschierte der stark Angetrunkene stoisch den leblosen Kadaver Kolja Beckers zu sich nach Hause. Kalkbrenner war noch nüchtern genug gewesen, den Körper notdürftig mit einer stark verdreckten Decke vor neugierigen Augen zu schützen. Doch auch im gelben Licht der Straßenlaternen war langsam zu erkennen, wie das Blut aus der klaffenden Kopfwunde Kolja Beckers in den grauen Überwurf sickerte. Den Schlag mit dem kurzen Eisenrohr hatte der Deutschrusse nicht kommen sehen, als er noch einmal vor der Nacht nach seinen beiden Rottweilern sehen wollte. Kalkbrenner war sehr stark. Ein Streich hatte genügt, und die Kleintierfreunde hatten ein Problem weniger.

Ohne Hemmungen und Rücksicht vor den Nachbarn polterte Kalkbrenner mit dem Vorderrad des Mofas gegen das graublaue, hölzerne Hoftor, das erst an der Hauswand krachend zum Stillstand kam. Das machte er immer so. Karl war eben Karl. Der stotternde Dorfdepp mit dem Beinamen ‚Kakakarl'. Von diesem in so vielen Lebensbereichen limitierten Menschen erwartete man nichts anderes.

So ungehobelt, wie er ihn aufgestoßen hatte, warf Karl den klapprigen, unsauber gestrichenen Verschlag zurück in seine Ausgangsposition.

Mit einer Hand zog er den Eisendeckel der alten Sickergrube neben dem Pferdestall auf die betonierte Hoffläche. Ohne große Anstrengung hob Kalkbrenner Beckers einen Meter siebzig langen Körper aus dem Anhänger und ließ ihn geräuschlos in die Grube gleiten. Aus dem Schuppen holte Karl noch eine Schaufel gelöschten Kalk und verteilte ihn gleichmäßig über den Leichnam. Das hatte er schon vor einer Woche getan, und der Erfolg gab ihm recht. Auch Mönchheimers Überreste hatte der Kalk trotz der Sommerwärme bislang recht gut konserviert.

Der zweite Tag

12 Villa Kannengießer, Dienstag, 11. Juli 2017, 9.30 Uhr

Gaby Heller war viel zu müde, um noch wütend zu sein. Bis kurz vor drei hatte die Vernehmung von Samantha gedauert. Und obwohl die Oberkommissarin alle Register der legalen (und auch nicht ganz so einwandfreien) Verhörtechniken gezogen hatte - die Widerstandsfähigkeit ihres sechzehnjährigen Sprosses war bemerkenswert gewesen. Vor allem mit ihrer körperlichen Fitness hatte Samantha punkten können. Sie war zwar heimlich ausgebüxt und erst gegen halb zwei von irgendeinem Motorrad fahrenden Unbekannten wieder zu Hause abgeliefert worden, aber, im Gegensatz zu ihrer Mutter, war sie stocknüchtern. Samanthas durchaus überlegener Intellekt in Kombination mit der jugendlichen Konstitution hatte Gaby auf jeden Fall an den Rand der Verzweiflung getrieben. Mehr als die offensichtliche Tatsache, dass sie die halbe Nacht mit Hannah verbracht hatte, war ohne Methoden, wie man sie aus Guantanamo kannte, nicht zu erfahren. Und dann auch schon wieder der Ärger mit dem alten Fiesta. Der ADAC hatte am Vortag zwar ganze Arbeit geleistet und die Mühle wieder zum Laufen gebracht, heute Morgen jedoch war der Wagen fast an derselben Stelle wie gestern wieder liegengeblieben. Die hundertzweiunddreißig Pferdchen des dreiundzwanzig Jahre alten Rallyesport-Turbos waren vermutlich zum letzten Mal galoppiert. Kolbenfresser hatte der Gelbe Engel vor knapp einer Stunde diagnostiziert und die direkte Auffahrt in den Autohimmel empfohlen.

Eigentlich sollte Samantha den Wagen mit achtzehn bekommen. Im Moment war sich Gaby aber nicht mal sicher, ob sie überhaupt das Kind behalten wollte. Michi hatte jedenfalls auf halbem Weg nach Mannheim umgedreht und ihre Kollegin am Bordstein in der Nähe des Schwetzinger Bahnhofs aufgelesen. Heute hatte Gaby sogar daran gedacht, einen Regenschirm mitzunehmen. Die angenehmen vierundzwanzig Grad an diesem Morgen konnten nicht über die bedrohliche Wolkenkulisse hinwegtäuschen. Noch war es trocken ‚Am oberen Luisenpark' in Mannheim, der vornehmen Adresse der Kanzlei von Harald Kannengießer.

»Ach, ist der niedlich«, mitleidig lächelnd kniete sich Gaby Heller zu dem hysterisch kläffenden Zwergpinscher hinunter. Der kleine Hund war trotz der kurzen Beinchen rasend schnell aus dem leicht geöffneten, edlen Nussholzportal auf dem kurzen Weg zur Villa auf die beiden Beamtinnen zugestürzt.

»Rudolf – hierher!« Der herrische Befehl beendete den wüsten Radau umgehend, und das Hündchen trollte sich.

»Herr Kannengießer?« Michi konnte gegen die plötzlich auftauchende gleißende Sonne nur schemenhaft eine große, stämmige Gestalt ausmachen.

»Dr. Kannengießer!« Mit der kräftigen Stimme formte sich nach und nach der Schemen zu einer imposanten Gestalt im eleganten, grauen Zweireiher. »Sie müssen die Staatsdienerinnen sein, die nach meinem gestohlenen Wagen suchen!« Der Anwalt grinste verächtlich.

»Hauptkommissarin Cordes und Oberkommissarin Heller – Mordkommission Schwetzingen!« Michi wollte sich mit ihrem Dienstausweis in der Hand fordernd an dem Hünen vorbei durch die kunstvoll gearbeitete Tür ins Innere der Villa drängen. Ein leises Pienzen auf dem Boden ließ sie jedoch aufhorchen, und ihr Blick landete zunächst bei Rudolf und dann bei dem stattlichen Dobermann, unter dessen Bauch der Pinscher eine gewisse Sicherheit zu empfinden schien. Unwillkürlich fasste die Hauptkommissarin kurz zu ihrer Dienstwaffe.

»Mordkommission. Soso. Ist das alles, was die deutsche Polizei aufzubieten hat, um den Tod von drei aufrechten Deutschen aufzuklären?« Kannengießer wandte sich voller Abscheu von den beiden Frauen ab. »Rudolf, Adolf – auf Euren Platz!«

Die Hunde verschwanden aufs Wort in einen der Nebenräume, die zur lichtdurchfluteten Halle des Anwesens führten. Michi und Gaby fühlten sich auf unwillkommene Art aufgefordert, dem Stechschritt Kannengießers zu folgen.

»Sie können unbesorgt sein, Herr Dr. Kannengießer, um die Explosion Ihrer Kneipe kümmert sich das kompetente Personal des Landeskriminalamtes, aber der Mordfall Heinemann, der ist dann doch leider Frauensache. Haben Sie ein Problem damit?« Die Hauptkommissarin blieb unvermittelt stehen und verzog das Gesicht beim Anblick der riesigen Reichskriegsflagge, die das in weißem Stuck gehaltene Foyer dominierte.

»Ich habe meine Zweifel. Kommen Sie ins Büro.« Der Anwalt setzte sich auf den eindrucksvollen Chefsessel hinter dem aufgeräumten Mahagonischreibtisch. Durch die riesige Glasfront dahinter hatte man einen unverbaubaren Blick auf den Kutzerweiher des Luisenparks und die gelben Dächer der Gondolettas, die seit Eröffnung der Bundesgartenschau 1975 in strenger Ordnung, aufgereiht an einem unterseeischen Stahlseil, täglich ruhig und gleichmäßig dahinglitten. Diese perfekte Ordnung musste dem strammen Deutschen, dem Cordes und Heller jetzt gegenübersaßen, gefallen. Kannengießer schlug einen Aktenhefter auf. »Oberkommissarin Michaela Sandra Cordes, geboren am 16. September 1982 in

Hannover. Geliebte eines Massenmörders – hieß er nicht Devier?«

Michi hatte einen Kloß im Hals. Ihr Kopf schien zu explodieren. »Ihr Dossier ist fehlerhaft«, sie hatte Mühe, sich zu beherrschen, »Hauptkommissarin Cordes – ich wurde befördert!«

»Naja, was heutzutage alles möglich ist. Und Sie, Frau, immer noch Oberkommissarin Heller, geborene ...«

»... unterstehen Sie sich!« Gaby funkelte Kannengießer feindselig an.

»So, jetzt Schluss mit den Spielchen.« Michi wurde ungehalten. »Herr Dr. Kannengießer: Fahren Sie einen roten Dodge RAM, Baujahr 2016?« Der Befragte nickte. »Wo befand sich das Fahrzeug in der Nacht vom 9. auf den 10. Juli?«

Harald Kannengießer reckte den Hals, als müsste er nachdenken. Am Rand des makellos weißen Hemdkragens zeigte sich kurz der Ansatz einer Tätowierung. »Tja, das wüsste ich auch gerne. Der wurde mir Samstagnacht gestohlen.« Er drückte eine Kurzwahltaste auf seinem Telefon. Eine Frauenstimme war kratzig zu hören. »Ja Harry, was kann ich für dich tun?«

»Anita, bring' mir doch bitte mal die Kopie der Diebstahlsanzeige wegen des Dodge.« Er wandte sich wieder den Beamtinnen zu. »Welche Rolle spielt der Wagen bei den Ermittlungen des feigen Mordes an unserem Schatzmeister?«

»Na ja – Harry«, mit einem Augenzwinkern mischte Gaby sich in die Befragung ein, »genauso ein roter Dogde, wie Sie ihn fahren, wurde in der Nacht von Heinemanns Tod auf der Brücke zur Ketscher Rheininsel gesichtet. Vermutlich haben der oder die Täter die Leiche Ihres Bikerkumpels damit zu dem Wildschweingehege gefahren. Vorher hat man ihm ein großes Loch in den Kopf geschossen. Vermutlich mit einer Magnum. Hatten Sie doch auch mal am Start – früher. Oder?«

»Wissen Sie – Gaby, die wilden Zeiten sind doch längst vorbei, auch bei Ihnen, ganz offensichtlich.« Die abfällige Arroganz Kannengießers führte bei der Oberkommissarin allmählich zu einem Würgereiz.

Mit einem Griff in ihre seesack-große Handtasche unterband Michaela Cordes den Versuch ihrer Kollegin zu protestieren. Der Aktenhefter, den Michi zur Rolle geformt zwischen Zigaretten, Taschentücher, einem alten Röhrchen Wimperntusche und dem Ersatzmagazin für ihre Heckler & Koch gequetscht hatte, war annähernd daumendick. »Wissen Sie, Herr Doktor Kannengießer«, sie übersteigerte den akademischen Titel ins Lächerliche, »nicht nur Sie können Informationen über uns sammeln. Wir können das auch ganz gut.«

Überrascht und auch ein wenig misstrauisch musterte Gaby ihre Vorgesetzte. »Wo hast du diese Unterlagen plötzlich her?«

Cordes beantwortete die Frage an Kannengießer gewandt. »Die Auswertung unserer Sonderkommission, die den Tod Ihres Vereinskollegen bearbeitet, hat die halbe Nacht fleißig geackert.« Gaby zeigte sich beeindruckt – und ein wenig erschrocken. »Was?« Michi schaute irritiert zu ihrer Kollegin. »Ich war um sieben schon im Büro.« Sie blätterte in den Akten. »Sie sind nicht nur Anwalt und als ‚Harrycane' der Präsident der ‚Germanischen Bruderschaft', Ihnen gehören auch sechzig Prozent am ‚Deutschen Eck'.«

Mit Unschuldsmiene hob der Angesprochene beide Hände in die Luft. »Bei Ihnen klingt das wie ein Verbrechen. Ich und die Bruderschaft haben viele Unternehmensbeteiligungen. Ins Vereinslokal habe ich mich eingekauft, nachdem sich Walter, der Wirt, ein bisschen verzockt hatte.«

Eine Seitentür zum Büro öffnete sich und eine ausgesprochen attraktive Frau – schätzungsweise Mitte, Ende dreißig – schritt elegant und kaum hörbar zu Kannengießers Schreibtisch und legte wortlos ein Blatt Papier ab. Der blumige Duft des dezenten Eau de Toilette harmonierte vortrefflich mit dem unaufdringlich gemusterten, sommerlichen Etuikleid.

»Danke, mein Schatz. Hier haben wir es, Frau Cordes. Gestern Morgen habe ich den Diebstahl des Dodge gemeldet.«

Michi schob die Kopie der Anzeige unbesehen zu den Papieren in den Aktenhefter. »Kann es sein, Herr Kannengießer, dass die Geschäfte im Moment nicht so blendend laufen?«

Als wäre er von seinem eigenen Besitz selbst tief beeindruckt, sah sich der Anwalt in dem herrschaftlichen, holzgetäfelten Büro um und antwortete fast ein bisschen beleidigt: »Sieht es hier so aus, als ginge es mir schlecht?«

Michi insistierte. »Laut unseren Unterlagen haben Sie vor nicht einmal drei Wochen ein Darlehen in siebenstelliger Höhe bei einer hiesigen Bank beantragt. Da kommen schon Fragen auf. So eine heiß sanierte Kneipe kann durchaus finanziell interessant werden.« Sie schürzte die Lippen.

»Wissen Sie, Frau Cordes und Frau Heller, es mag Ihnen nicht gefallen, was wir tun und vielleicht auch nicht, wie wir es tun, aber wir sind dabei erfolgreich. Wirtschaftlich und politisch, wie Sie unschwer erkennen können. Und ich bin es ehrlich gesagt leid, mir jetzt seit Minuten Ihre haltlosen Unterstellungen anzuhören. Der Kredit dient als Zwischenfinanzierung für ein Immobilienprojekt in Heidelberg. Aber meine Geschäfte gehen Sie nun wirklich nichts an. Ich habe in den letzten achtundvierzig Stunden zwei gute Freunde verloren. Ich habe weder etwas mit dem feigen Mord an Dietmar Heinemann zu tun noch mit dem tragischen Tod unseres Wirtes Walter Reichert und seines Sohnes Nico. Wir trauern. Hier sehen Sie.« Kannengießer drehte seinen seitlich stehenden Laptop in Richtung der Frauen. Der Bildschirm zeigte das Foto einer Gruppe in Schwarz gekleideter Menschen beim Fackelzug am Vorabend auf der Rheininsel bei Ketsch. Die meisten davon Männer mit der Kutte der ‚Germanischen Bruderschaft'. Gabys Gesicht wurde erst kreideweiß, dann knallrot.

»Ist Ihnen nicht gut, Frau Heller?« Kannengießer heuchelte Besorgnis.

»Alles bestens!« Gaby wandte sich schroff ab, sprang blitzartig von ihrem Stuhl und forderte mit bebender Stimme: »Michi, lass' uns gehen. Wir kommen hier im Moment eh nicht weiter. Sagen Sie, Harry, gibt es noch mehr Fotos von gestern Abend? Michi, gib' Herrn Dr. Kannengießer bitte eine Visitenkarte von dir. Ich habe noch keine. Harry, alle Fotos per Mail an diese Adresse. Sofort!« Ein wenig belustigt salutierte der hünenhafte Anwalt. »Sehr wohl, Frau Kommissarin. Erfahre ich auch warum?«

Gaby war längst Richtung Ausgang marschiert. Völlig verdattert kramte Michi hektisch die Unterlagen zusammen, verabschiedete sich mit einem halbherzigen »halten Sie sich zu unserer Verfügung« und eilte ihrer Kollegin hinterher. Begleitet von dem zweistimmigen Gekläffe von Adolf und Rudolf.

Als Kannengießer hörte, wie seine wunderschöne Eingangspforte unbotmäßig in ihre Zarge donnerte, stand er auf und ging in das Nebenzimmer. Bei Anita saßen zwei kräftige Männer in Motorradkleidung. »Marco, Werner, ruft die Truppe zusammen. Heute Abend um zehn im Bunker. Diese Cordes hat zwar nichts erwähnt, aber hatte Didi irgendetwas bei sich, was uns belasten könnte?«

Betretenes Schweigen. Kannengießers Halsschlagader fing an zu pochen. »Verdammt nochmal«, mit dem Geschrei spritzte Speichel durch den halben Raum, »wenn ihr's nicht wisst, findet's raus. Und ich will auch endlich wissen, wer mein Auto geklaut und meine Kneipe abgefackelt hat. Loooos!«

Michi und Gaby waren längst mit dem Auto wieder auf dem Weg ins Revier und hatten von dem Wutausbruch nichts mitbekommen.

»Kannst du mir sagen, was das eben sollte?« Michi schlug wütend auf das Lenkrad ihres Minis. »Ich leite die Ermittlungen. Ich reiße mir den Arsch auf, um heute in aller Herrgottsfrühe Infos für diese Befragung zu bekommen, und du rennst mit deinem ...«, weiter kam Michi nicht.

»Samantha«, Gabys Augen füllten sich mit Tränen.

»Was Samantha?«, Michi starrte verständnislos auf die Straße.

»Meine Tochter Samantha«, Gaby schluchzte, »sie war auf dem Foto. Zusammen mit Guidos Tochter.«

»Hannah?«, Michi fuhr rechts ran und brachte den Wagen zum Stehen, »die habe ich auf dem Bild gar nicht erkannt.«

»Wann hast du Guidos Tochter zuletzt gesehen? Vor seiner Inhaftierung? Dann erkennst du sie heute auch nicht mehr. Dünn wie ein Bleistift, den Kopf kahlrasiert. Ach scheiße, ich wusste, dass das nicht gut geht. Mein Mädchen läuft bei Nazis mit.« Heulend warf sich Gaby, so gut es eben ging, in Michis Arme.

13 Revier Schwetzingen, Büro Heller, Dienstag, 11. Juli, 11.00 Uhr

Fast zwei Jahre war es jetzt her, als Michi zum letzten Mal auf dem abgewetzten, aber extrem breiten Dreisitzersofa in Guidos altem Büro Platz genommen hatte. Sie erinnerte sich noch daran, als wäre es gestern gewesen. Bis tief in die Nacht hatten beide hier gesessen und über dem Fall eines verschwundenen Jungen aus Brühl gehirnt. Sie hatten Hemmerichs heimliche ‚Biervorräte für besondere Gäste' geplündert und kalte Pizza gegessen. Tags darauf hatte Guido von einem fürchterlichen Krach mit seiner Frau Heidrun berichtet. ‚Flittchen' war dabei wohl noch eine der netteren Bezeichnungen gewesen, die die Gattin seinerzeit für Michi gefunden hatte. Ohne jemals darüber zu sprechen, war dieser Platz für Besprechungen fortan tabu gewesen.

Michi strich über den grob gewebten Bezug des Polsters und dachte für einen kurzen Moment darüber nach, doch das Büro mit Gaby zu tauschen. Eine Besprechungsecke hatte sie in ihrem Büro nicht. Außerdem war Charly ganz begeistert von dem Möbelstück. Schnarchend, alle Dreie in die Höhe gestreckt, hatte er es sich bequem gemacht. Die beiden Frauen hatten den Hund nach dem abrupten Ende der Vernehmung am Morgen bei Michis Nachbarn im Parterre des Hauses in der Goethestraße abgeholt. Erst vor wenigen Wochen hatten Herrn Schneiders Dackelmädchen Bella und Charly beschlossen, beste Freunde zu werden.

»Jetzt nochmal in aller Ruhe von vorne, Gaby. Woher kennen sich deine Tochter Samantha und Hannah?«

Gaby schnäuzte sich die Nase. »Das war lange vor deiner Zeit. Ich war noch bei der OK, Guido schon hier beim

Mord. Rüdiger und ich haben damals auch in Leimen gewohnt. Da waren die Mädchen fünf oder sechs. Die hingen jeden Tag zusammen, bis wir halt nach Ludwigshafen gezogen sind. Und vor einem halben Jahr haben sie sich wieder getroffen. Hannah wohnt jetzt bei ihrem Bruder in Oppau. Sie musste ja irgendwo hin. Guido im Knast, seine Alte irgendwo in Dauertherapie. Jedenfalls, seit ein paar Monaten gehen die in so einen Jugendtreff. Rüdi meint, das wäre ok. Kein Alkohol, keine Drogen. Aber Samantha ist seitdem irgendwie anders. So schroff, so abweisend. Und jetzt sehe ich sie bei einem Faschoaufmarsch. Ausgerechnet unsere Tochter. Rüdi ist beim Arbeitskreis ‚pro Asyl‘, wir haben praktisch jede Demo mitgemacht, auf der es gegen Rechts ging.«

»Jetzt mach' dir mal nicht so große Sorgen.« Michi hatte geduldig zugehört und versuchte zu beschwichtigen. »In dem Alter wird viel ausprobiert ...«

Mit einem Mal hatte Gaby die Augen zu Schlitzen verengt, und sie fiel ihrer Vorgesetzten rüde ins Wort. »Das mag ja sein. Aber ich warte nicht, bis dieses rechte Pack sich meine Tochter einverleibt hat. Du musst mich in die JVA nach Mannheim fahren!« So flink und elegant, wie es mit ihren kurzen Beinen möglich war, spurtete Gaby entschlossen hinter ihrem Schreibtisch hervor.

»Bitte? Bist du noch ganz bei Trost?« Cordes hob fragend die Hände. »Du weißt schon, dass wir einen Job haben und so nebenbei einen Mörder suchen?« Charly musste kräftig niesen.

»Genauso ist es. Und wäre ich deine Vorgesetzte, würde ich anordnen, jetzt den Häftling Guido Ruck im Knast zu befragen.« Gaby zwinkerte mit dem linken Auge. »Jaaa, ich weiß, das ist auch privat. Aber mal ehrlich. Vielleicht weiß

Guido, in welchen Kreisen Hannah da drin steckt, in die sie Samantha reingezogen hat.«

»Und wenn es umgekehrt war?« Michi hob fragend die Schultern. Gaby Heller kam nicht mehr dazu, diese aus ihrer Sicht komplette Fehleinschätzung zu quittieren, als Hauptmeister Richter mit einem Mal in der Tür stand.

»Hallo, Frau Hauptkommissarin, ich habe schon versucht, Sie telefonisch in Ihrem Büro zu erreichen. Unten am Empfang steht eine Frau Lochner. Die will unbedingt mit Ihnen sprechen. Es geht wohl um ihren Lebensgefährten. Der sei verschwunden.«

»Ach ja, Richter? Kann man eigentlich mit vier Sternen auf der Schulter keine Vermisstenanzeige mehr aufnehmen?«

Sie dachte kurz nach. »Warten Sie mal. Das ist doch diese reizende Frau von gestern, die den Mönchheimer so arg vermisst. Bringen Sie sie hoch, Richter.«

Brigitte Lochner hatte offensichtlich geweint. Sie war ungeschminkt und ihre Miene sorgenvoll. »Isch muss misch wegen geschtern entschuldischen.« Die wenig attraktive Endfünfzigerin mit unnatürlich hochtoupierten Haaren roch stark nach Weichspüler und war bemüht, Hochdeutsch zu sprechen. Das breiteste Ingelreinerisch wäre der Kommissarin mit Geburtsort Hannover lieber gewesen. »Isch war so sauer auf den Arnold. Isch habe mir heute dann aber doch Sorgen gemacht und bin nausgfahre in soin Stall.« Irgendwie war den Polizeibeamtinnen gleich klar gewesen, dass diese Frau die Mischung aus Dialekt und Hochdeutsch nicht lange durchhalten würde. »Uff jeden Fall hot misch de Karl – des is dort sowas wie de Hausmeeschder – in dem Arnold soi Kabuff gelosse. Awwer do isser net. Unn do war er ah schunn seid Dache net. Hott wenigschtens de Karl gsacht.«

»Gestern haben Sie uns doch erzählt, dass Ihr Lebensgefährte öfter und auch länger mal abgängig ist. Vielleicht ist er ja mal woanders hin. Er ist ein erwachsener Mann, er darf das«, Michi versuchte, die ihr unangenehme Person abzuwimmeln. »Net de Arnold. Der hot soi feschde Gewohnheite. De Aschebescher is leer. Im Kiehlschronk in dem Loch is kä Bier mehr. Unn woonnerschd geht der net hie. Wie denn ah. De Geldbeidel liegt immer noch dahääm.«

»Ok, Frau Lochner«, Cordes wollte die Angelegenheit beenden, »ich schicke einen Beamten zu der Anlage der Kleintierfreunde, der soll sich mal umschauen. Gaby, würdest du bitte den Kollegen Richter anweisen, das in die Hand zu nehmen?«

Gaby griff zu dem Telefon auf ihrem Schreibtisch. »Hat die Wache unten immer noch die Einundzwanzig als Durchwahl?« Michi nickte. »Dafür fährst du mich nachher in die JVA!«

Die Hauptkommissarin zog die Augenbrauen hoch. »Willst du vielleicht auch noch ein Eis?«

14 Revier Schwetzingen, großer Konferenzraum, Dienstag, 11. Juli, 13.30 Uhr

Die Zeit bis zur Mittagspause und danach bis zur kurzfristig anberaumten SOKO-Besprechung verbrachte Gaby Heller mit dem Kennenlernen ihres neuen Bürotelefons und dem Stöbern auf diversen Internetseiten auf der Suche nach einem Ersatz für den Fiesta. Kurz nachdem sie Richter den Auftrag erteilt hatte, sich bei den Kleintierfreunden umzusehen, hatte sich die Kfz-Werkstatt in Schwetzingen gemeldet und die vom ADAC gemutmaßte Todesursache bestätigt. Unter 2.500 Euro wäre da nichts zu machen. Und da sei der Polizeirabatt schon abgezogen. Ein halbes Dutzend Mal hatte sie damit begonnen, ihren Mann Rüdiger auf dem Handy anzurufen, die Versuche jedoch jedes Mal abgebrochen. Sie wusste nicht, wie sie ihm beibringen sollte, dass ihre Tochter mit Rechtsradikalen unterwegs war. Außerdem wollte sie zunächst Guido zur Rede stellen. Auch, wenn er saß, sah Gaby Hannahs Vater irgendwie in der erzieherischen Pflicht. Vermutlich einfach auch nur, um jemandem die Schuld geben zu können.

Währenddessen war Michi Cordes damit beschäftigt gewesen, Revierleiter Gerd Hemmerich grob über den wenig erquicklichen Besuch bei Kannengießer in Kenntnis zu setzen. Er war damit einverstanden, die Abteilung für Organisierte Kriminalität weiter hinzuzuziehen.

Michi hatte danach kurz und unerfreulich mit Stefan Hirsch in Mannheim telefoniert. Er hatte sich zwar kollegial gezeigt und angeboten, einen V-Mann mit Kontakten zur Bruderschaft mit ins Boot zu holen, jedoch nicht, ohne ständige Anzüglichkeiten von sich zu geben.

Die SOKO-Runde an diesem Mittag war extrem dünn besetzt. Neben Hemmerich und den ermittelnden Kommissarinnen war nur der IT-Spezialist Michael Dresen mit seinem Laptop und einem betont sorgenvollen Gesicht anwesend.

Cordes rekapitulierte noch einmal im Schnelldurchgang die Vernehmung vom Vormittag und berichtete von dem Telefonat mit Hirsch. Ein erstes Treffen mit dem Informanten sei schon heute Abend möglich. Ein kurzes Nicken Gerd Hemmerichs signalisierte Zustimmung. Der Revierleiter ergriff dann auch das Wort. »Ich habe gerade mit dem leitenden Ermittler beim Landeskriminalamt wegen der Explosion in diesem Rockerschuppen telefoniert. Das ist jetzt absolut noch Verschlusssache. Einen Unfall durch ein Gasleck schließen die Kollegen aus. Man hat Brandbeschleuniger gefunden und zwei zerfetzte Gasflaschen, die in dieser Küche recht wenig Sinn machen. Es ist also von einem Anschlag auszugehen. Bei den Toten handelt es sich, und das ist jetzt bestätigt, um den zweiundfünfzigjährigen Wirt des Lokals, Walter Reichert, und seinen einundzwanzigjährigen Sohn Nico. Der alte Reichert ist übrigens ein guter Kunde der Mannheimer Kollegen. Sie müssten ihn kennen, Frau Heller.« Gaby nickte geistesabwesend, »Sie dürften ihn nicht kennen, Michaela, das war vor Ihrer Zeit. Aber Sie schauen so irritiert?«

Michi schnaufte bedeutungsvoll. »Sie haben eben gesagt, die Infos sind alle noch Top Secret. Betrifft das auch die Namen der Toten?« Hemmerich widersprach nicht. »Kannengießer wusste aber heute Morgen schon, wer in dem Laden ums Leben gekommen ist.«

»Naja«, Michael Dresen meldete sich aus dem Off und bettelte förmlich mit beiden Händen um Aufmerksamkeit, »ein Geheimnis ist das nicht mehr. Die Namen der Opfer sind seit heute früh schon im Umlauf. Die sind gegen acht

Uhr das erste Mal auf der Facebookseite der Nationalen Volkspartei, Ortsgruppe Mannheim, aufgetaucht. Kleiner, radikaler Haufen. Sind sogar für die AfD zu weit rechts. Das ginge ja an sich noch. Problematisch ist, dass die germanische Bruderschaft auf ihrer Seite im Darkweb ganz unverhohlen die muslimische Gemeinde der Selim-Moschee gegenüber den H-Quadraten für die Explosion verantwortlich macht. Ist natürlich Schwachsinn, aber da braut sich was zusammen.«

»Die Kollegen des LKA haben bereits den Verfassungsschutz eingeschaltet«, Hemmerich nahm das Zepter wieder in die Hand. »Das Referat für Ausländerterrorismus ist schon dran. Danke für den kurzen Überblick, Herr Dresen. Das alles ist auch der Grund, warum Pressesprecher Glatzl und Staatsanwalt Becker jetzt nicht hier sind. Die planen in Mannheim für heute Abend eine Pressekonferenz. Einen direkten Zusammenhang mit dem Toten in Ketsch will das LKA noch nicht herstellen.« Etwas ungläubig krault sich der Kriminalrat den kurz gehaltenen grauen Kinnbart. »Eine Info habe ich noch von der Kriminaltechnik. Herr Leistritz ist irgendwie anderweitig beschäftigt. Und zwar geht es«, Hemmerich kramte einen Zettel aus der Hosentasche, »um das Ei aus dem Hintern unseres Mordopfers. Er hat sich das nochmal genauer angesehen. Das Ei ist offenbar mit einem Polymerlack überzogen. Damit es wohl nicht so nach Kleber oder Diesel riecht. Je nachdem, was beim Herstellen verwendet wurde.«

Unvermittelt brüllte Michis Handy durch den Raum. Hemmerich zuckte erschrocken zusammen.

»Ja, Cordes hier! Wer ist da? Richter? Was gibt's, ich bin gerade in einer Besprechung? Sie haben was gefunden? Eier! Und das in einem Kleintierzuchtverein – Sie überraschen mich immer wieder, Richter!« Nur mit Mühe gelang es dem gegenübersitzenden Kriminalrat, nicht laut herauszulachen. Michi bat mit der rechten Hand noch um ein wenig Geduld. »Ach so, die Eier stinken. Wie? Ihnen ist eines runtergefallen und zerbrochen.« Michi Cordes wollte nicht herablassend klingen. Aber sie hatte es nicht mehr im Griff. Mit einem Mal stockte sie und hob mahnend die Hand. »Es riecht nach Diesel? Richter, hören Sie genau zu. Nehmen Sie mit dem Finger eine Probe und testen Sie sie mit der Zungenspitze. Bitte? Welcher Finger?« Michi verdrehte die Augen. »Nein, das ist kein Scherz. Nein, das ist nicht gefährlich!« Sie zuckte kurz mit den Schultern. »Haben Sie es? Wird die Zungenspitze taub? Sogar sehr taub. Ok. Sie sperren sofort das gesamte Gelände ab. Keiner kommt mehr rein, keiner raus! Und Sie warten, bis das Drogendezernat da ist. Wir kommen raus zu Ihnen!«

»Ja, aber Guido«, Heller insistierte enttäuscht.

»Komm mit!«, ohne weitere Einwände folgte Gaby der lakonischen Aufforderung ihrer Vorgesetzten in deren Büro. Aus der obersten Schublade ihres Schreibtisches zog Cordes einen Autoschlüssel. »Ein weißer Toyota. Steht vor meinem Haus in der Goethestraße. Hat Tanja mir hinterlassen. Benzin ist drin, die Versicherung ist bezahlt. Ob er anspringt, weiß ich nicht.« Genervt schob sie hinterher: »Mach', was du tun musst, aber mach' es schnell!«

»Glaub' mir, ich würde gerne mit dir tauschen.« Gähnend schälte sich die Oberkommissarin aus dem tief liegenden Wagen.

»Isch free misch so, dass du widder do bisch. Du hosch uns escht gfehlt.« Bernhard ‚Buddha' Leistritz streifte sich die blauen Latexhandschuhe ab und nahm Michis rechte Hand liebevoll in seine beiden fleischigen Pranken. Oberkommissarin Heller bedachte er lediglich mit einem deutlich unterkühlten »Guten Morgen, Frau Heller!«

15 JVA Mannheim, Dienstag, 11. Juli, 15.00 Uhr

Selbst für Gefängnisverhältnisse sah Guido Ruck verdammt schlecht aus. Der Prozess vor dem Landgericht hatte den einstmals kräftigen Mann ausgezehrt. Von den ursprünglich etwas mehr als neunzig Kilo am Tag seiner Festnahme waren vielleicht noch fünfundsechzig übrig. Dazu dieses fahle, leblose Gesicht. Gaby erschrak, als ihr ehemaliger vorgesetzter Hauptkommissar in Jeans und dem viel zu weiten, blauen Knast-T-Shirt in den hellen Besucherraum der JVA geführt wurde. Fast hatte sie Mitleid mit Guido, den sie zuletzt etwa zwei Wochen vor der Urteilsverkündung hier besucht hatte. Sie schämte sich sogar ein wenig dafür, dass sie in dem angrenzenden kleinen Zimmer für Besucher nichts Süßes aus einem der beiden Automaten als Geschenk gezogen hatte. Ein paar Kalorien würden ihm sicher guttun.

Die Wut überwog jedoch. Die ganze Fahrt von Schwetzingen bis hierher hatte sie sich am Handy mit Rüdiger so richtig in Stimmung gebracht. Im Rhythmus einer Galeerentrommel alternierten Mutter und Vater thematisch zwischen der Frage, wie man das Kind züchtigen und Guido zur Verantwortung ziehen könnte.

Gaby fackelte nicht lange. Verzichtete gänzlich auf Begrüßungsfloskeln oder sonstige Höflichkeiten. »Wann hast du deine Tochter das letzte Mal gesehen?« Unerbittlich starrte sie in die tief liegenden Augen dieses leeren Gesichts.

»Was ist mit Hannah? Ist etwas passiert?«, der bis dahin schlaffe Körper spannte sich, und selbst der Wärter auf seinem Beobachtungsposten einige Meter weiter spürte diese Veränderung.

»Das frage ich dich!« Ein Hauch Verzweiflung schob sich über Gabys Wut.

»Mich?« Guido lachte bitter und sah sich um. »Es gibt in dieser Einrichtung zwar einen Vater-Kind-Tag, aber oweh, Überraschung, Hannah macht davon keinen Gebrauch.« Seine Augen füllten sich mit Tränen, die Stimme klang erstickt. »Hannah war einmal hier. Drei Wochen nach meiner Inhaftierung. Nur, um mir zu sagen, dass sie jetzt zu Markus zieht und sie nicht mehr kommt.« Gaby fummelte ein nicht mehr taufrisches Taschentuch aus ihrem Beutel und reichte es Guido. »Und Markus hat mir über meinen Anwalt ausrichten lassen, dass er dafür sorgt, dass es so bleibt. Aber, was ist los, verdammt nochmal? Du bist besorgt, das sehe ich. Ich kenne dich lange genug.«

»Es geht um Samantha. Die Mädchen haben wieder Kontakt. Dein Sohn Markus wohnt ja nicht weit von uns weg.« Gaby Heller wusste auf einmal gar nicht mehr, was sie hier wollte. Guido zusammenstauchen für eine verkorkste Erziehung? Ihm Vorschriften machen? Es kam ihr mit einem Mal alles so albern vor.

Sie sprang kurz raus zu dem Süßigkeitenautomaten und kam mit einer Batterie Schokoriegeln und Tüten voller Gummibärchen zurück. Beim gemeinsamen Genuss von mit Palmfett überzogenen Waffeln und Nüssen sowie aus Schweineschwarte generierten Phantasiefiguren erzählte die Mutter von den Erkenntnissen des Morgens und der Sorge um ihre Tochter.

»Ich will mich mit dir nicht streiten, wer da wen reingezogen hat«, wagte Guido den Versuch eines vernünftigen Gesprächs, »aber ich würde das nicht so dramatisch sehen. Das sind Teenager, die probieren aus.« Als gäbe es kein Morgen, massakrierte er den dritten Schokosnack in Folge.

Der Zucker hauchte dem ehemaligen Polizisten ein wenig Leben ein.

»Genau dasselbe hat Michi auch gesagt«, nuschelte Gaby, während sie an einer Lakritzpeitsche saugte. Sie hätte den Satz gerne annulliert. »Das war jetzt falsch – oder. Ich meine, sie zu erwähnen?«

»Wie geht es ihr?« Guido schaute ein bisschen versonnen durch die leicht erhöhten großen, vergitterten Fenster. »Ich entnehme deinen Worten, sie ist wieder im Dienst? Wundert mich, dass sie dich noch nicht gefressen hat.« Aus den Augenwinkeln nahm Ruck die empörte Miene seiner Ex-Kollegin wahr. »Lass' gut sein, Gaby. Wir beide wissen, dass du ein wundervoller Mensch, aber eine lausige Polizistin bist. Und Frau Oberkommissarin Cordes wird damit nicht so entspannt umgehen wie ich.«

»Sie ist jetzt Hauptkommissarin.« Gaby tat unbeeindruckt.

»Dann schlage ich vor, dass du die Schlagzahl erhöhst oder dich gleich in Richtung Asservatenkammer bewirbst.« Guido verzog ein wenig das Gesicht, drückte die Faust auf den Bauch und musste leicht aufstoßen. »Ich bin das süße Zeug nicht mehr gewohnt.«

»Ist sie wirklich so gut, wie alle behaupten?«, trotzig verzog Gaby das Gesicht, »immerhin ist sie einem Serienmörder auf den Leim gegangen und hatte sogar was mit ihm. Brillant geht anders!«

»Jean Baptiste hat uns alle an der Nase rumgeführt ...«, weiter kam Guido nicht.

»Wie? Du bist auch per du mit diesem Monster?« Vor Schreck blieb der Oberkommissarin ein Stück Lakritze im Hals stecken. Der Husten erstickte fürs Erste ihre Empörung.

»Ja klar. Er wohnt zwei Zimmer neben mir. Wir gehen

sonntags immer zum Golf«, unkte Guido und griff nach der letzten verbliebenen Tüte Gummibärchen. Gabys kleine, aber fleischige Hand klatschte unvermittelt auf den bunten Plastikbeutel. Der ohrenbetäubende Knall der aufplatzenden Verpackung versetzte den anwesenden Wärter in akute Alarmbereitschaft. Guidos beschwichtigende Hand hielt den hochgewachsenen Beamten mit dem durchgeschwitzten blauen Hemd davon ab, sich der Szenerie zu nähern.

»Der ist hier? In Mannheim?« Entgeistert krallte sich Gaby fast die Hälfte der Gummibärchen aus dem geplatzten Beutel. »Der sollte doch im alten RAF-Trakt in Stammheim sitzen!«

Guido zuckte mit den Schultern. »Hat er mir gesagt. Habe ihm dort aber nicht gefallen. Jetzt schau' mich nicht so an, genau so erzählt er das jedem hier. Keine Ahnung, wie er das gemacht hat. Beziehungen, Bestechung ...«

Im Hintergrund meldete sich melodiös das Telefon des JVA-Bediensteten.

»Für Sie, Frau Oberkommissarin!« Gaby stand auf. Immer noch fassungslos.

16 Kleintierfreunde Ingelrein, Dienstag, 11. Juli, 16.30 Uhr

Mit einem entsetzten Gesicht warf sich Gaby praktisch auf die andere Seite des schmalen Gartenweges, der leicht abfallend zwischen den eingezäunten Parzellen hindurchführte. Die beiden Dobermänner stürzten sich zum x-ten Male an diesem Nachmittag mit Schaum vor dem Mund auf den Maschendrahtzaun. Die beiden einstmals grün gestrichenen, angerosteten stählernen Pfosten rechts und links des malträtierten Zaunstückes signalisierten, dass sie dem Druck nicht mehr lange standhalten könnten.

»Kann jetzt endlich mal jemand dafür sorgen, dass die Hunde Ruhe geben?« Genervt schälte sich Michi Cordes an dem Streifenwagen vorbei, der die Passage des Weges ungefähr auf halber Strecke schier unmöglich machte. Der Hauptkommissarin gelang es gerade noch, ihre helle Leinenhose nicht zu versauen. »Schön, dass du auch noch vorbeischaust, Gaby, und dich in die Niederungen deines Berufslebens begibst. Hat der Cocktailempfang bei Guido ein wenig länger gedauert?« Gaby wollte dem vorwurfsvollen Blick ihrer Vorgesetzten verbal entgegentreten. Hauptkommissarin Cordes ließ ihr jedoch keine Chance. »Der Richter hat in dem Kabuff von diesem Mönchheimer tatsächlich Drogen gefunden. Sieben Eier. So wie das, das bei dem Heinemann im Hinterausgang gesteckt hat. Wir durchsuchen jetzt systematisch alle Parzellen. Du übernimmst die Nummer vier …«, Michi zeigte auf einen Hühnerhof hinter dem sperrigen Streifenwagen und wischte auf ihrem Smartphone herum, »… da wartet ein Ehepaar Meff auf die Durchsuchung und die Einvernahme. Hier ist eine Kopie der Durchsuchungsanordnung.«

Fragend, gleichsam völlig entgeistert gaffte Gaby ihre Chefin an. Der verwirrte Gesichtsausdruck der gedrungen wirkenden Beamtin ließ dabei offen, ob sie sich mit der Aufgabe an sich überfordert fühlte oder nur mit der Frage, wie sie bitteschön an dem Dienstfahrzeug vorbeikommen solle. Michi zog beides in Betracht. »Du weißt schon noch, wie diese Arbeit so abläuft? Wir ziehen uns Handschuhe an, machen Schränke auf, heben Matratzen hoch, leuchten mit der Taschenlampe unters Bett ...«

Beleidigt schob sich Gaby an der Kollegin vorbei und quetschte sich demonstrativ zwischen Polizeiwagen und den Thujen durch, die entlang des Zaunes gepflanzt waren. »Hat jemand ein paar Handschuhe für mich?« Ihre Stimme schallte über die komplette Anlage. »Ach übrigens, Frau Kollegin«, der Tonfall wurde leicht zickig, »dein Ex-Lover logiert neuerdings im gleichen Hotel wie Guido«, und schob süffisant hinterher, »sie teilen sich fast ein Zimmer.«

Cordes war bemüht, sich nicht anmerken zu lassen, dass ihr diese Information wie geplant einen heftigen Stich versetzte. Wohlwollend erspürte Polizeihauptmeister Richter diese leise schlummernde Spannung zwischen den beiden Frauen und schickte sich an, Gaby Heller mit einem Paar schwarzer Latexhandschuhe auszuhelfen.

Breitbeinig blockierte Rainer Meff den schmalen Zugang zu der Parzelle, die schon von außen eher den Eindruck eines spießigen, aber gepflegten Schrebergärtchens machte. Es war zwar auch heute etwas kühler als in den zurückliegenden Tagen, dennoch wirkte die dicke Jogginghose, die Meff sich bis über den Bauchnabel seiner enormen Wampe gezogen hatte, völlig deplatziert. In aller Seelenruhe streckte der gut einsneunzig große, adipöse Mensch den Rücken durch, zog noch einmal an der ebenso dicken Zigarre und rieb seine rechte Hand mit den nikotin-braunen Fingern an der fleckigen Hose ab. Das behäbige »Wadde se än Moment« überhörte die Oberkommissarin und glitt überraschend elegant mit ihrem kräftigen Körper an dem bulligen vorbei. In der Hand vor sich hergestreckt die Anordnung zur Durchsuchung und auf den Lippen ein schnippisches »Ich muss nicht warten!«

Emdener Gänse sind recht selten, vor allem in unseren Gefilden. Es sind prachtvolle Tiere mit bis zu zwölf Kilo Lebendgewicht und einer Höhe von bis zu einem Meter. Vor allem aber sind sie bei Züchtern und in der Landwirtschaft beliebt als Wach- und Schutztiere. Und sie können es gar nicht leiden, wenn man drohend mit einem Blatt Papier in der Hand ungebeten in ihr Revier eindringt.

Gaby verlor zuerst ihr amtliches Dokument an die flatternde Gans zu ihrer rechten und dann den Halt. Mit aufgeschürften Knien – die Caprihosen hatten wenig Widerstand geleistet – sah sie sich binnen Sekundenbruchteilen auf Augenhöhe mit einem stattlichen und gereizten Ganter, der Gabys Abwehrhaltung mit einem herzhaften Biss in das Fettgewebe des Oberarms quittierte.

Das erboste Schnattern der kaum weniger stattlichen fünf Pommerngänse, die sich um die Espandrillos der Oberkommissarin stritten, vermischte sich mit dem aufgeregten Krähen des Nachbarhahns, dem hysterischen Gekläffe der beiden Dobermänner und Rainer Meffs unmotivierter Aufforderung an seine Frau: »Christl! Kumm emol her!«

Der Spuk dauerte vielleicht dreißig Sekunden. Mit einer Mischung aus Gehorsam und Gier folgten die gefiederten Wachen dem Lockruf und dem Körnerrascheln in den hinteren Teil des kleinbürgerlichen Mini-Bauernhofes.

»Des war mir klar, dass Sie mit dem Zettel do bei denne

Viescher kän Oidruck schinne.« Rainer Meff nuckelte selbstzufrieden an seinem Stumpen, während sich Gaby hochrappelte. Aus dem Rückzugsgebiet der Gänse näherte sich eine kleine, zierliche Person in einer blaugemusterten, ärmellosen Kittelschürze. Ihr Gang ließ vermuten, die Last der Welt läge auf ihren Schultern.

»Werre mir jetzt alle dohin wie Verbrescher behondelt?« Die Frisur der schmächtigen Frau, die so wirkte, als seien die Lockenwickler nie abgenommen worden, wiegte unnatürlich hin und her.

»Heller, Kripo Schwetzingen. Danke, dass Sie diese Enten verscheucht haben. Ganz schön wild.« Gekünstelt lächelnd versuchte die Kommissarin, eine adäquate Körperhaltung einzunehmen. »Natürlich sind Sie nicht alle Verbrecher, aber wir haben bei einem Ihrer Kollegen hier Drogen gefunden, und wir müssen sicherstellen, dass uns nichts entgeht. Und Sie sind?«

»Isch bin die Fra Meff, Christl Meff!« Gaby grinste. »Was gibts do zu lache?«

»Nichts, alles gut.« Gaby konnte sich nur schwer beherrschen. ,*Deine Eltern hatten jedenfalls mehr Humor als du*‘, dachte sie bei sich, als sie sich zu dem pittoresk gestalteten Gartenhäuschen vorarbeitete.

»Des is alles die Schuld vun derre bleed Kuh«, trottete Christl Meff mit einem fiesen Gesichtsausdruck der Kommissarin hinterher, gefolgt von ihrem Gatten.

»Welche blöde Kuh?«

»Ah do, unser Vorsitzende, die Negerin. Die macht den gonze Verroin kaputt«, empörte sich der schwer schnaufende Rainer Meff. »Wann Se Droge suche, dann gucke Se amol in derre ihrm Birro newe de Kneip!«

Gaby hatte nicht die geringste Lust auf weitere Konversation mit den Meffs und wies die wütende, kleine Frau und ihren Mann an, ihr nicht in das Häuschen zu folgen.

Die plötzliche Hektik auf der Anlage und das aufgeregte Bellen der Drogenspürhunde veranlasste Gaby Heller, die Durchsuchung der Laube vorerst einzustellen.

17 Atelier Tchandé, Dienstag, 11. Juli, 17.15 Uhr

Karl Kalkbrenner stürzte etwas linkisch durch die Glastür in die Goldschmiede in der Ingelreiner Hauptstraße. »Adina«, er blökte unbeherrscht in das Atelier, »dddu mumusch ubedingt runnerkumme in de Verroi. Die Bobobolizei is do!«

Adina Tchandé blitzte Kalkbrenner verständnislos an und wandte sich wieder der älteren, gepflegten Dame zu. »Entschuldigen Sie, Frau Rothermel ...«

»Karl?« Die Dame in dem eleganten, roten Kostüm drehte sich freudig überrascht um. Das runde, gütige Gesicht unter den weißen Haaren begann zu strahlen. »Bist du es wirklich?«

»Ihr kennt euch?« Tchandé machte überrascht einen Schritt zurück.

»Kennen?«, mit ausgebreiteten Armen lief Anneliese Rothermel auf die riesenhafte Gestalt zu, die in der verschmutzten und verschlissenen grünen Latzhose leicht geduckt im Türrahmen stand. »Karl ist die erste Liebe meines Lebens!« Es schien der kleinen, vollschlanken Frau völlig egal, ob Öl, Mist und Farbe sich von der Hose lösen könnten, um sich an ihrem edlen Sommerkostüm anzuheften. Ihre kurzen Arme schlangen sich knapp oberhalb der Hüfte um seinen Körper. Höher kam sie nicht.

Karl ließ die innige Liebkosung regungslos und peinlich berührt über sich ergehen. »Onnie?« Kalkbrenner streckte vorsorglich seine riesigen, dreckigen Hände weit von sich. »Wawawas machschn dududu do? Du bibibibisch dodoch in Omärika?«

»War ich mein Lieber. Und nicht in ‚Omärika', sondern in

Costa Rica, in Mittelamerika, du kleines Dummerchen. Gernot ist vor einem halben Jahr gestorben«, ihr Gesichtsausdruck wirkte nicht wirklich traurig, »tja und jetzt bin ich wieder zurück in Ingelrein und möchte mir von Frau Tchandé etwas von meinem Schmuck umarbeiten lassen. Naja, eigentlich alles. Gernot hatte auch einen eigenwilligen Geschmack.« Anneliese Rothermel wandte sich wieder der Goldschmiedin zu. »Und was habt ihr zwei Hübschen miteinander zu schaffen?«

»Ich bin seit zwei Jahren die Vorsitzende der Kleintierfreunde hier. Und Karl ist dankenswerterweise sowas wie meine rechte Hand.« Nicht ohne Stolz wies Adina Tchandé auf ihr Ehrenamt hin.

»Jaja, der Karl und seine Viecher. Da hat sich ja nichts verändert die letzten vierzig Jahre. Und hilfsbereit war er auch immer, mein Großer.« Annelieses kurzer Arm reichte gerade so, um die unrasierte Wange Kalkbrenners zu tätscheln. Mit Sorge blickte sie zurück zu Adina Tchandé. »Und was will die Polizei von harmlosen Hühnerzüchtern?«

»Das würde mich auch interessieren. Was ist los, Karl?«

Langsam löste sich Kalkbrenner aus der innigen Umarmung. »Dididie hewwe Droge gfunne. Boim Kutte im Stall unn bbboim Kolja ah. Unn jejejetzt wolle se ah dddoi Birro durchsuche.«

18 Kleintierfreunde Ingelrein, Dienstag, 11. Juli, 17.30 Uhr

Der Geruch von Mist und Futterresten lag mit der feuchten Luft bewegungslos über dem mit Knochensteinen gepflasterten Weg. Das kurze Gewitter an diesem Nachmittag verwandelte die Anlage der Kleintierfreunde binnen Minuten in eine übel riechende Sauna.

»Was soll das, Frau Cordes?« Adina Tchandé zeigte sich wenig erfreut über das Polizeiaufgebot auf dem Vereinsgelände und die offenkundige Unordnung als sichtbare Zeugen der vorangegangenen Durchsuchungen. »Ich bin hier die Vorsitzende. Sie dürfen nicht einfach meinen Verein auf links drehen, ohne mich zu informieren!«

Die Luft im Vereinslokal roch verbraucht. Aus der angrenzenden Halle zog Zigarettenrauch in die seit den Achtzigern nicht mehr neu möblierte Wirtsstube. »Masse, machst du mir bitte ein Pils.« Es schien, als würde die Vereinsvorsitzende ins Nichts reden. Der schmächtige italienische Wirt war hinter dem hohen Tresen kaum auszumachen.

»Si, Patrona. Di andere Signoras auch?«

Während Gaby Heller ein sichtbares ‚Ja' auf den Lippen lag, winkte Michi Cordes ab. »Danke, nein danke. Ich wusste gar nicht, Frau Tchandé, dass der Verein Ihnen gehört? Ungeachtet dessen, wir haben gesonderte Durchsuchungsanordnungen für jede einzelne Parzelle. Ihr Büro würden wir auch gerne in Augenschein nehmen.«

Massimo Giordano schob zwei Bierkrüge über den Schanktisch. Wortlos griff sich Kalkbrenner einen der beiden Humpen und trollte sich an seinen angestammten Tisch.

Adina nahm einen kräftigen Schluck von ihrem Bier. »Dafür haben Sie doch auch sicher einen richterlichen Wisch, oder?«

»Brauche ich einen?« Michi zickte zurück. »Wir haben in zwei Parzellen ‚Ihres' Vereins Kokain gefunden, das zu Eiern gepresst wurde. Und beide Parzelleninhaber sind spurlos verschwunden. Ihr ‚Kutte' ist wie vom Erdboden verschluckt, und jetzt fehlt auch noch jede Spur von Kolja Becker …«

»… bitte? Kolja ist auch verschwunden …«

»… Moment, ich war nicht fertig. Ihr Kollege Meff da draußen am Rauchertisch hat gemutmaßt, in Ihrem Büro würden wir auch Drogen finden. Und zwar genau solche Eier.«

»Klar habe ich solche Eier, die haben fast alle Züchter. Die benutzen wir …«

»… um sie Ihren gluckenden Hennen unterzuschieben«, Michi überprüfte ihr neues Wissen nochmal auf ihrem Smartphone, »… das wissen wir bereits von Frau Becker. Aber normalerweise sind diese Eier aus Gips.«

Pampig klatschte Adina ihren Schlüsselbund auf den Tisch. »Der Schlüssel mit dem blauen Ring. Damit kommen Sie ins Büro. Im ‚Giftschrank' finden Sie Ihre Drogen. Kieselgur, Ballistol, Mentofin, Verminex … Und der Meff da draußen sollte besser mal die Klappe halten. Der ist nur beleidigt, weil ich alle hier dazu nötige, ihre Tiere ordnungsgemäß beim Veterinäramt zu melden.«

»Sie legen sich mit ganz schön vielen Mitgliedern Ihres Vereins an, Frau Tchandé, finden Sie nicht?« Ermattet und fast liegend meldete sich Gaby Heller aus dem Off von der Eckbank im Halbdunkel des Lokals. Sie hatte gerade die rechte Laune, um die Stimmung ein wenig aufzuheizen. Erst das liegengebliebene Auto, dann die Tochter auf einem Nazi-Umzug, das unbefriedigende Gespräch mit Guido und schließlich diese unangenehme Spannung im Verhältnis zu Michi. Ja, ihre Gefühlslage war prädestiniert, um ein wenig Zwietracht zu sähen. »Mit diesem Kutte, also dem Herrn Mönchheimer, haben Sie sich gestritten, mit Kolja Becker liegen Sie auch seit Wochen im Streit wegen der Hunde, das hat uns seine Frau erzählt ...«

»Was wollen Sie mir unterstellen?« Adina Tchandé fiel ihr barsch ins Wort, ihr brauner Teint verfärbte sich in ein wütendes Weinrot.

»... ich war noch nicht fertig«, die Oberkommissarin suhlte sich förmlich in ihrer Selbstgefälligkeit, »der Herr Meff da draußen mag Sie auch so gerne wie ...«

»Es reicht!« Michaela Cordes war nicht länger gewillt, sich die zum jetzigen Zeitpunkt haltlosen Unterstellungen ihrer Kollegin länger anzuhören. Sie nahm Tchandés Schlüsselbund vom Tisch. »Charly, komm.« Der große, graue Wuschelkopf schob sich unvermittelt unter dem Tisch hervor, unter dem er die letzten Minuten unbemerkt gelegen und geduldig auf eine Belohnung gewartet hatte. Immerhin hatte er die Eier in Kolja Beckers Verschlag entdeckt. Charlys Kollege von der Drogenfahndung war unverrichteter Dinge an den mit Lack überzogenen Eiern vorbei getrottet. Er selbst hatte schon immer ein Faible für Weichmacher. So erschnüffelte sich der Dreibeiner[3] sogar die drei Eier unter der gluckenden Cochin-Henne. Ein Hühnerweib kolossalen Ausmaßes mit einem ausgeprägten Beschützerinstinkt, wie Polizeihauptmeister Richter schmerzhaft erfahren durfte.

»Wo ist ihr Büro?« Adina zeigte wortlos durch die schmale Tür ans andere Ende der Ausstellungshalle, in die sich Raucher des Vereins getrollt hatten. »Kommen Sie mit?«

Freundlich, ja fast freundschaftlich forderte Cordes die Vereinsvorsitzende auf, ihr zu folgen.

Das vier mal vier Meter große Kabuff war zugestellt mit deckenhohen Regalen, aus denen vorwiegend alte, vergilbte Ordner, Papiere und Festschriften quollen. Ein wenig Licht drang durch das einfach verglaste Fenster, dessen einstmals hellblauer Lack sich in großen Placken vom ausgelaugten Holz löste.

Adina ließ sich unmotiviert in den verschlissenen Chefsessel fallen. Aus der weiten Jeans kramte sie eine Schachtel Zigaretten. »Sie auch?« Michi nahm dankend an. Charly indes zeigte nicht das geringste Interesse an dem Raum oder den eingelagerten Dingen. Drogen würde die Hauptkommissarin hier nicht finden, aber vielleicht ein paar Erkenntnisse. Sie zündete sich die Kippe an und lehnte sich lässig an eines der Regale. »Irgendwie habe ich nicht den Eindruck, dass Sie große Freude an dem haben, was Sie da machen? Das ist doch ein Hobby, oder?«

Adina Tchandé schlug die Beine übereinander und zog tief an ihrer Zigarette. »Tja, so als Frau und dann auch noch fast schwarz, damit haben die Herren und manche Damen hier ein ernsthaftes Problem. Und dann kommt noch dazu, dass ich einfach den Rassismus in den Ställen zum Kotzen finde. Ja, Sie brauchen mich gar nicht so anzusehen. Die meisten hier töten ihre Tiere nicht zum Essen. Nein.« Tchandé fuhr mit einem gekünstelten Lachen fort. »Der Hahn hat einen Zacken zu viel oder zu wenig am Kamm, Kopf ab! Die Farben bei den Hennen entsprechen nicht exakt den Vorgaben der Bildchen im Standardwerk für Hühnerzüchter«, sie wedelte mit einem dicken Katalog und redete sich förmlich in Rage, »Kopf ab. Oder bei den Kaninchen. Die Babys sind nicht schon perfekt in Form und

Farbe, dann wirft man sie auf den Boden und tritt sie tot, oder der Rainer da draußen, der schmeißt sie auch gerne mal gegen die Wand!«

Vor lauter Fassungslosigkeit hatte Michi vergessen, an ihrer Zigarette zu ziehen. Die runtergebrannte Asche hatte sich gebogen und war unter ihrem eigenen Federgewicht abgebrochen und zu Boden gefallen. »Und Sie ...«, stammelte die Hauptkommissarin.

»... ich versuche seit zwei Jahren diesen Hohlbratzen klar zu machen, dass genau dieser Umgang mit Tieren dazu führt, dass Vereine wie unserer vor die Hunde gehen. Das geht einfach nicht, in dieser Zeit schon gar nicht. Aber diese Betonschädel kriegen das nicht auf die Reihe!« Die Goldschmiedin atmete tief durch, warf gleichgültig die aufgerauchte Zigarette auf den Boden und schüttelte kurz ihre mittellangen, schwarzen und lockigen Haare. »Und wie geht es jetzt weiter?«

»Nur der Vollständigkeit halber, in welcher Parzelle halten Sie Ihre Tiere?« Michi sammelte sich immer noch. Das massenhafte, grausame Schreddern von Küken in der Industrie, davon wusste sie. Die Vernichtung jungen Tierlebens im kleinen Maßstab hinter den Zäunen vermeintlicher Tierfreunde indes erschien ihr fast grausamer und vor allem zynisch.

»In gar keiner. Die da draußen lauern doch nur darauf, dass sie mir irgendwelche Vorhaltungen machen können, von wegen Tierhaltung, Zuchtstandards und so weiter. Und am Ende macht sich noch einer über meine Süßen her, wie über den Hahn vom Kutte, den Herrn Rossi. Nene, ich hab' meine Hühner zu Hause. Da geht es ihnen gut, da quatscht mich keiner blöd an.«

Die Kommissarin druckste herum. »Zwingen kann ich Sie nicht, aber …«

Adina stand auf und fuhr mit ihrer Hand durch Charlys Mähne auf dem Kopf. »Ich habe nichts zu verbergen. Wenn Sie wollen, kriegen Sie auch einen Kaffee!«

19 Haus Heller, Edigheim, Dienstag, 11. Juli, 18.30 Uhr

Mit finsterer Miene beanspruchte Samantha das am Fenster liegende Ende des langen Esstischs. Die frühe Abendsonne, die sich die meiste Zeit des Tages hinter wulstigen Wolken verborgen hatte, brannte heiß auf Gabys Gesicht. Die Mutter hatte bewusst einen Stuhl zwischen sich und ihrer Tochter freigelassen. Auch wenn das grelle Licht sie quälte; im Moment brauchte sie diese Distanz. Rüdiger hatte sich auf der anderen Seite dagegen ganz nahe zu Samantha gesetzt und sah sorgenvoll auf die gekrampfte Faust, die das Mädchen in stiller Wut anschnaubte.

Rebecca und Vincent hatten offenbar ein Gespür für die angespannte Situation im Hause Heller. Ohne viel Federlesens hatte Rüdiger die Zwillinge vor zehn Minuten in ihre Betten gebracht, und zur Überraschung aller Anwesenden waren sie dort sogar geblieben.

»Was soll das hier werden?« Die Sechzehnjährige presste die schwarz geschminkten Lippen so massiv aufeinander, dass an dem schmalen und sonst zarten Hals die Sehnen deutlich hervortraten. »Ist das hier die Inquisition? Was kommt als Nächstes? Verbrennt ihr mich auf dem Scheiterhaufen?« Dramatisch begann der Teenager durch Mund und Nase zu hecheln.

Ob der habilitierte Chemiker Dr. Rüdiger Heller tatsächlich immer in sich selbst ruhte, oder ob er nur über brillante schauspielerische Fähigkeiten verfügte, war auch seiner Gattin nach zwanzig Jahren Beziehung nicht immer ganz klar. »Samantha, du weißt schon, dass deine Mutter und ich auch mal in deinem Alter waren, und wir diese ganze Dramaturgie der elterlichen Erpressung kennen?« Der zweiundfünfzigjährige Privatdozent, der sogar in Jeans und T-Shirt immer ein wenig aus der Zeit gefallen an Indiana Jones erinnerte, stand auf und holte drei Flaschen Bier aus dem voluminösen Side-by-Side-Kühlschrank.

»Machst du jetzt auf Kumpel?« Arrogant warf sich Samantha nach hinten gegen die Rückenlehne ihres Stuhls. »Das erste Vater-Tochter-Bier, um das Eis zu brechen. Wow, das ist ja so phantasievoll …«

»Du undankbare Rotzgöre!« Gabys flache Hand klatschte lautstark auf die Tischplatte. »Was fällt dir eigentlich ein, so mit uns zu reden? Du schleichst dich heimlich aus dem Haus, um mit Nazis zu marschieren, und hast die Frechheit, dich derart aufzuführen?«

Samantha zuckte kurz und riss für einen Moment überrascht die großen, kastanienbraunen Augen auf, nur um sie sofort wieder zu querliegenden Schießscharten zu verengen. »Spielt ihr hier guter Bulle, böser Bulle? Die Nummer zieht nicht. Und was kümmert's, dass ich gestern Abend mit Freunden weg war.« Sie stützte die Hände auf den Tisch und beugte sich demonstrativ nach vorne. »Auf einem Trauermarsch für einen guten Deutschen!«

Gaby musste schwer schlucken. Ihre Stimme fing an zu zittern. »Das sind keine guten Deutschen. Kind. Das sind bitterböse Menschen. Da sind Typen dabei, die zünden Wohnheime an und verprügeln einfach so Menschen auf der Straße, nur weil sie aus einem anderen Land kommen oder eine andere Hautfarbe haben. Das sind Reaktionäre, Faschisten, Nazis …«

»… das sind Patrioten«, fiel Samantha ihrer Mutter schreiend ins Wort.

Rüdiger hatte die drei Bierflaschen auf den Bauernschrank neben dem Fenster gestellt. Bestürzt griff er in die Diskussion ein. »Nein Samantha, Patrioten nähren sich aus der Liebe zu ihrem Volk und nicht aus dem Hass auf andere Völker.«

»Was für ein Philosophenbullshit«, giftete die Sechzehnjährige zurück, »diese Neger und Ziegenficker, die uns junge Frauen vergewaltigen und umbringen und ihre eigenen Weiber in schwarze Säcke stecken. Fragt doch Hannah. Die hat doch in diesem Flüchtlingsheim geholfen.«

»Was ist Hannah passiert? Ist dir irgendwas was passiert?« Gaby hakte nach.

»Nein, bis jetzt noch nicht. Aber es ist doch nur eine Frage der Zeit. Kriegt ihr eigentlich noch mit, was um uns herum abgeht, jeden Tag?« Wie ein Missionar seine Bibel hob Samantha mit verzerrtem Gesicht ihr Smartphone in die Höhe. »Jeden Tag wird hier von Übergriffen berichtet, von Messerattacken und von Mord. Aber ihr lest nur diese gleichgeschalteten Tageszeitungen. Da bleibt man natürlich dumm!«

Rüdiger reagierte spontan auf die Entgleisungen seiner Tochter und griff sich das Mobiltelefon. »Darauf wirst du jetzt mal eine Woche verzichten. Die Strahlung scheint dir gar nicht gut zu tun.« Er versuchte, den Ernst der Lage herunterzuspielen. »Ich könnte dir zur Not auch einen Aluhut basteln ...«

»... das dürft ihr nicht!« Die Panik in Samanthas Gesicht erschütterte ihre Eltern. »Aber scheiß drauf. Hole ich mir die Wahrheiten halt woanders. Auch, wenn es euch scheißegal ist, dass wir Angst haben vor diesen Bimbos und diesen Islamisten.«

Entsetzt starrte Gaby ihre Tochter an. So, als wäre sie gerade nicht ihr Kind. »Wer zum Teufel hat dir dein Gehirn gewaschen?«

»Echte Freunde! Aber das kann dir doch egal sein«, hasserfüllt zeigte die Tochter ihrer Mutter die Zähne, »schau dich doch an, du kleine, fette Frau! An dich geht ja eh keiner mehr ran!«

Die Ohrfeige, die Rüdiger seiner Tochter verpasste, war selbst durch das geschlossene Küchenfenster ganz sicher noch drei Häuser weiter zu hören. Er erschrak über sich selbst. Zum ersten Mal in sechzehn Jahren war dem für Gaby manchmal unerträglich ruhigen und ausgeglichenen Wissenschaftler die Hand ausgerutscht. Zum ersten Mal hatte er das getan, was er immer zutiefst verurteilt hatte.

»Samantha«, stammelte er, »das, das tut mir leid. Das hätte ich nicht machen dürfen ...«

Konsterniert hielt sich das Mädchen die knallrote, linke Wange. »Du hast mich geschlagen! Du hast mich noch nie geschlagen.« Dicke Tränen rannen über das enttäuscht dreinblickende Gesicht. Die langen, schwarz lackierten Fingernägel krallten sich in ihr Dekolletee und den Ansatz ihres ebenfalls schwarzen, sommerlichen Tops. Sie zog es leicht nach unten und ließ einen Blick auf den Ansatz ihrer Brüste zu. »Kommt das als Nächstes?« Die Enttäuschung in ihrem Gesicht wich purer Provokation. »Erst schlagen, dann missbrauchst du mich?« Mit einem hämischen Grinsen marschierte sie an ihrem schockierten Vater vorbei.

»Auf dein Zimmer, aber schnell!« Gaby war verzweifelt.

Ohne sich noch einmal umzusehen, stampfte Samantha in den Flur, und ließ die Haustüre krachend hinter sich ins Schloss fallen. Um Vincent hatte sie noch einen Bogen machen können. Verschüchtert stand der Bub im Türrahmen. »Rebba schon wieda kotzt!«

In Tränen aufgelöst, nahm Gaby den Jungen auf den Arm und drückte ihn fest an sich.

20 JosenBikes, Mannheim, Dienstag, 11. Juli, 22.00 Uhr

Es versetzte ihr einen nicht unerheblichen Schlag in die Magengrube, als Michi die Waldhofstraße Richtung Norden fuhr und kurz vor der Herzogenriedstraße die JVA ausgeschildert war. Zum einen, weil sie tatsächlich ein schlechtes Gewissen hatte wegen Guido, zum anderen, weil sie ganz genau wusste, dass Gregor von Stammheim ins Café Landes$_4$ verlegt worden war. Gaby hatte noch in Ingelrein versucht, es ihrer Vorgesetzten als die Topnews zu verkaufen. Michi hatte überrascht getan, dabei wusste sie es längst. Ihre neue beste Freundin Annerose hatte es ihr schon vor Wochen erzählt. Michi musste schmunzeln. Obwohl sich die beiden ungleichen Frauen ernsthaft angefreundet hatten, hasste es die Psychologin, wenn Michi ihren Vornamen benutzte. Alle nannten Annerose Strühl-Sütterlin ASS. Nur ihr verstorbener Mann Heinrich hatte sie Annerose nennen dürfen. Und das war über zehn Jahre her. Obwohl Michi es fürchterlich fand, aus Freundschaft und Respekt erfüllte sie der ASS ihren Wunsch. Und irgendwie passte dieses harte Akronym auch trefflich zu der großen, hageren und immer entweder rauchenden oder hustenden Starprofilerin des Landeskriminalamtes.

Obwohl zu dieser Uhrzeit außer ihr niemand die sonst viel befahrene Straße Richtung Mercedes-Werk benutzte, zwang die Ampel Michi exakt an der Einmündung zum Knast zu einer Pause. ‚*Gregor würde ich nie bei seinem richtigen Namen nennen können*‘, schoss es ihr unvermittelt durch den Kopf. Jean Baptiste war ein Massenmörder, eine kranke Kreatur. Gregor hingegen war der Mann, den sie geliebt hatte …. Michi dankte Gott, dass die Ampel auf Grün sprang und auf der Linksabbiegerspur neben ihr ein offensichtlich Wahnsinniger mit einer älteren, tiefergelegten S-Klasse lautstark auf sich aufmerksam machte. Hauptkommissar Stefan Hirsch grinste überlegen aus seinem Luxusschlitten. Mit ausladenden Handbewegungen forderte er seine Kollegin auf, ihm zu folgen. Angesichts der vierrädrigen Penisverlängerung war Michi noch zufriedener mit ihrer Entscheidung, das Angebot Hirschs, mit einem Auto zu dem Informanten zu fahren, ausgeschlagen zu haben.

Obwohl sie das Navigationssystem bislang nie im Stich gelassen hatte, folgte Michi blindlings der Limousine mit den verdunkelten Scheiben Richtung Diffenebrücke auf die Friesenheimer Insel.

In der Abendsonne hatte die Mannheimer Variante des ‚Monte Scherbelino‘, der Müllberg auf der Nord-Ost-Seite der Altrheininsel, fast etwas Idyllisches. Die mächtige Solaranlage auf der einstigen Deponie reflektierte die letzten Sonnenstrahlen dieses bisweilen eher verhangenen Tages.

Das kleine Schild neben dem sicher einmal silbrig glänzenden Rolltor war leicht zu übersehen. Michi bemerkte es nur, weil der Kollege Hirsch zielstrebig darauf zusteuerte. »JOSENBikes« war auf jeden Fall keines jener Unternehmen, die um alles in der Welt auffallen wollten. Stefan Hirsch schlug mit der Faust gegen die blaue Feuerschutztür. Das Surren der drehenden Kamera oberhalb kam überraschend und überlagerte sich mit dem Summen des Türschließers. »Sie kennen diesen Stadler schon länger?« Skeptisch versicherte sich Michi der Präsenz ihrer P2000 aus dem Hause Heckler & Koch im Gürtelhalfter. Ein wenig neidisch beäugte Hirsch die Waffe seiner Kollegin. »Wir alten Deppen müssen noch mit der Walther rumrennen, bis sie auseinanderfällt, und können wir mal das blöde ‚Sie' bleiben lassen?«

»Soll das etwa heißen, dass es tatsächlich noch eine Polizistin in eurem Präsidium gibt, die du noch nicht beglückt hast?« Geräuschlos rollte Johannes Stadler aus dem Halbdunkel der Industriehalle auf die Beamten zu. Der extrem gut trainierte Oberkörper des Zweiundvierzigjährigen steckte in einem weißen, mit Öl verschmierten Muscleshirt. Die fünfzehn Zentimeter lange Narbe am rechten Oberarm betonte den definierten Trizeps. Mit einem freundlichen Lächeln und einem Augenzwinkern reichte er Michi die Hand. »Ich bin Joe, der Maulwurf. Du musst Michaela sein. Nicht mal halb so hässlich, wie dieser zweitklassige George-Clooney-Imitator dich beschrieben hat.«

»Cordes, also Michaela«, verlegen strich sich die Hauptkommissarin die Haare ihres Pixi-Bobs aus dem Gesicht, »Kripo Schwetzingen. Danke, dass Sie – dass du uns helfen möchtest. Motorradunfall?« Kaum hatte sie es ausgesprochen, hätte sie sich ohrfeigen können für diese plumpe Art, nach dem Grund für den Rollstuhl zu fragen.

Stadler reagierte gelassen. »Elmsteiner Tal. Vor zehn Jahren. Maschine weggerutscht und die Leitplanke hatte keinen Unterfahrschutz. Hat mir ganz fies den Arm aufgerissen.«

Michi traute sich nicht nachzuhaken.

»Aber du meinst wohl eher meinen schicken Rennwagen.« Er wusste, dass er die Kommissarin in Verlegenheit gebracht hatte. »Baggersee. Kleiner Tipp. Mach keine Kopfsprünge.

Zumindest nicht nachts um drei nach zwei Sixpacks und einer Flasche Wodka. Es sei denn, du stehst darauf, unterm Radar zu rollen!«

»Apropos, hast du ein Bier im Kühlschrank?« Stefan

Hirsch hatte genug von der Begrüßungszeremonie und stapfte voran in die weite Halle, in deren Mitte sich eine Werkstatt für Zweiräder andeutete.

Obwohl sie selbst auch noch fahren musste, wollte Michi keine Spielverderbin sein und ließ sich zu einer Dose Hopfenblütentee überreden. »Reparierst du hier die Maschinen der Bruderschaft?« Die Oberkommissarin war erpicht darauf, endlich mal zum Thema zu kommen.

»Reparieren, Tunen, Frisieren, Behältnisse zum Schmuggeln einbauen, alles, was das Rockerherz begehrt. Ich spüre, das Vorspiel ist vorbei.« Der joviale Unterton Stadlers wurde geschäftig. »Mein Honorar hast du dabei?«

Cordes zuckte zurück und schaute fragend zu Hirsch.

Der Dezernatsleiter für Organisierte Kriminalität griff lässig in die Innentasche seines sommerlichen Jacketts. »Der Erste geht auf mich, Frau Cordes!« Überheblich zog Hirsch einen Umschlag heraus und schob ihn über den glatten Betonboden Richtung Rollstuhl. Michi wollte sich schon bücken, da bog sich Johannes Stadler erstaunlich elegant nach vorne und hob das Kuvert auf.

»Stefan testet immer mal wieder, ob ich noch tief genug buckeln kann.« Lässig zwinkerte er Michi zu. »Ihr wollt mit mir über Harrycane und seine Truppe reden? Übler Haufen. Gewalttätig. Machen vor allem in Schutzgeld hier in Mannheim. Jungbusch, Neckarstadt, Sandhofen, Waldhof …«

»… hör mal Meister, für die zwei violetten Scheinchen möchten wir nicht hören, was wir schon wissen.« Hirsch reagierte ungehalten. »Was hat Kannengießer in Sachen Drogen laufen? Das ist doch sonst nicht seine Baustelle.«

»Genaues weiß ich nicht. Da war vor kurzem ein Neuer da. Fiete heißt der. Jung und ein bisschen«, Stadler ließ den rechten Finger vor der Schläfe kreisen, »ziemlich abgetakeltes Moped, 'ne runtergefahrene M900. Jedenfalls hat der was gefaselt von irgendwelchen Eiern, und da wäre Koks drin. Schwachsinn, wenn ihr mich fragt. Angeblich ein Riesendeal mit irgendwelchen Russen.«

»Hat dieser Fiete gesagt, um wieviele Eier es sich handelt?«, fragte Michi.

»Der hat irgendwas von zehntausend Eiern gelabert. Ist da etwa was dran?« Johannes Stadler glotzte ungläubig erst in Michis, dann in Stefan Hirschs Gesicht. »Ok, scheint so zu sein. Dann interessiert euch das vielleicht auch.« Stadler setzte die Bierdose noch einmal an und zog sie leer. »Die Brüder suchen offensichtlich ziemlich verzweifelt einen Typen namens Kutte. Ich kenne den nicht. Muss ein Hangaround sein. Heute Vormittag war der Broddl hier. Der Road-Captain und Vize vom Kannengießer. Er meinte, ich solle mich melden, wenn ich was weiß. Und mehr Infos gibt es auch nicht für das Taschengeld.« Sprach's, zerdrückte die Bierdose und warf sie in hohem Bogen durch die halbe Halle.

»Was machst du als Krüppel eigentlich mit der ganzen Kohle?« Hirsch stand auf und zog die Nase hoch.

Stadler verdrehte die Augen und verabschiedete sich formvollendet von Michi. »Wenn der Typ dir blöd kommt, ich kenne mich gut mit Bremsleitungen aus. Hier ist meine Karte. Handynummer auf der Rückseite.«

Vor der Industriehalle sorgte das gelbe Licht der Straßenlaternen für eine gespenstische Atmosphäre.

»Zehntausend Eier. Eins wiegt ungefähr vierzig Gramm. Sind also vierhundert Kilo bester Stoff. Wenn das stimmt, hat Kannengießer Koks im Wert von gut vierzehn Millionen Euro am Start!« Michi hatte den Taschenrechner auf ihrem Smartphone aufgerufen.

»Gestreckt locker das doppelte«, korrigierte Hirsch, »aber können Sie, Frau Kollegin von Hochnase, mir mal erklären, warum dieser Rolli da drin ‚Du' sagen darf und ich nicht?«

Ohne sich umzudrehen, ließ Michi auf dem Weg zu ihrem Wagen den Autoschlüssel um ihren rechten Zeigefinger kreisen. »Von dem Rolli will ich was!«

Der dritte Tag

21 Villa Kannengießer, Mannheim, Mittwoch, 12. Juli, 2.30 Uhr

Auch wenn die breitschultrige, sich elegant nach unten verjüngende Flasche des Courvoisier L'Esprit an die Körperform Kannengießers noch vor gut zehn Jahren erinnerte, das Rockeroutfit ruinierte die komplette Atmosphäre, die einem Cognac dieser Preisklasse angemessen gewesen wäre. Der Anwalt hatte sich angesichts der schwülen Wetterlage an diesem Abend für die mit Leder besetzte Jeansweste entschieden, auf deren Rücken der Schriftzug der Bruderschaft und die ‚Schwarze Sonne' aufgestickt waren. Er war überrascht, wie unangenehm der fünftausend Euro teure Tropfen auf der Zunge rüberkam und war froh, die Flasche nicht selbst gekauft zu haben. Er hatte sie vor Monaten bei einem zahlungsunfähigen Klienten als ‚Anzahlung' mitgehen lassen. Der Verschnitt aus zum Teil zweihundert Jahre alten Cognacs hinterließ einen ledrigen und rußigen Geschmack im Mund. Harrycane schüttelte sich. Seinen Ärger und Frust würde er dann doch wieder einmal mit dem süffigen finnischen Wodka runterspülen müssen.

Die Gestalt auf dem Thron-artigen Louis-Seize-Sitzmöbel in der hinteren Ecke des Büros räusperte sich kurz. »Nur ein unkultivierter Neonazi wie Sie kommt auf die Idee, einen L'Esprit tatsächlich zu öffnen.« Nur bei genauem Hinhören war ein dezenter russischer Akzent zu vernehmen.

Kannengießer ließ sich nicht anmerken, dass ihm gerade der Schreck durch alle Glieder gefahren war. Ruckartig riss er die oberste Schublade seines ausladenden Schreibtischs auf.

»Wenn Sie Ihre Glock suchen, drehen Sie sich einfach mal um.« Die gesichtslose Stimme klang gelassen, fast amüsiert.

Harrycane drehte den Bürosessel um knapp hundertachtzig Grad und schaute auf einmal in die Mündung seiner eigenen halbautomatischen Neun-Millimeter.

»Ihr Nazis seid so berechenbar. Oberste Schublade – natürlich rechts«, spöttelte die Stimme, »so unkreativ. Aber was kann man auch von jemandem erwarten, der eine viktorianische Kommode neben einen Stuhl aus dem Frankreich des 18. Jahrhunderts stellt. Typisch neureich.«

Paralysiert starrte der Chef der Germanischen Bruderschaft immer noch auf die Waffe, hinter der sich nach und nach der Umriss eines schlanken, hochgewachsenen jungen Mannes abzeichnete.

»Jurij hat eine ausgezeichnete Ausbildung beim SBU[7] genossen. Es wäre also töricht zu versuchen, ihn zu entwaffnen. Aber kommen wir endlich zum Geschäft. Sie haben sich vergangene Woche vierhundert Kilogramm unverschnittenes Kokain angeeignet oder ausgeliehen. Je nachdem, wie man es betrachten möchte. Jedenfalls hatte ich bereits eine interessante Unterhaltung mit dem Kassenwart Ihres kleinen Vereins. Leider ist das Gespräch mit ihm ein wenig aus dem Ruder gelaufen. Das lag hauptsächlich daran, dass er keine Bereitschaft zeigte, die fälligen acht Millionen Euro zu zahlen. Und in Ihrem Stammlokal haben wir Sie gestern«, der Gesichtslose hielt kurz inne, »verzeihen Sie, vorgestern, auch nicht angetroffen.«

Kannengießer atmete schwer. »Was für Drogen«, stammelte er, »ich habe keine Ahnung, von was ihr Clowns da redet. Habt ihr den Didi umgelegt und unsere Kneipe abgefackelt?«

Der Angstschweiß färbte die Jeansweste, die Harrycane auf der nackten Haut trug, dunkel.

»Wir haben niemanden umgelegt und nichts abgefackelt.

Noch nicht. Aber gut zu wissen, dass Ihr Schatzmeister von uns gegangen ist. Dann sind wir hier ja absolut richtig. Jurij, lass' dem Mann mal ein wenig Luft zum Atmen. Er scheint sich unwohl zu fühlen.«

Wie befohlen tat Jurij einen Schritt zurück.

»Herr Kannengießer, wir sind ja keine Unmenschen. Machen wir es so. Sie beschaffen bis morgen die neun Millionen Euro oder geben uns einfach die Ware zurück.«

»Eben waren es noch acht Millionen …«, Kannengießer wagte eine Bewegung und wollte sich in Richtung Stimme drehen.

»… Zinsen, mein lieber Freund. Und wenn Sie nicht stillhalten, sind Sie Ihre Schulden mit einem Schlag los. Zusammen mit Ihrem armseligen Leben.« Die bislang gelassene, fast sanfte Stimme wurde schärfer. »Morgen dreizehn Uhr Geld oder Ware. Den Ort teilen wir Ihnen mit. Wir haben Ihre Nummer.«

Ein leichter Luftzug, der aus Richtung der Tür zum Vorzimmer des Anwaltes herüberwehte, war das Letzte, was Kannengießer von seinem ungebetenen Besuch wahrnahm. Und es zeigte ihm auch, auf welchem Weg die beiden Männer in die Villa gelangt waren. Wie sie jedoch die Alarmanlage überlistet hatten, war ihm schleierhaft. Adolf und Rudolf hatte er zu Anita gebracht. Wie immer, wenn er nicht wusste, ob er die Nacht vielleicht komplett im ‚Bunker' verbringen würde. Der Begriff ‚Bunker' war nur sinnbildlich für das ansehnliche und still gelegene Ferienhaus irgendwo im Nirgendwo des Odenwaldes zwischen Waldbrunn und Mudau. Es war optisch Hitlers Kehlsteinhaus auf dem Obersalzberg nachempfunden. Ebenso grau und unnahbar, aber nur halb so groß. Harrycane diente es als Wochenend- und Liebesnest für sich und Anita und als ‚Zentrale' für den innersten Kreis der Bruderschaft. Hier oben, am Rande von ‚Badisch Sibirien' ließ man sie in Ruhe, die Gruppe, die sich selbst als letzte Bastion der arischen Herrenrasse in Süddeutschland verstand. Hier plante die Führungsriege mit Broddl, Didi, Waffenmeister Rainer Handke alias Uzi und Buchhalter Ali (was lediglich eine Abkürzung für Andreas List bedeutete) ihre Schutzgelderpressungen, die Einteilung der Huren auf den Straßen Mannheims und Ludwigshafens und natürlich die politischen Aktivitäten. Hier im Bunker unter der Fahne mit dem Hakenkreuz lebte die Elite der Bruderschaft normalerweise den braunen Traum vom Vierten Reich.

Nur in dieser Nacht nicht. Diese Nacht war geprägt von Ratlosigkeit. Und von Misstrauen. Keiner hatte eine Idee gehabt, wer hinter der Hinrichtung von Präsidiumsmitglied Didi Heinemann oder dem Brandanschlag auf das ‚Deutsche Eck' stecken könnte. Aber jeder hatte jeden komisch angesehen und Verrat gewittert. Vor allem der Präsi selbst.

Der unliebsame Besuch von eben bestätigte ihn. Er wurde hintergangen. Aber von wem? Didi war tot. Ali vielleicht? Kannengießer beobachtete schon länger mit Argwohn die doch sehr intensiven Kontakte zur rechten Szene in Sachsen. Aber Verrat? Und Uzi? Nein, der war zu doof. Der Waffennarr, der sich selbst nach der israelischen Maschinenpistole benannt hatte, war zu faul und zu untalentiert, einen riesigen Drogendeal einzufädeln.

Drogen! Harrycane hatte zwischenzeitlich die Verbindungstür zum Büro seiner Vorzimmerdame verriegelt und sich aus dem kleinen Kühlschrank neben der Terrassentür die Flasche Wodka geholt und sich ein großes Glas eingeschenkt. Es war ungeschriebenes Gesetz, seit er die Präsidentschaft der über hundertköpfigen Bruderschaft übernommen hatte, Drogen waren tabu. Waffenhandel, Prostitution, Erpressung, selbst auf das Gebiet des Internetbetrugs hatte man sich vorgewagt. Aber keine Drogen. Vor seinem geistigen Auge sah Kannengießer immer wieder seine Mutter. Er war vierzehn gewesen, als sie sich den goldenen Schuss gesetzt hatte.

Das Wodkaglas zerschellte an der viktorianischen Kommode. Blieb also nur Broddl. Sein Vize und seit acht Jahren intimster Begleiter.

22 Haus Heller, Edigheim, Mittwoch, 12. Juli, 7.00 Uhr

»Was soll das verdammt nochmal heißen, nicht ohne richterliche Anordnung? Ich bin Mordermittlerin, und es ist Gefahr in Verzug. Spüren Sie endlich dieses verdammte Handy von Hannah Ruck auf. Ach, wissen Sie was, lecken Sie mich am Arsch!« Das Handy von Gaby Heller schlug krachend in der Glasscheibe der Bauernvitrine ein und vernichtete en passant drei der sechs kristallenen Weingläser. Heulend brach sie danach auf einem der Stühle zusammen und vergrub ihr Gesicht in beiden Händen. Sie hatte versucht zu schlafen, aber kein Auge zubekommen. Etwas über zwölf Stunden war Samantha jetzt verschwunden. Und auch wenn sie sich sicher war, dass die Kollegen der Ludwigshafener Polizei alles Menschenmögliche unternehmen würden, um die Sechzehnjährige aufzuspüren, war es ihr unmöglich gewesen, auch nur eine Sekunde abzuschalten.

Der Tiefflug des Mobiltelefons hatte Rüdiger geweckt. Er hatte zumindest zwei oder drei Stunden geschlafen. Zum Missfallen seiner Frau. »Es ist mir unbegreiflich, wie du schlafen kannst. Deine Ruhe macht mich wahnsinnig.«

Völlig übermüdet schlappte Rüdiger, nur mit Unterhose bekleidet, zur Kaffeemaschine und goss sich den letzten Rest der kalten, braunen Brühe in die benutzte, danebenstehende Tasse ein. »Ich sorge mich genauso um Samantha wie du. Aber es wäre schön, wenn du zwischendurch auch mal an unsere beiden anderen Kinder denken würdest.« Der sonst stoische Akademiker reagierte ungewohnt gereizt. »Rebecca und Vincent werden gleich wach, und wenigstens einer von uns sollte in der Lage sein, die beiden zu versorgen.«

Gaby sprang erzürnt auf. »Jetzt lass aber mal die Luft raus. Du bist gerade mal zwei Tage in Elternzeit und glaubst, du bist Superdad? Was meinst du eigentlich, was ich die letzten vier Jahre hier gemacht habe. Mir an der Mumu rumgespielt?«

»Keine Ahnung, was du gemacht hast«, Rüdiger wurde mit einem Mal richtig zornig. »Aber du hast nicht mal gefragt, was der Kinderarzt gesagt hat wegen Rebecca.« Nervös wedelte Gaby mit den Händen durch die Luft. »Mein Gott, ja, das Kind kotzt ein bisschen viel und hat Durchfall. Was wird er gesagt haben: Geben Sie dem Kind Salzstangen und Cola …«

»Rebecca hat Krebs!«

»Ach, jetzt hat sie plötzlich Krebs, nur weil sie die Scheißeritis hat …«

»Hörst du nicht zu. Deine – unsere Tochter hat Krebs.« Rüdiger fasste seine Frau von hinten liebevoll an den Schultern an. »Ein hepatozelluläres Karzinom – Leberkrebs. Und die Leber ist wohl auch zirrhotisch. Dr. Hamid hat die Blutprobe im Labor dreimal untersuchen lassen. Um ganz sicher zu sein, möchte er eine Biopsie machen.«

»Es ist also gar nicht sicher, dass Rebecca Krebs hat?« Gaby begann, hysterisch zu hyperventilieren. »Es ist nicht sicher, und du suchst dir den unpassendsten Moment aus, um mir eine unbestätigte Diagnose einfach so, mir nichts, dir nichts vor den Latz zu ballern?« Sie stand auf und lief aufgewühlt in der Küche auf und ab. »Ich fahre jetzt zu Markus, oder besser gleich zu der Bank, in der er arbeitet. Der muss doch wissen, wo seine Schwester ist.«

»Du fährst jetzt nirgendwo hin!« Ungewohnt streng herrschte Rüdiger seine Frau an. »Wie oft hast du schon bei ihm angerufen? Viermal? Fünfmal? Er weiß nicht, wo

Hannah ist, und auch nicht, warum Hannah nicht ans Handy geht. Wir wissen ja noch nicht mal, ob Samantha überhaupt mit Hannah zusammen ist.«

»Du hast sie aus dem Haus gejagt mit der Ohrfeige«, Gaby fing an zu schreien, »du hast ihr das Handy weggenommen.« Wie von Sinnen trommelte sie auf Rüdigers Brust ein, nur um kurz darauf schluchzend in seinen Armen zusammenzubrechen. »Bring mir verdammt nochmal mein Kind zurück!«

23 Revier Schwetzingen, Mittwoch, 12. Juli, 9.00 Uhr

Als hätte Buddha es gerochen, dass Gaby Heller nicht anwesend sein würde, erschien er diesmal pünktlich zur Neun-Uhr-Runde der SOKO Heinemann. Revierleiter Gerd Hemmerich wirkte heute noch fahriger als die beiden Tage zuvor, als er, Staatsanwalt Becker und den Mannheimer Polizeipressesprecher Walter Glatzl im Schlepptau, in das ‚Verlies' stürzte, wie der lange, fensterlose Schlauch namens Besprechungsraum gerne genannt wurde. Nach kurzer Vorrede übergab er an den Staatsanwalt. Erich Beckers Jackett war triefendnass, auf der immer vor Hektik leicht geröteten Vierfünftelglatze hielten sich noch ein paar Wassertropfen krampfhaft fest. Zornig knallte Becker seine durchgeweichte braune Aktentasche auf den Tisch und den offensichtlich defekten Schirm in die Ecke des Raumes.

»Erst die Hitze, dann die Schwüle und heute Herbst. Dieses Wetter sollte man verklagen. Erstmal guten Morgen, Kollegen – und Kolleginnen. Gibt's hier keinen Kaffee?« Den auf sie gerichteten Blick ignorierte die junge Polizeimeisterin ganz vorne am Tisch geflissentlich. »Ist ja auch egal, wir haben Arbeit.« Becker drückte wichtigtuerisch den Rücken durch und war dennoch gerade einen Kopf größer als der neben ihm sitzende Revierleiter.

»Nach der Durchsuchung dieser Hühnerställe gestern in Ingelrein haben die Kollegen von der Drogenfahndung – muss ich jetzt übrigens jedes Mal auch Kolleginnen sagen?«, Becker verzog das Gesicht, »ja, jedenfalls haben Männer, Frauen und Hunde fünfzehn von diesen Kokaineiern gefunden. Da hatten Sie einen guten Riecher, Frau Cordes.« Das Lob kam ihm schwer über die Lippen. »Den zweiten

Tag wieder hier, und Sie nehmen gleich einen ganzen Drogenumschlagplatz hoch.« Michi Cordes wollte protestieren, Becker sah gar nicht hin. »Herr Leistritz, wissen wir, ob die Funde gestern und das Ei, das der Herr Heinemann postum gelegt hat, zusammengehören?«

Buddha wischte sich das kleine Schaumbärtchen von der Oberlippe und stellte seinen Proteinshake auf den Konferenztisch.

»Also mir kenne dovu ausgehe, dass die Droge aus demm Hühnerhof aus der selwe Produktion stamme. Die selb Reinheit, s'Gewischt is gleich, und die Eier hänn a alle so än Iwwerzug aus Kunschdoff. So ä Art Lack. Des Problem is, des Zeig kriggt ma in jedem Baschdellade odder online beim Künschtlerbedarf. Als Copopolymer kummt so Zeig in Farbe noi. Fer Kinschtler awwer a fer Fassadebinsler. Uff gut Deitsch, mir hänn ä Schpur und donn a widder kä Schpur.«

»Die Bewertung der Spurenlage dürfen Sie ruhig uns überlassen.« Der Staatsanwalt dachte gar nicht daran, die Leitung der Sitzung wieder an Hemmerich zu geben. »Was gibt es Frisches von der Front, Frau Hauptkommissarin?«

»Ich glaube nicht, dass der Verein ein Drogenumschlagplatz ist« Michi war ein klein wenig schnippisch. Sie mochte die voreiligen Schlussfolgerungen Beckers überhaupt nicht. »Aber egal. Ich hatte gestern Abend ein interessantes Zusammentreffen mit einem Informanten der OK …«

»Etwa dieser Rollifahrer?« Becker fuhr Cordes rüde ins Wort. »Seit drei Jahren steckt der Hirsch dem unser Geld in den tauben Hintern. Gebracht es noch nix.«

»Hm, wenn Sie die Antworten schon alle kennen, dann können wir diese Sitzung ja beenden.« Michi Cordes stützte sich fordernd mit den Händen auf den Konferenztisch und schaute einmal rundum in eine Reihe bass erstaunter Gesichter. Keiner der Anwesenden, nicht mal der Revierleiter, hätten sich diesen Ton gegenüber dem für seinen Jähzorn bekannten Staatsanwalt getraut. Am deutlichsten spürte man die Überraschung an Becker selbst. Verdutzt hielt er inne.

Michi Cordes fuhr unbeeindruckt fort. »Jedenfalls, dieser Informant, Johannes Stadler, hat erzählt, die Bruderschaft wäre dabei, mit ein paar Russen ganz groß ins Kokaingeschäft einzusteigen. Ein Typ namens Fiete, den Klarnamen kennt Stadler wohl selbst nicht, hat ihm von Eiern erzählt, die aus Kokain bestünden. Und jetzt kommt's: Angeblich soll es sich um zehntausend Eier handeln. Das wäre, ich habe das mal durchgerechnet, Stoff im Wert von rund vierzehn Millionen Euro. Gestreckt mit Lidocain^8 oder Levamisol^9 wahrscheinlich ein Mehrfaches.«

»Da haben wir es!« Becker hatte sich von der kurzen, geglückten Einschüchterung erholt. »Da hat einer was erzählt, da soll es sich angeblich handeln um, eventuell … bla, bla, bla. Wie schon gesagt. Dieser Stadler hat uns schon ein gutes Jahresgehalt der jungen Dame hier gekostet«, er zeigte einmal mehr auf die Polizeimeisterin, »Erfolge bislang keine! Ich weiß nicht, wie Sie das sehen, Hemmerich, aber ich würde hier kein Geld aus dem Budget des Reviers investieren.«

Eher geistesabwesend nickte der Revierleiter zustimmend, mischte sich aber weiterhin nicht ein. Michi Cordes war genervt von der Selbstherrlichkeit, mit der Becker hier ungefragt das Zepter übernommen hatte. Sie drehte den Spieß einfach um. »Hat die Auswertung denn noch irgendetwas beizutragen, bevor wir die Besprechung schließen?« Sie sah demonstrativ auf die Uhr.

»Ja, ich hätte da vielleicht noch etwas.« Die Polizeimeisterin drehte sich um und strahlte Michi ins Gesicht. Cordes glaubte, in einen Spiegel zu schauen. Und zehn Jahre zurück. »Polizeimeisterin Sprengler. Silke Sprengler. Wir kennen uns noch nicht. Ich kümmere mich um diese beiden Vermissten«, sie kramte in einigen Papieren vor sich, »den Herrn Mönchheimer und den Herrn Becker.« Silke Sprengler musste kurz grinsen, während in ihrem Rücken der Staatsanwalt ebenso kurz zuckte. »Weil Sie, Frau Cordes, vorhin von irgendwelchen Russen gesprochen haben. Dieser Becker hat russische Wurzeln. Er ist ein Cousin von einem gewissen Piotr Barjakov.«

Die plötzliche Stille im ‚Verlies' war ohrenbetäubend.

Verschüchtert und sehr leise meldete sich die zierliche Polizeimeisterin zurück. »Hab' ich was Falsches gesagt?«

Der Name ‚Barjakov' hatte selbst Hemmerich aus seinem Dämmerzustand geholt. »Sie haben alles richtig gemacht, Frau Kollegin Sprengler. Sehr gute Arbeit. Allerdings löst der Name Barjakov bei den Älteren von uns sehr unangenehme Gefühle aus. Ich denke, wir können dann an die Arbeit?«

Kleinlaut meldete sich noch der Pressesprecher. »An Sie alle noch die Anweisung des LKA, über den ganzen Komplex Heinemann, Bruderschaft und die Explosion im Deutschen Eck den Medien gegenüber kein Wort zu verlieren. Im Moment haben wir es ganz gut im Griff. Ich hoffe, das bleibt so.«

Beim Hinausgehen passte Michi ihren Revierleiter ab. »Was ist los mit Ihnen, Gerd?« Die beiden waren sich bei den Ermittlungen im Fall der Swingerclubmorde nähergekommen und hatten seither eine Art berufliches Vater-Tochter-Verhältnis. Gerd Hemmerich hatte alles mobilisiert und riskiert, um Michi wieder ins Team holen zu können.

»Inge, meine Frau. Vielleicht haben Sie bei Ihrem letzten Besuch bei uns mitbekommen, dass sie plötzlich den Namen der Katze vergessen hatte. Fluffy.« Dem hochgewachsenen Kriminalrat war es sichtlich unangenehm. »Sie vergisst halt viel im Moment. Vor zwei Wochen habe ich sie auf der Straße eingefangen. Sie wollte einkaufen gehen.« Er machte eine kurze Denkpause. »In dem alten Tante-Emma-Laden, der vor zwanzig Jahren schon zugemacht hat.« Hemmerich schnaufte schwer, und in den müden Augen sammelten sich einige Tränen. »Gestern haben wir die Diagnose bekommen. In spätestens zwei Jahren kennt mich meine Inge nicht mehr.«

24 Sparkasse Römerberg, Mittwoch, 12. Juli, 11.00 Uhr

Die zwei älteren Damen in der kleinen Schalterhalle der gefühlt noch kleineren Bankfiliale schauten immer wieder ungläubig und verschämt zu dem verglasten Büro des stellvertretenden Filialleiters hinüber. Wie eine Furie rannte Gaby Heller vor dem Schreibtisch von Markus Ruck auf und ab. Bruchstückhaft drangen die Drohungen und Beschimpfungen durch die zum Teil milchig verglaste Wand nach draußen.

Ein abgelehntes Darlehen? Verzug bei der Ratenzahlung? Fehlerhafte Belastungen des Girokontos? Die junge Mitarbeiterin hinter dem Tresen hatte das geschwätzige Duo längst zu einem argwöhnischen Trio ergänzt.

»Hör mal zu, du kleiner Sparkassenfuzzi. Wenn du jetzt nicht umgehend deine verzogene Schwester als vermisst meldest und wir endlich ihr Handy orten können, dann, dann ...«, immer wieder deutete die verzweifelte Mutter mit dem Finger auf den jungen Mann, der sich selbstgefällig auf seinem Bürosessel hin- und herdrehte.

»Was dann, Tante Gaby?« Markus Ruck zeigte sich unbeeindruckt. »Glaubst du wirklich, es passiert was? Weißt du eigentlich, wie oft ich diese missratene Göre schon als vermisst gemeldet habe? Deine Kollegen in der Inspektion in Oppau lachen sich schon scheckig, wenn ich anrufe. Hannah haut doch ständig ab, und dann taucht sie nach zwei oder drei Tagen wieder auf. Wo sie war? Rathauscenter, Walzmühle, Rheingalerie, und zuletzt hab ich sie selbst aufgegriffen am Berliner Platz. Da war sie am Schnorren. Und wie kommst du überhaupt darauf, dass sie mit Samantha unterwegs ist?«

»Ach komm, hör mir doch auf. Seit diese Dreckbehle[10] bei dir wohnt, seit dein Vater im Knast hockt und deine bekloppte Mutter sich in der Klinik verschanzt, hocken die doch nur noch zusammen.« Zum sechsten oder siebten Mal drückte sie Michis Anruf weg. Das alte Handy hatte die Flugeinlage vom Morgen fast unbeschadet überstanden.

»Lass' meine Mutter aus dem Spiel.« Wütend sprang Markus auf und zupfte sich nervös die Krawatte zurecht. »Sie hat sich aufgeopfert für uns Kinder, hat alles der Familie untergeordnet. Und wie bedankt sich dieses Arschloch, das uns gezeugt hat? Geht mit einer Hure ins Bett, ersäuft das Weib in ihrer Badewanne, und was hab' ich jetzt? Einen Knastbruder zum Vater. Hast du eigentlich eine Ahnung, Tante Gaby, was das für mich hier bedeutet? Die reden eh schon alle hinter meinem Rücken. Ich krieg' nie eine eigene Filiale oder später mal einen Vorstandsposten.« Trotz Klimaanlage, die das winzige Büro auf sehr frische einundzwanzig Grad runterkühlte, war Markus mit einem Mal schweißnass. Erschöpft ließ er sich wieder in seinen Sessel fallen.

»Ich weiß, Hannah und du, ihr habt es nicht leicht.« Gaby hatte sich ebenfalls gesetzt. Sie senkte ihre Stimme, sie war müde. »Ich bitte dich. Ich flehe dich an. Melde Hannah als vermisst. Ich rede mit den Kollegen.«

Markus schloss die Augen und reckte den Kopf nach oben. Wortlos griff er zum Telefon auf seinem Schreibtisch.

25 Villa Kannengießer, Mittwoch, 12. Juli, 11.00 Uhr

Der Regen klatschte ohrenbetäubend gegen die Windschutzscheibe des Mini. Genervt versenkte Michi ihr Handy in der sack-ähnlichen Handtasche. Silke Sprengler bezweifelte, dass die Hauptkommissarin es jemals wieder ohne eine Hundertschaft Kollegen in dem gefühlten schwarzen Loch finden würde. Die Hauptkommissarin war sehr angetan gewesen von dem Vorschlag der vierundzwanzigjährigen Polizeimeisterin, sie zur erneuten Vernehmung des Anwaltes und Präsidenten der Germanischen Bruderschaft zu begleiten.

Nach vier vergeblichen Versuchen, Gaby vom Revier aus zu erreichen, hatte Michi die quirlige Kollegin angeheuert. Interessanterweise hatte niemand in der Konferenz Gaby Heller vermisst. Selbst der Hauptkommissarin war erst gegen Ende der Sitzung aufgefallen, dass etwas fehlte. In diesem Fall jemand. Nachdem Gaby ihre Vorgesetzte jetzt erneut weggedrückt hatte, war sie ernsthaft angefressen.

»Können Sie Ihre Kollegin nicht erreichen?« Silke Sprengler versuchte, die Situation vorsichtig zu erfassen.

»Oberkommissarin Heller geht heute Vormittag einer anderen Spur nach. Sie hat offensichtlich einen schlechten Empfang.« Michi log und spürte, dass die junge Frau neben ihr das wusste. Man schwieg sich aus und hoffte, der Regen würde etwas nachlassen. Bis zur Villa Kannengießers waren es gut hundert Meter zu Fuß, ein Regenschirm weit und breit nicht in Sicht, und eine Kopfbedeckung hatte nur die Uniformierte.

Die junge Beamtin überbrückte charmant die kurze, peinliche Stille mit ein paar Informationen über sich und ihren lang gehegten Wunsch, zur Polizei zu gehen. Trotz Abitur habe sie sich erstmal für den mittleren Dienst entschieden. Sie wollte gleich arbeiten und nicht erst wieder drei Jahre die Schulbank drücken, nachdem ihr Vater, selbst Beamter beim LKA, im Dienst ums Leben gekommen war.

Der Regen wollte nicht aufhören. »Oh, das tut mir sehr leid«, Michi kramte etwas verlegen in der Tasche ihrer verwaschenen Jeans und zog zwei rote Plastikbeutel hervor, jeweils bedruckt mit einem Hundekopf. Buddha hatte überraschend angeboten, sich am Vormittag um Charly zu kümmern. Zu Adolf und Rudolf wollte sie ihren Dreibeiner nicht zwingend mitnehmen. Passende Behältnisse zur Entsorgung möglicher Hinterlassenschaften des Hundes hatte der Kriminaltechniker jetzt jedenfalls nicht. Michi hob die Beutel in die Höhe und die junge Kollegin verstand.

Mit dem roten Beutel auf dem Kopf stürzte die Hauptkommissarin vorneweg die drei Stufen hoch zu dem feudalen Portal. Die Haare waren dank Tüte das Einzige, was trockengeblieben war bei der Kommissarin. Formschön, aber unangemessen für die anstehende Befragung zeichnete sich der weiße Spitzen-BH unter der durchweichten, ebenfalls weißen Bluse ab. Michi ließ das kalt. Sie fröstelte nur ein wenig. Es hatte doch deutlich abgekühlt. Instinktiv zog Polizeimeisterin Sprengler den rechten seitlichen Reißverschluss ihres Blousons auf und legte damit das Halfter mit ihrer Dienstwaffe frei.

Michi klingelte. Es dauerte ein wenig, bis sich die Tür öffnete. Überraschenderweise stürmte kein kläffender Rudolf heraus und es zeigte sich auch kein stattlicher Adolf.

»Sie schon wieder Frau, äh, wie war noch gleich der Name, es passt gerade gar nicht. Rufen Sie bei meiner Sekretärin an und machen Sie einen Termin!«

»Ich heiße immer noch Cordes – aber ich denke, das wissen Sie ganz genau, Herr Dr. Kannengießer. Wir möchten Sie nicht lange aufhalten. Sie haben sicher viele rechte Angelegenheiten ... Verzeihung, Rechtsangelegenheiten zu erledigen. Das ist übrigens meine Kollegin Sprengler. Wir haben neue Informationen, die Sie sicher interessieren. Dürfen wir reinkommen?«

Der mit einer Jeans und einem blauen Kurzarmhemd recht leger gekleidete Anwalt verdrehte die Augen, drehte sich um und marschierte in Richtung Büro. »Wenn es schnell geht. Ich bin heute zeitlich ein wenig angespannt. Wo ist denn meine Freundin, die Frau Heller?«

»Wie Rudolf und Adolf nicht dabei«, Michi war irritiert, dass ihr diese beiden Namen so flüssig über die Lippen kamen, »oder haben Sie die Hunde irgendwo eingesperrt?«

»Nein, die sind bei meiner Lebensgefährtin. Wie kann ich Ihnen dienlich sein? Sie starren so fasziniert auf die Flagge, junge Frau. Gibt es bei ebay für knapp vierzehn Euro!«

»Herr Dr. Kannengießer, wir haben seit gestern neue Informationen, nach denen in Ihrem ehrenwerten Verein in großem Stil mit bewusstseinsverändernden Produkten gehandelt wird. Und das, obwohl Drogen, so hat man mir gesagt, gar nicht so ihr Ding wären!«

Kannengießer hatte die Frauen im großzügigen Entree der Villa stehenlassen, und seine Körperhaltung machte mehr als deutlich, dass das Büro heute tabu war. »Jetzt passen Sie mal auf, Frau Hauptkommissarin – und Sie, junge Dame, hören Sie gut zu, dann können Sie jetzt etwas lernen – ich bin Anwalt und verdiene mir damit mein Geld. Und davon lebe ich nicht schlecht, wie Sie sehen können. Unser Verein betreibt zwei gastronomische Betriebe neben dem deutschen Eck, an dem nur ich persönlich beteiligt bin. Alles legal, alles eingetragen. Und Sie werden lachen, wir zahlen sogar nicht wenig Steuern.« Harrycane wirkte gereizt. »Und wenn Sie nicht mehr haben als eine wilde Behauptung, dann ist mir die Zeit wirklich zu schade ...«

»... kennen Sie einen Fiete oder einen Kutte«, fiel ihm Michi Cordes ins Wort.

»Fiete ist ein Prospect, der könnte nächstes Jahr Mitglied werden. Kutte sagt mir nix. Was soll ich mit den Namen?«

»Naja, dieser Fiete – und jetzt sollten Sie zuhören, jetzt lernen Sie wirklich was, Frau Sprengler«, die junge Kollegin grinste die Hauptkommissarin erwartungsvoll an, »dieser Fiete rennt draußen rum und erzählt in der Öffentlichkeit munter, Ihr ehrenwerter Club hätte Koks für weit über zehn Millionen Euro am Start.« Michi hatte von Anfang an wenig auf Hirschs Taktik gegeben, die Drogensache unter dem Deckel zu halten, und konfrontierte den sichtlich verdutzten Rockerchef mit den vorliegenden Informationen. »Kutte ist ein mutmaßlicher Bekannter Ihres verstorbenen Freundes Heinemann. Und in dessen Anus hat unsere Kriminaltechnik gepresstes Kokain in Form eines mittelgroßen Hühnereis gefunden. Und dieser Kutte, er heißt mit richtigem Namen Arnold Mönchheimer, der ist verschwunden. Aber in seinem Hühnerstall und dem eines anderen Hühnerhalters haben wir Drogen gefunden, die exakt zu dem Fund im Enddarm Ihres Vereinskassiers passen.«

Perplex, irritiert, konsterniert. Michi wusste nicht, wie sie den fragenden Gesichtsausdruck dieses sperrigen Motorradrockers werten sollte, der erkennbar angeschlagen von einem Bein auf das andere wippte. Sie beschloss, zum finalen Schlag auszuholen. »Ich glaube Ihnen sogar, dass Sie diesen Kutte nicht kennen. Aber ihr Vize und Road-Captain, der Herr Ries, also Broddl, kennt ihn offenbar und sucht ihn wohl auch verzweifelt.« Michi machte eine etwas längere Kunstpause und schaute kurz hinüber zu der Polizeimeisterin, die augenscheinlich gerade eine Menge Spaß hatte. »Sagen Sie mal, kann es sein, Herr Anwalt, dass Sie nicht mehr so genau wissen, was in Ihrem eigenen Verein vor sich geht?«

»Spekulationen, Hörensagen«, Kannengießer wurde unruhig, »keine Ahnung, was Sie mit dieser Aufzählung von Absurditäten bezwecken wollen. Unser Verein handelt nicht mit Drogen, basta!« Er wurde laut. »Wir bringen auch unsere Mitglieder nicht um und jagen auch nicht unsere Clubhäuser in die Luft!« Kannengießers Handyklingelton ließ Michi kurz erschaudern. *„SS marschiert in Feindesland"*, schepperte es aus dem Mobiltelefon. »Das Horst-Wessel-Lied ist leider verboten. Aber das hier gibt es bei Youtube. Das ist wichtig, da muss ich ran«, Kannengießer wandte sich unvermittelt von den Polizeibeamtinnen ab. »Sie finden den Weg selbst hinaus?«

Es hatte aufgehört zu schütten, als Cordes und Sprengler wieder vor die Tür traten. »Wirklich gebracht hat diese Befragung jetzt aber nichts, Frau Hauptkommissarin!«

»Meinen Sie?« Michi Cordes zwinkerte ihrem jüngeren Alter Ego zu. »Welchen Eindruck hat Kannengießer gerade auf Sie gemacht?« Sie schlenderten gemütlich die nasse Straße hinunter zu Michis Auto. »Er war sehr angespannt«, begann Sprengler eine vorsichtige Analyse, »als wüsste er wirklich nichts von den Drogen. Er wirkte irgendwie unsicher.«

»Gut beobachtet, junge Padavan!« Michi wartete vergeblich auf ein Grinsen oder ein Lachen. »Star Wars? Yoda? Obi Wan?« Die junge Beamtin zuckte verständnislos mit den Schultern. »Ok, ich werde alt. Jedenfalls haben Sie das gut erkannt. Und das sagt uns was? Der Präsi eines gefürchteten Rockerclubs hat keine Ahnung mehr, was um ihn herum geschieht. Er wird gerade kaltgestellt. Was machen wir also als Nächstes? Wir greifen uns seinen Vize, Martin Ries!«

26 Reisenbach bei Mudau, Mittwoch, 12. Juli, 12.30 Uhr

Der Anruf Harrycanes hatte Broddl in der Nähe von Eberbach erreicht, an einer Stelle, an der der Handyempfang noch exzellent war. Den Auftrag seines Präsis, die beiden Russen, es könnten auch drei oder vier sein, in der verlassenen Lagerhalle am Rheinauer Hafenbecken in der Nähe des Kieswerkes fachgerecht verstummen zu lassen und sie, wenn möglich, direkt vor Ort zu entsorgen, nahm der Vierundfünfzigjährige mit den für ihn üblichen Stummlauten zur Kenntnis. Er könne sich diesen Fiete mitnehmen. Mehr Aufwand sei für die Hänflinge nicht nötig, hatte Kannengießer glaubhaft versichert.

Broddl steuerte den weißen Sprinter über die immer schmaler und schlechter werdenden Straßen in die Nähe des Weilers Reisenbach. Wie in der Nacht von Sonntag auf Montag den roten Dodge, den er auf der kleinen Lichtung mitten im Wald abgefackelt hatte. Wie erwartet hatte kein Mensch etwas mitbekommen. Das ausgebrannte Wrack stand unbehelligt in der Waldschneise. Broddl kontrollierte akribisch, ob alle Teile, an denen sich verräterische Spuren hätten befinden können, vernichtet waren. Vor allem der Gummigriff der Smith & Wesson hatte ihm Sorgen bereitet. Er war beruhigt, als er das rußig schwarze Stahlgehäuse des Revolvers erblickte. Der Conversion-Griff war samt seinen Fingerabdrücken sauber runtergebrannt.

Ein bisschen wehmütig dachte Broddl an seinen alten Freund Didi Heinemann. Zehn Jahre lang trugen sie die gleiche Kutte und hatten gemeinsam mit den Kameraden der Bruderschaft so manchen Schwachsinn ihres Präsidenten mitgetragen. Jetzt, da die Rechtspopulisten im Aufwind seien, sei die richtige Zeit, sich den rechten, bürgerlichen Kräften anzuschließen. Die Illegalität sei nicht mehr nötig. Der deutsche Geist sei geweckt, die Nationalisten nicht mehr aufzuhalten.

Er und Heinemann hatten sich nie wirklich für das politische Gebrabbel interessiert. Und sie hatten lange geplant, Harrycane abzuservieren. Die Begegnung Didis mit diesem Jurij in der Spelunke im Mannheimer Norden war da gerade recht gekommen. Russen mit fast einer halben Tonne unverschnittenem Koks auf der Suche nach einem funktionierenden Zwischenhandel in Süddeutschland. Didi hatte nicht eine Sekunde gezögert. Er hatte zwar genau wie Broddl nicht den Hauch einer Ahnung vom Drogengeschäft und schon gar kein Verteilnetz oder einen Zwischenhandel, um das Zeug zu strecken, aber sie hatten eine Gelegenheit, ihren Boss ans Messer zu liefern. Und der durchaus gute Ruf der Germanischen Bruderschaft auch in den nationalistischen Kreisen Russlands hatte hier seine Vorteile. Die Angabe der Adresse des Chefs Harald Kannengießer hatte gereicht, und Jurij hatte zwei Bahntickets ins weißrussische Hrodna springen lassen. Dort hatte man ihnen den Transporter übergeben, voll beladen mit zehntausend hühnereigroßen Portionen Kokain. Unbehelligt waren sie mit der Fracht über Polen in den Odenwald gelangt. Das nette Logo mit den weißen Eiern und dem Schriftzug ‚*Hühnerfarm Wroclaw*‘ hatte die Angelegenheit deutlich erleichtert.

Dass Didi etwas beiseiteschaffen wollte, hätte Broddl nicht sonderlich gestört. Dass der Stümper aber diesen Kutte mit reinzieht und die ganze Aktion gefährdet, das konnte er nicht zulassen. Am Ende hätte sich Didi beim Boss noch verquatscht. Es wäre nicht das erste Mal gewesen. Die Neue hatte ihn auf die Idee gebracht, den möglichen Störer zu beseitigen. Ein Teufelsweib. Oder ein teuflisches Weib. Er wusste es selbst nicht genau. Seit Wochen ging sie ihm schon um den langen Bart. Hatte sich regelrecht rangeschmissen. Mit Erfolg.

Ihr war auch die Magnum im Handschuhfach aufgefallen. Und sie hatte auch den Plan entworfen, Heinemann im vorderen Odenwald in der Nähe des Bunkers abzuknallen, die Leiche weit weg abzulegen und wieder zurück zum Tatort zu fahren, um Kannengießers Truck einzuäschern. Broddl war buchstäblich hin und weg von dem Feuereifer der kleinen Teufelin. Wobei er sich eingestehen musste, dass es auch für ihn höchst grenzwertig war, dass es die Kleine richtiggehend geil machte, Didi die Waffe aufzusetzen und hinzurichten.

Die Nummer danach in dem geräumigen Dodge hatte er jedoch gerne mitgenommen, bevor der ein Raub der Flammen wurde.

Hinter Osterburken fuhr Broddl rechts ran und pulte das Wegwerfhandy aus der Oberschenkeltasche seiner Arbeitshose. »Polizeirevier Buchen? Ja, ich wollte eine verdächtige Beobachtung melden. Bitte? Ja, der Empfang ist schlecht. In einem Waldstück bei Reisenbach, auf einer Lichtung, da steht ein ausgebranntes Auto. Sieht aus wie ein Pick-Up. Dem sollten Sie vielleicht nachgehen. Nein, ich möchte gerne anonym bleiben.« Broddl legte auf, nahm die SIM-Karte aus dem Klapphandy und warf beides in den Wald.

Er dachte kurz darüber nach, wer sich Harrycane als Erstes vornehmen würde. Die Polizei oder doch die Russen, die, er sah kurz auf die Uhr, jetzt ganz sicher ein wenig ungeduldig in einer verlassenen Fabrikhalle im Süden Mannheims warteten.

Am nächsten Fastfood-Schuppen würde er sich jedenfalls ein verspätetes, aber ausgiebiges Frühstück gönnen. Immerhin lagen jetzt gut dreißig Stunden Fahrt vor ihm.

27 Revier Schwetzingen, Mittwoch, 12. Juli, 15.00 Uhr

Die letzte Meldeadresse, die Michi von Martin Ries alias ‚Broddl' recherchieren konnte, war fünf Jahre alt. Ein Hochhaus in der Gräfenaustraße im einerseits berüchtigten, andererseits aber kultigen Stadtteil Hemshof. Und auch dort war er nur als Untermieter bei einer Andrea Schneider gemeldet. Sie schickte Silke Sprengler und Martin Richter los, informierte vorher jedoch die Kollegen des in Rheinland-Pfalz liegenden Ludwigshafener Präsidiums und ersuchte um länderübergreifende Amtshilfe.

Sie hatte sich einen Kaffee am Automaten den Gang runter geholt und wollte die Zeit bis zur Nachmittagskonferenz der SOKO nutzen, um endlich den Bericht von der Durchsuchung der Kleintierzuchtanlage und der Privaträume der Tchandés fertigzustellen. Außerdem wollte sie sich intensiver mit dieser Germanischen Bruderschaft beschäftigen, als Gaby Heller ungewaschen, ungekämmt und eindeutig in der Kleidung von gestern ins Büro stürzte. Die Schürfwunden an den Knien waren braun verkrustet und gut sichtbar durch die durchgewetzten Kniepartien der Caprihose. Im Schlepptau hatte sie einen noch recht jungen, aber bieder gekleideten Mann.

Michi Cordes entfuhr nur ein schnodderiges »Was willst du denn hier!«

»Falls du dich erinnerst, ich habe dir vor zwei Tagen meinen Ausweis gezeigt. Ich arbeite hier«, giftete Gaby zurück und rieb sich die müden, von schwarzen Furchen umgebenen Augen.

»Da gehen die Meinungen hier im Haus durchaus auseinander. Nochmal, was willst du und wer ist dieser Versicherungsvertreter?«

»Ich bin's, Markus. Erkennen Sie mich nicht mehr?« Er reichte der deutlich größeren Michi über den Tisch hinweg artig die Hand.

»Markus? Etwa Markus Ruck? Sorry, ich hätte Sie nicht wiedererkannt. Das ist fast vier Jahre her. Der Geburtstag von Ihrem Vater, das chaotische Grillfest.«

»Nennen wir es chaotisch«, Markus Ruck wirkte verlegen, »meine Mutter hatte mal wieder einen ihrer Schwächeanfälle …«

»… was kann ich für Sie, für euch tun? Es ist gerade schlecht. Wir stecken mitten in einer Mordermittlung. Wie geht es Hannah? Ich habe mal was mitbekommen, sie würde jetzt bei Ihnen leben?«

»Ja, und genau das ist das Problem«, polterte Gaby dazwischen. »Meine Tochter Samantha ist gestern Abend abgehauen. Rüdiger und ich haben sie wegen dieser Nazischeiße zur Rede gestellt. Und Samantha hat ihr Handy in der Wut zu Hause liegen gelassen. Naja, eigentlich hat Rüdi es ihr weggenommen …«

»… und Samantha und Hannah«, mischte sich Markus Ruck ein, »kennen sich aus der Zeit, als wir noch in Leimen gewohnt und mein Vater und Tante Gaby zusammen gearbeitet haben. Jedenfalls, Hannah ist auch verschwunden, und eure Kollegen in der Pfalz drüben haben alles versucht, aber auch das Handy meiner Schwester ist nicht zu orten. Und das ist extrem ungewöhnlich.«

»Leute, ich will wirklich nicht unmenschlich wirken«, Michi nippte kurz an ihrem Kaffee und stand auf, »aber Vermisstenfälle sind Aufgabe der Bereitschaftspolizei. Und die Kollegen in Ludwigshafen geben bestimmt alles. Nochmal, ich habe hier einen Mord auf dem Tisch und wahrscheinlich eine halbe Tonne Kokain auf der Straße, da kann ich mich nicht um zwei Teenager kümmern. Und du, Gaby, solltest mal duschen und vielleicht auch ein bisschen schlafen …«

»… wie soll ich schlafen, wenn mein Baby da draußen ist. Aber du hast ja keine Kinder. Du weißt nicht, wie das ist!« Der kurze Wutanfall hatte der verzweifelten Oberkommissarin alles abverlangt. Ermattet sank sie in einen der beiden Besprechungsstühle.

Markus Ruck sprang ihr bei. »Hannah ist in den letzten Monaten, seit mein Vater – naja, Sie wissen schon – öfter abgehauen. Und sie verkehrt da in Kreisen um diese Rockerbande. Irgendeine Bruderschaft …«

»… nicht irgendeine Bruderschaft«, mit letzter Kraft ging Gaby dazwischen, »… die Germanische Bruderschaft, genau die Nazis, in deren Umfeld wir gerade ermitteln. Harrycane und seine Bande!«

»Ja, wegen mir«, genervt ließ sich Markus auf den zweiten Stuhl vor Cordes Schreibtisch nieder, »ich bin mit meinem Job derart beschäftigt, ich bin nicht in der Lage, Hannah rund um die Uhr zu beobachten. Aber ich weiß, dass sie mit einem der Typen, der heißt glaube ich Marco, öfter mal zu diesem Reiterhof fährt. Ist irgendwo hinter Leimen. Unsere Eltern waren da ein paar Mal mit uns, als wir klein waren.«

»Mein Gott, dann fahrt doch da hin und schaut euch um«, Michi wurde langsam kratzbürstig.

»Ich weiß nicht mehr, wo das genau war.« Markus senkte kleinlaut den Kopf. »Da oben gibt es bestimmt zwanzig Aussiedler- und Bauernhöfe. Die haben alle Pferde.«

»Ja, und was soll ich da machen? Eine Hundertschaft hochschicken, um die Mädchen zu suchen? Gaby, du weißt doch, wie das funktioniert, oder hast du in den letzten vier

Jahren alles vergessen? Wir brauchen eine konkrete Adresse, dann eine Durchsuchungsanordnung und schließlich die Genehmigung von oben, um einen solchen Bauernhof auf links zu drehen!«

Das Klopfen an der Bürotür war in Cordes' Wortschwall untergegangen, nicht aber das tiefe Bellen. Buddha konnte Charly trotz seiner Masse nicht davon abhalten, wie ein Verrückter auf Michi zuzustürmen.

»Tschuldischung, Mischi, isch hab net gsehe, dass du Bsuch hosch«, mit hochrotem Kopf nahm der Kriminaltechniker zur Kenntnis, dass Gaby Heller vor dem Schreibtisch der Hauptkommissarin Platz genommen hatte, und versuchte, auf dem Absatz kehrtzumachen. »Isch kumm nochher nochemol vorbei.«

»Jetzt hör' auf, kindisch zu sein, Buddha. Ehrlich gesagt, ist es mir scheißegal, was zwischen euch beiden mal war oder noch ist, wenn wir hier langfristig professionell zusammenarbeiten wollen, müsst ihr das klären. Wolltest du mir nur Charly bringen oder ist noch was?«

Buddha Leistritz atmete tief ein und entschied nach kurzem Innehalten, wieder umzudrehen.

»Isch heb ebbes gfunne, unn außerdem iss mir Scheiße bassiert!« Wie ein Schuljunge hielt der Achtundvierzigjährige die durchsichtige Beweistüte vor das üppige Feinkostgewölbe.

Gaby drehte sich um und sah Buddha in die Augen. »Das geschieht den Besten. Was ist denn los?«

Michi machte eine fordernde Handbewegung. »Ja, schieß' los, was ist passiert? Warte Buddha. Herr Ruck, ich muss Sie bitten, so lange draußen zu warten. Das ist Polizei-intern.«

Markus Ruck nickte und stand auf. »Bernhard?« Mit einem Strahlen in den Augen sah er Buddha an.

»Jesses!« Leistritz erwiderte das strahlende Lachen. »Du bisch doch de Klä vumm Guido, de Martin.«

»Immer noch Markus, und größer geworden. Du auch, wie ich sehe.« Ruck deutete mit der rechten Hand einen Bauchansatz an.

»Nur noch hundertfünfunddreißig Kilo. Isch heb schunn zwanzisch Kilo runner.«

»So, jetzt aber!« Michi tippelte ungeduldig mit den Fingern auf den Schreibtisch.

»Also, mir hänn die gonze Eier uffgschnitte, um noch emol exakte Probe nemme zu känne. Unn in äm funn denne Eier war des Ding drin.« Er deutete mit dem Zeigefinger auf einen schwarzen Brocken. »Des is än GPS-Sender. Extrem klä. Militärstandard.«

»Also versucht jemand, die Drogen im Auge zu behalten. Gute Arbeit. Lässt sich das GPS-Signal auch zum Empfänger zurückverfolgen?« Michi Cordes machte ein hoffnungsvolles Gesicht.

»Grundsätzlisch is des meglisch, wenn de Empfänger aktiv nochm Sender sucht. Jetzt kummt awwer der Teil, der eisch net gfalle werd. Mir hänn den Sender mit dem Ei durchgsegt. Awwar äns is ziemlisch sicher. Deitsche odder Amerikoner suche die Eier net. Der Sender kummt aus Russland!«

Charly hatte es sich längst unter dem Tisch zu Michis Füßen bequem gemacht, als das unangenehme Geräusch des Telefons ihn erschreckte.

»Ja, Cordes!« Stumm bat sie um Ruhe und hörte etwa eine halbe Minute konzentriert zu. »Sie sind sicher, dass die Fahrgestellnummer mit der von Kannengießers Truck übereinstimmt? Ok, dann lassen Sie bitte alles in die KT nach Heidelberg schaffen. Die Waffe bitte per Express!«

»Das waren die Kollegen von der Polizei in Buchen. Sie

sind einem anonymen Hinweis gefolgt und haben den angeblich gestohlenen Dodge von Kannengießer in einem Waldstück in der Nähe von Reisenbach gefunden.«

Gaby Heller hatte einen wachen Moment. »Reisenbach? Das gehört doch zu Mudau. Der Harry hat irgendwo da oben auch ein Ferienhaus.« Die Oberkommissarin apostrophierte mit den Zeigefingern. »So einen richtigen Nazibunker. Ich habe mal Fotos gesehen.«

»Ok. Buddha, du fährst bitte wieder ins Labor und wartest, bis die Kollegen mit den ersten Beweisstücken eintreffen. Du, Gaby, gehst runter in den Keller in die Abteilung ‚Wasch und Dusch'. So nehme ich dich nicht mit, wenn wir Kannengießer hochnehmen. Und jaaa, in Gottes Namen. Ich rufe in Leimen an. Die sollen mit einer Streife mal die Reiterhöfe abfahren.« Mit beiden Händen scheuchte Michi ihre Kollegen Richtung Tür.

Mit einem hoffnungsvollen Blick der Erleichterung trottete Gaby Heller Buddha hinterher auf den mit kaltem Licht beleuchteten Flur. »Bernhard, warte mal. Ich ...«, sie rieb sich mit ihrer klebrigen Hand verlegen über den Mund, »... also wir brauchen vielleicht deine Hilfe.«

Ohne zu zögern, drehte sich Buddha um. »Brausch du was ausm Labor? Än DNA-Tescht, odder sowas?«

»Mit DNA hat es etwas zu tun. Aber nicht hier. Wohnst du noch in Heidelberg?« Leistritz nickte. »Alte Adresse? Darf ich dich heute Abend besuchen kommen?«

»Isch wees net, ob des jetzt de rischdische Zeitpunkt is ...«, unsicher wippte Buddha von einem Bein auf das andere.

»Nicht, was du denkst.« Gaby musste kurz grinsen. »Es geht um meine kleine Tochter. Ist neun ok?«

Ahnungslos, wie er war, stimmte Buddha zu.

Markus Ruck saß derweil abseits auf einer einsamen Bank den Flur runter und telefonierte. Die Krawatte hatte er längst abgelegt. Er spürte die sich anbahnende Betriebsamkeit. »Kümmere du dich um die Arbeit, Tante Gaby. Und finde die Mädchen. Ich rufe mir gerade ein Taxi.«

Mit gütiger Miene bedankte sich Gaby für das Verständnis. »Ich danke dir, dass du mit mir an einem Strang ziehst. Aber bitte, hör' auf, Tante zu mir zu sagen.«

28 Kaffeekränzchen bei Anneliese, Mittwoch, 12. Juli, 15.00 Uhr

Die Sammeltassen mit den verspielten Mustern standen immer noch neben den massiven, mit Goldrand verzierten Sektkelchen in dem Vitrinenaufsatz, der den wuchtigen, schwarzbraunen Schrank darunter nach oben elegant, aber erhaben abrundete. Das Klavier, das schon vor fünfundvierzig Jahren atonal geklungen hatte, stand immer noch am gleichen Platz, ebenso wie die Gründerzeit-Standuhr mit dem Messingziffernblatt und dem fehlenden Pendel. Der Geruch des alten Firnis der Hölzer mischte sich mit dem leicht modrigen Duft des Papiers der Bücher in dem massiven Regal an der Stirnseite des Esszimmers. Seit mindestens fünf Jahrzehnten warteten die Schmöker jetzt schon darauf, endlich gelesen zu werden. Eine in Leinen gebundene Goethe-Gesamtausgabe von 1929, ‚Shakespeare's works' mit edlem Lederrücken, dazwischen Mark Twains ‚Tom Sawyer' und eine verblichene Hardcover-Ausgabe von Dale Carnegies Allzeitklassiker ‚Sorge Dich nicht, lebe'.

So wohl hatte sich Karl lange nicht gefühlt. Entspannt streckte er die unendlich langen Beine unter den runden Esstisch und versuchte dabei, den kunstvoll gedrechselten Fuß des Nussholzmöbels nicht zu berühren. Sein Blick wanderte durch den runden Türbogen in die orangefarbene Küche mit den Aluminiumzierleisten und dem klapprigen Boiler, der über der arg ramponierten, aber sauberen Edelstahlspüle hing.

Der Duft frisch aufgebrühten Kaffees drang an seine Nase. »Sei..seit wann bischn du widder in Ingelroi? Es is so sauwer dohin?« Alles war wie damals, sogar das Klappern des Kaffeegeschirrs, das aus der Küche drang.

»Wir haben die ganzen Jahre jemanden bezahlt, der mein Elternhaus einmal im Monat sauber hält. Ich konnte es einfach nicht verkaufen. Und nötig hatte ich es auch nicht.« Anneliese trug vorsichtig das Tablett mit den Tassen, der passenden geblümten Kanne und einem frisch aufgeschlagenen Becher Sahne ins Esszimmer. »Ich habe Erdbeerkuchen gekauft. Ich hoffe, du magst den noch so gerne wie früher.« Lächelnd legte Anneliese Rothermel ihre Küchenschürze über einen der Esszimmerstühle und schritt noch einmal in die Küche, um den Kuchen zu holen. Karl war tief beeindruckt. Die dreiundsechzig Jahre sah man seiner Jugendfreundin wahrlich nicht an. Der Körper war immer noch straff, ein wenig fülliger als damals (aber das mochte er), und die leicht gewellten, grauen Haare umschmeichelten das jugendlich strahlende Gesicht. Wie am Vortag trug Anneliese ein elegantes Kostüm, diesmal in marineblau mit farblich perfekt abgestimmten Pumps.

Karl hatte sich fein gemacht. Für seine Verhältnisse. Das sonst immer stachelige, ungepflegte Gesicht war perfekt rasiert, und das schüttere, graue Haar hatte er mit Pomade oder Gel über den birnenförmigen Kopf gepflegt nach hinten gekämmt. Die Kleidung war alt, aber sauber. Eine schlichte, leicht abgewetzte Stoffhose und dazu unpassend ein flauschiges Holzfällerhemd, trotz der sommerlichen Schwüle. »Erdbeere sinn immer gud!« Er strahlte Anneliese glückselig an, als sie ihm ein großes Stück des Kuchens auf den Teller legte.

»Warum«, startete sie beiläufig das Gespräch, »ziehst du diese ‚*Ich bin ein Dorfdepp-Vorstellung*' immer noch durch?«

Karl kaute schneller und schluckte fast das halbe Stück Kuchen auf einmal hinunter. »Die Leit losse misch in Ruh. Unn seit du nimmi do bisch, will isch nur noch moi Ruh!«

Sanft legte Anneliese ihre manikürte, zarte Hand auf die verhornte, grobschlächtige Pranke Karls. »Gott, mein Lieber, das ist fünfundvierzig Jahre her.« Mit einer Mischung aus Mitleid und Scham sah sie ihm tief in die Augen. »Es tut mir so leid, was ich dir angetan habe. Ich konnte nach der Sache mit dem Grabinger nicht hierbleiben. Ich hab' meine Eltern angefleht wegzugehen. Stattdessen haben sie mich in dieses Internat und dann zum Studium in die Staaten geschickt. Fünf Jahre an der Vanderbilt in Nashville. Fünf Jahre nur Countrymusic, Johnny Cash und schlechten Whiskey. Ich war also auch alleine. Bis ich dann Gernot kennengelernt habe. Aber das wird dich nicht interessieren. Dein Stottern ist viel besser geworden.«

»Stimmt. Nununur, wewewenn isch uffgeregt bin. Unn iiiisch bbbinn grad uffgeregt.«

Anneliese goss Kaffee ein. »Das musst du nicht sein. Ich bin wieder da und du bist hier. Wie früher.«

»Du hosch doi Glick also gemacht mit dem Gernot. Dididir geht's gut.«

»Glück?« Anneliese schüttelte den Kopf. »Ich bin bestens versorgt. Gernot hat die Im- und Exportfirma seines Vaters in Costa Rica übernommen, ausgebaut und mir hinterlassen. Unser Sohn kümmert sich aber ums Geschäft.«

»Du hosch Kinner?«

»Ja, Oleksander. Großartiger junger Mann. Ein Wunder, dass ich schwanger werden konnte, so wie mich der alte Grabinger zugerichtet hat. Wenn du damals nicht gewesen wärst ... der hätte mich totgeschlagen.« Anneliese schüttelte sich angewidert. »Ich möchte nicht mehr an diese schreckliche Nacht denken. Habe aber immer wieder Albträume davon, wie sich dieses schmierige Subjekt an mir zu schaffen macht. Wo hast du ihn seinerzeit ...?«, sie musste trocken schlucken. »Anderes Thema! Diese Adina bei den Kleintierfreunden, die magst du. Stimmt's?«

Karls mächtige Birne färbte sich rot. »Schunn. Awwer mehr wie ä Dochter. Die hängt sisch so nei, unn is so fleißisch …«

»Du beschützt sie?«

»Hajo.«

»So, wie du mich damals beschützt hast?« Wieder nahm sie seine Hand.

»Genau so!«

»Du großer, starker, wundervoller Mann!« Sanft hauchte sie ihm einen Kuss auf die Wange.

29 Revier Schwetzingen, Mittwoch, 12. Juli, 18.30 Uhr

Harald Kannengießer trommelte mit den Fingern ungeduldig auf den Metalltisch vor ihm. Immer wieder schlugen dabei die massiven Gelenk-Handschellen hörbar auf. Rechtsanwalt Gotthold von Breitenstein Aue, ein recht stattlicher Endsechziger mit nicht mehr ganz vollen, gewellten weißen Haaren, saß gegenüber und redete seit zwanzig Minuten unermüdlich auf seinen Kollegen und Mandanten ein.

Hemmerich hatte darauf bestanden, dass Michi Cordes und Gaby Heller mit einem SEK bei der opulenten Villa am oberen Luisenpark vorfuhren. Michi hatte dankend abgelehnt. Über zwei Stunden hätte das Einsatzkommando von Göppingen nach Mannheim benötigt, aus ihrer Sicht zu lange. Wobei sie schon gerne dabei zugesehen hätte, wie die vermummten Kollegen mit der Stahlramme das edle Portal zu Kanzlei und Wohnung des Nazirockers mit Schwung aufbrachen.

Es kam anders, und vor allem gänzlich schmucklos. Kannengießer wollte in feinem Zwirn gerade in sein Mercedes-Cabrio steigen, als Michi und Gaby vorfuhren. Die erneute provozierende Frage, ob die ‚überbezahlten Staatsdienerinnen' endlich seinen gestohlenen Wagen gefunden hätten, hatte Michi mit einem launigen »Ja, und jetzt ist er auch schön braun« weggelächelt und dazu fröhlich mit den Handschellen gewedelt. Gaby hatte, ebenfalls süffisant lächelnd, den Haftbefehl wie eine päpstliche Bulle mit beiden Händen vor das verdutzte Gesicht Harrycanes gehalten und ihm nach allen Regeln der Kunst seine Rechte vorgelesen.

Die Kollegen aus Buchen waren schnell gewesen. Sehr schnell. In nur knapp einer Stunde hatte sich der Streifenwagen mit dem verkohlten Stahlgerippe der Waffe aus dem Dodge als Fracht durch den Berufsverkehr auf der B 37 nach Heidelberg gepflügt.

Buddha war es ein Leichtes gewesen, die Seriennummer der Waffe sichtbar zu machen und im nationalen Waffenregister ‚INIT' den zuletzt registrierten Besitzer der 460er Magnum zu ermitteln: Dr. Harald Kannengießer. Der Waffenschein war gültig, die Smith & Wesson nicht als gestohlen gemeldet. Auch wenn es kein Projektil zum Abgleich mit den Zügen im über zwanzig Zentimeter langen Lauf des stattlichen Revolvers gab, zwei der fünf Patronen in der Trommel waren abgefeuert worden. Drei waren offensichtlich erst im Feuer explodiert und hatten an der Trommel zusätzlichen Schaden angerichtet.

Trotz Feuer und Explosion war das Innere der beiden leeren Patronen zu Buddhas Erstaunen sehr gut erhalten. Gut genug für den akribischen Spezialisten, um zu erkennen, dass eine der Hülsen schon seit längerer Zeit leer sein musste, während Oxidationsspuren am Messing der zweiten Patrone gänzlich fehlten.

Staatsanwalt Becker hatte die Indizienlage völlig gereicht, um bei Gericht einen Haftbefehl zu erwirken. Bei dem gefundenen Truck handelte es sich um einen roten Dodge RAM, wie er an Heinemanns Ablageort gesichtet worden war, der Waffentyp passte perfekt zu der riesigen Eintrittswunde in Heinemanns Stirn, und beides war auf Kannengießer zugelassen.

»Glauben Sie allen Ernstes, ich bin so dämlich und bringe meinen Secretary eigenhändig mit meiner eigenen Waffe um und fahre ihn dann auch noch mit dem eigenen Auto weg und verbrenne den Wagen am Ende fast vor der eigenen Haustür? Da will mir einer was in die Schuhe schieben. Das sieht doch jeder!« Harrycane wütete wie ein Berserker in dem stickigen Vernehmungsraum. Er schwitzte. Die Krawatte baumelte unmotiviert an seinem Hals, die Ärmel des strahlend weißen Hemdes hatte er sich – gegen Anraten seines Anwaltes – hochschlagen lassen.

»Wissen Sie, Herr Dr. Kannengießer«, Michi Cordes hatte eine entspannte Sitzposition gegenüber den beiden Herren eingenommen und startete das Aufnahmegerät, »wer sich ‚*Deutschland, Deutschland über alles*' zusammen mit einer Palmeninsel und – wie heißt das? – ‚*I love Koh Samui*' auf den Arm tätowieren lässt, dem traue ich auch zu, dass er Suppe mit der Gabel ist.«

»Frau Oberkommissarin«, von Breitenstein Aue setzte das überheblichste Lächeln auf, das Michi bislang gesehen hatte, »es ist immer wieder eine Freude, Ihnen dabei zuzusehen, wie Sie im Dunkeln die Angel auswerfen, um im Trüben zu fischen. Hat Ihnen das Desaster vor Weihnachten nicht gereicht?«

»Herr Dr. von Breitenstein, das Desaster, wie Sie es nennen, hat dazu geführt, dass Sie mich jetzt Hauptkommissarin nennen dürfen.« Michi schürzte süffisant die Lippen und spielte mit den beiden Silberringen an der linken Hand. »Aber wir wollen uns doch heute nicht mit Ihrer Ex-Freundin beschäftigen, die mein Kollege und Vorgänger Guido Ruck in ihrer Badewanne ertränkt hat. Weiß ihre reizende Gattin mittlerweile eigentlich von der Geschichte?«

Der Anwalt zog sein arrogantes Lächeln zurück und ordnete im Stile einer Lorenz'schen Leerlaufhandlung ein paar Akten, die vor ihm auf dem Tisch lagen.

»Jetzt schauen Sie nicht so erschreckt, Herr Dr. Kannengießer. Dass Angehörige dieser Behörde Verdächtige ersäufen, kommt äußerst selten vor. Fürs Protokoll: Anwesende bei dieser Einvernahme: Dr. Harald Adolf Hugo Kannengießer als Tatverdächtiger«, Michi hielt kurz inne, »Sie hatten ein sehr deutsches Elternhaus. Das erklärt einiges. Und als Ihr Anwalt Dr. Gotthold von Breitenstein Aue. Die Vernehmung wird durchgeführt von Hauptkommissarin Michaela Sandra Cordes, Leiterin der hiesigen Mordkommission.«

»Sagen Sie mal, Hemmerich«, die hohe Stirn von Staatsanwalt Becker auf der anderen Seite der Glasscheibe des Vernehmungsraumes hatte sich zu einem kräftigen karmesinrot verfärbt, »warum in Dreiteufelsnamen haben Sie alles in die Waagschale gelegt, um diese unmögliche Person wiederzuholen? Ich hatte ja gehofft, dass die Wiedereinstellung und die Beförderung auch die Persönlichkeit von Frau Cordes entwickelt hätten.«

»Jetzt lassen Sie es mal gut sein, Herr Staatsanwalt. Es konnte ja keiner ahnen, dass gleich beim ersten Tatverdächtigen, den Frau Cordes nach ihrer Auszeit festnimmt, sofort auch wieder Ihr Studienfreund von Breitenstein im Spiel ist.« Gerd Hemmerich stellte sich demonstrativ vor seine Ermittlerin und legte nach. »Ich wusste gar nicht, dass Ihr Kommilitone auch im rechtsradikalen Milieu Mandanten hat.«

Becker wischte sich die Schweißperlen von der Stirn. »Gerne macht Gotthold das nicht, aber seine Tochter ist mit dem Kannengießer liiert.« Er hob abwehrend die Hände. »Fragen Sie mich nicht, was das schon für einen Tratsch in den Gängen unserer Gerichte …« Weiter kam Becker nicht. Mit einem heftigen Ruck wurde die Tür zu dem abgedunkelten Beobachtungsraum aufgerissen.

»Und? Hat Michi schon angefangen, diesem miesen Fascho den Arsch aufzureißen?« Gaby Heller hatte sich nur notdürftig gerichtet, und auch das Deo, das Michi ihr vor der Verhaftung geliehen hatte, versagte auf der ganzen Linie.

Höflich wandten sich die beiden Herren zeitgleich wieder der Glasscheibe zu. Hemmerich antwortete. »Sie ist gerade dabei, Gabriele.«

Auf der anderen Seite hatte sich Michi Cordes zwischenzeitlich leicht über den Tisch gebeugt. »Herr Dr. Kannengießer, Sie haben ja schon alles aufgezählt. Wir haben Ihren Wagen gefunden, Ihre Waffe lag drin, zweimal abgefeuert, einmal nachweislich vor kurzer Zeit. Der Revolver passt perfekt zu dem hässlichen Loch, mit dem wir Ihren Freund Didi Heinemann in Ketsch bei den Schweinen gefunden haben.« Kannengießer wollte sich das Tatortfoto nicht ansehen, das Michi ihm unter die Nase schob.

»Sowohl mein Mandant – er ist selbst Anwalt – und ich wissen, dass es sich hier lediglich um Indizien handelt. Und schwache noch dazu!«

»Jetzt halten Sie mal die Luft an, Herr Anwalt. Die Kollegin Heller hat Ihren Mandanten bei einer ersten Zeugenbefragung gestern gezielt nach der Magnum gefragt, die wir heute gefunden haben. Und er hat es abgetan mit dem Satz, Moment«, Michi ging die Notizen auf ihrem Smartphone durch, » ‚*Wissen Sie, ... Gaby, die wilden Zeiten sind doch längst vorbei*‘. Jetzt mal Tacheles, Herr Dr. Kannengießer, das hier«, Cordes hob den Plastikbeutel mit den Resten des Revolvers in die Höhe, »ist oder war eine 460er Smith & Wesson, die auf Ihren Namen registriert ist ...«

»... na und? Ich habe einen Waffenschein dafür.« Harrycane fiel der Kommissarin zornig ins Wort. »Ich hab' das Ding zehn Jahre nicht mehr in der Hand gehabt. Keine Ahnung, wo die die ganzen Jahre rumlag.«

»Wofür, frage ich mich, benötigt man hierzulande einen

Revolver, mit dem man sogar eine dünne Mauer durchschlagen kann? Und wie verlegt man dieses monströse Teil?«

»Darauf muss mein Mandant nicht antworten. Es gibt keinen Nachweis darüber, dass die Waffe unrechtmäßig in seinen Besitz gelangt ist«, schaltete sich von Breitenstein ein.

»Lass gut sein, Gotthold. Ich habe diese Magnum 2009 in den USA erstanden, anständig verzollt und angemeldet. Im Jahr davor habe ich begonnen, mich politisch zu engagieren. Die Folge waren massive Bedrohungen von Linksradikalen und anderem Gutmenschenpack. Ihr von der Polizei hattet es ja nicht für nötig erachtet, Schutz zu gewähren. Ist ja auch egal, haben Sie noch irgendwas von Substanz, was Sie mir zur Last legen könnten? Sonst würde ich das gerne mit meinem Anwalt hier beenden.« Kannengießer wurde zunehmend nervös. Der Schweiß in den Achselhöhlen des massigen, gut trainierten Endvierzigers färbte das Hemd zunehmend dunkel.

»Haben Sie es irgendwie eilig? Haben wir Sie vor Ihrem Haus von einem wichtigen Termin abgehalten? Sie sollten diese Verabredung absagen. Ich denke, wir sind hier noch eine Weile beschäftigt.« Michi Cordes heuchelte Verständnis. »Sollen wir eine kurze Pause machen, dass Sie irgendwo anrufen können? Schließlich haben wir nicht nur einen erschossenen Clubkollegen, einen ausgebrannten Wagen und eine Waffe, die alle zu Ihnen führen, sondern auch eine ganze Menge Kokain, dass mehrfach jetzt schon mit Ihrem Verein, dem Sie vorstehen, in Verbindung gebracht wird …«

»… verdammt noch mal«, Kannengießer baute sich mit einem Mal bedrohlich vor der Kommissarin auf, sein Speichel spritzte in Fäden über den Tisch, »ich weiß nichts von irgendwelchen Drogen. Ich weiß nur, seit gestern werde ich selbst von ziemlich unangenehmen Russen bedroht, die glauben, ich hätte sie beklaut. Die wollten den Stoff zurück, oder neun Millionen Euro ...«

»... ich glaube, es wird Zeit, dass du den Mund hältst, Harald«, von Breitenstein zuckte angespannt mit den Augen.

»Moment«, Michi schlug mit der flachen Hand auf den Tisch, »Sie haben eben gesagt ‚wollten' – Vergangenheit. Haben Sie etwas bezahlt?«

»Eben nicht. Und lass' es gut sein, Gotthold. Ich habe meinen Vize zu dem Übergabeort geschickt, weil ich glaube, dass er hinter dieser Drogenscheiße steckt ...«

»... also wissen Sie doch etwas über das Kokain?«

»Ja ... nein, verdammt, ich hab keine Ahnung. Broddl, das ist mein Vize, meldet sich jedenfalls nicht mehr, aber die Russen haben sich nochmal gemeldet.«

»Harald, als dein Anwalt muss ich dir dringend abraten weiterzureden ...«

»... scheiße Gotthold, die haben deine Tochter!« Kannengießer schlug mit den gefesselten und geballten Fäusten auf den Stahltisch.

Die danach einsetzende Stille war beklemmend.

»Was ist mit Anita?« Von Breitensteins Stimme war zittrig geworden. Er wandte sich seinem Mandanten zu, packte die geöffnete Krawatte Kannengießers und drückte sie ihm mit Wucht gegen den imposanten Adamsapfel. »Ich habe gefragt, was mit Anita ist. Wo ist sie? Verdammte Scheiße, mach' das Maul auf!« Der sonst immer beherrschte Anwalt verlor komplett die Fassung. Noch bevor Cordes aufgesprungen war, stürmten Hemmerich und ein zufällig auf dem Flur vorbeilaufender Streifenbeamter in den Verhörraum, rissen von Breitenstein von seinem Mandanten los und beförderten ihn unsanft nach draußen.

Kannengießer hatte sich nicht gewehrt. Mit verzweifeltem Gesicht saß der Baum von einem Kerl mit einem Mal da.

»Ich gestehe, dass es mir auch langsam schwerfällt, ruhig zu bleiben. Was ist mit Breitensteins Tochter? Geht es um die junge Dame, die wir gestern bei Ihnen kennengelernt haben? Ihre Sekretärin?« Michis Stimme hatte einen leicht ironischen Unterton.

»Haben Sie etwas zu trinken für mich?« Kannengießer schmatzte mit seinem trockenen Mund. Michi stand auf und holte sich und dem Verdächtigen je eine der kleinen Wasserflaschen vom Tisch vor der Beobachtungsscheibe.

»Um eins heute Mittag«, begann Harrycane, nachdem er die Flasche fast in einem Zug geleert hatte, »sollte die Übergabe sein. Im Rheinauer Hafen in Mannheim. Broddl ist offenbar nicht hingefahren. Zehn Minuten bevor Sie und Frau Heller bei mir aufgetaucht sind, hat mich dieser Jurij angerufen.«

»Ist das einer der Russen, die Sie angeblich bedrohen?« Michi fragte skeptisch nach.

»Angeblich? Letzte Nacht sind die zwei Typen in mein Haus eingebrochen. Der eine hat den andern Jurij genannt. Jedenfalls hat er mir gesagt, sie hätten Anita. Und wenn ich sie lebend wiedersehen will, soll ich zahlen. Ich wollte gerade losfahren und sie suchen.«

»Wo suchen?« Cordes horchte auf.

»Anita ist gestern mit den Hunden auf den Breitensteiner Hof gefahren. Das Gestüt von Gottholds Familie. Meine beiden Assistenten Marco und Werner habe ich hinterhergeschickt. Die wollten noch ihre Weiber mitschleppen.«

Zum zweiten Mal an diesem frühen Abend wurde die Tür zum Verhörraum unsanft aufgerissen. Hemmerich und Becker hatten Gaby Heller nicht davon abhalten können, wie eine Furie hineinzustürzen und Kannengießer ebenfalls an den Kragen zu gehen. »Wo ist mein Baby?« Sie brüllte den Chef der Rockerbande mit einer ungehörigen Lautstärke an.

30 Breitensteiner Hof, Mittwoch, 12. Juli, 20.00 Uhr

Marco und Werner hingen an dem verrosteten Eisenring wie zwei Rumpsteaks im Dry-Age-Kühlschrank. Die fünf eingestellten Pferde in den Ställen neben der freien Box wieherten mit den beiden Flaggschiffen aus Kannengießers Schlägertruppe um die Wette. Beiden hatte man offensichtlich einen stumpfen Gegenstand über den Kopf gezogen. Das Blut, das aus den klaffenden Wunden der kahlrasierten Schädel gelaufen war, bildete bereits eine Kruste an den Ohren und Wangen der beiden Häufchen Elend, die winselnd darum baten, endlich die Stricke zu lösen, mit denen die Hände offenbar schmerzhaft an dem Eisenring fixiert waren.

Fünfzig Mann stark war das Einsatzkommando, das das Mannheimer Präsidium in der Kürze der Zeit auf die Beine gebracht hatte. Noch im Auto hatte Silke Sprengler Michi erreicht, um ihr mitzuteilen, dass der gesuchte Broddl nicht unter der Ludwigshafener Adresse anzutreffen war. Nur die Ex-Freundin, die ihn aber offensichtlich sehr gerne an die Polizei verpfiffen hätte.

Michi und Gaby waren die Ersten gewesen, die die beiden gefesselten Männer im Pferdestall entdeckt hatten.

»Wo sind die Mädchen? Wo ist die Frau?« Gaby hatte gar nicht in Betracht gezogen, die beiden Kümmerlinge loszubinden.

Werner war der deutlich ältere der beiden Rocker der Bruderschaft und offensichtlich auch der klügere. »Die waren zu sechst. Schwarzer Van, polnisches Kennzeichen«, keuchte er. »Die haben uns von hinten überrascht. Die Frau vom Boss war im Haus, die Mädchen bei uns.«

»Stimmt«, mischte sich Marco ein, dessen Zahnlücke am frontalen Unterkiefer das dümmliche Gesicht perfekt abrundete. »Ich war gerade dabei, mir die Samy zurechtzulegen, dieses geile Luder ...«

Das Wort ‚Luder' war noch nicht vollends mit dem modrigen Geruch aus Marcos Mund gekommen, da traf ihn mit aller Wucht Gabys Faust. Welchen Zahn er danach ausspuckte, war auf die Schnelle nicht zu erkennen.

»Was waren das für Männer? Wie haben sie ausgesehen? Wo sind sie mit den Frauen hingefahren?« Michi Cordes war es gelungen, ihre Kollegin – vorläufig wenigstens – von weiteren Gewalttätigkeiten abzuhalten, setzte aber Werner unter Druck. Sie nickte zwei Streifenbeamte zu sich und signalisierte ihnen mit einer Kopfbewegung, die Fesseln zu lösen.

Marco nutzte die Gelegenheit sofort. Der Endzwanziger sprang auf und ging mit der geballten Faust auf Gaby los.

Die Eisen der Pferdehufe schlugen ohrenbetäubend gegen die hölzernen Wände der Boxen, als der Schuss durch den Stall gellte und fast zeitgleich die Kugel in Marcos linkes Bein einschlug. Geistesgegenwärtig hatte der ältere der beiden Uniformierten die Dienstwaffe gezogen und nach einer kurzen, aber deutlichen Warnung abgedrückt. Er hatte als einziger gesehen, wie der kräftige, einsachtzig große Kerl in der Aufwärtsbewegung mit der linken Hand eine Art Karambitmesser aus dem Motorradstiefel gezogen hatte. Die kurze, aber breite Doppelklinge der stummelförmigen Waffe sollte Gaby in den Unterleib treffen.

»Du dummes Arschloch«, Werner rieb sich die wundgescheuerten Handgelenke und versuchte, seinen Kumpan festzuhalten, »willst du, dass wir beide in den Bau wandern?«

»Ihr Kumpel bekommt jetzt erstmal ein Einzelzimmer.«

Michi versicherte sich, dass ihrer Kollegin nichts passiert war, und ging vor dem Älteren in die Hocke. »Jetzt nochmal in Ruhe. Was genau ist passiert, und wer sind Sie überhaupt?«

»Handlos. Werner Handlos. Wie schon gesagt«, er machte vorsichtshalber keine Anstalten aufzustehen, während zwei Sanitäter der beiden am Einsatz beteiligten Rettungswagen das Bein von Marco versorgten, »wir waren mit Hannah, und Samy heißt die andere, glaube ich, hier bei den Pferden. Der Van ist auf den Hof gerast, die Typen sprangen direkt vor dem Stall raus, und plötzlich hat mir einer was auf den Kopf gehauen. Habt ihr zufällig eine Aspirin?« Handlos schaute wehleidig zu dem einen Sani rüber.

»Und weiter? Was haben die Typen mit den Mädchen gemacht?« Gabys Stimme bebte. Zum fünften Mal in Folge drückte sie einen Anruf von Rüdiger weg.

»Keine Ahnung, auch wenn Sie mich verprügeln, ich weiß es nicht. Wahrscheinlich haben sie sie mitgenommen.«

Auf dem rund zwanzig Hektar großen Anwesen mit einer riesigen, eingezäunten Weide waren sie jedenfalls nicht mehr. Die halbe Hundertschaft hatte in kürzester Zeit akribisch das stattliche Haupthaus des Breitensteiner Hofes mit insgesamt siebzehn Zimmern und die Stallungen durchsucht.

Buddha und zwei weitere Kollegen der Kriminaltechnik waren zwischenzeitlich in der großzügigen Bauernküche mit der Spurensuche zu Gange. »Sag' mir bitte, dass du irgendwas hast.« Gaby hatte jetzt schon über sechsunddreißig Stunden nicht mehr geschlafen. Ihre Bewegungen wirkten entsprechend kraftlos, die Stimme matt.

»Klar, Gaby. Mir henn zwiunachzisch Fingerabdrick, finfunvierzisch Hoor- und hunnertneununzwanzisch DNA-

Probe per W-Lan weggschickt. Die Ergebnisse misste jedi Minudd per Fax oitrudle!«

»Dein Ernst?« Gaby huschte ein Lächeln über die Lippen.

»Nä, Gaby, des mit dem Fax war än Scherz.« Buddha rollte mit den Augen und blickte in das müde und verzweifelte Gesicht der Mutter. »Die gud Nochrischt ist«, Buddha hätte seine Kollegin jetzt gerne tröstend in die Arme genommen, »mir hänn nirgendwo Blut gfunne. Aber tatsäschlisch än Haufe Fingerabdrick. Äner uff dem Streischholzbriefsche.« Er zeigte auf eine der Plastiktüten in seinem Beweissicherungskoffer. »Isch loss die heit Obend noch durch's AFIS laafe. Awwer donn werd des halt nix mit unserer Verabredung.«

Gabys Handy brummte zum sechsten Mal aus ihrer zierlichen braunen Lederhandtasche. Diesmal ging sie dran. »Nein, Rüdiger, ich komme noch nicht nach Hause. Rüdiger, hör mir bitte zu. Samantha und Hannah sind entführt worden. Wir sind gerade auf einem Reiterhof bei Leimen. Bitte? Nein, keine Verfolgung. Die Entführung ist schon drei bis vier Stunden her. Ja, diese verkackten Scheiß-Nazis stecken da mit drin. Ich fahre jetzt nach Heidelberg in die KT. Wenn ich was Neues weiß, melde ich mich.« Sie machte eine kurze Pause. »Hast du Nachricht vom Arzt? Gut, dann eben am Freitag. Drück' die Babys von mir. Liebe dich.«

Aus der Ferne hörte man Adolf und Rudolf fröhlich ihre Befreiung durch die alliierten Polizeikräfte feiern.

31 Asia-Bazar, Eger (Tschechien), Mittwoch, 12. Juli 20.00 Uhr

Schon bei Amberg hatte Jurij den Van mit dem falschen polnischen Kennzeichen im Wald abgestellt und gegen den dort platzierten weißen Transporter mit der Aufschrift ‚*Hühnerfarm Wroclaw*‘ mit Potsdamer Autonummer getauscht. Der Wagen war perfekt präpariert, um drei Personen unbemerkt von Kontrollen über diverse Grenzen zu fahren. Die Wirkung des Narkoseäthers war längst verflogen, Anita und die beiden Mädchen also wieder wach. Das erwartete Verlangen nach etwas zu trinken stillte Jurij gerne. Die hochdosierte Menge Haloperidol in der Diätcola würde das weibliche Trio bis zum vorläufigen Zielort ruhigstellen.

Der Asiashop kurz vor Eger führte erwartungsgemäß auch Wegwerfhandys. Jurij kaufte gleich zwei. Eines würde er noch benötigen, bevor er über die Grenze nach Polen fahren würde. Er war immer noch heilfroh gewesen, dass er fünf Kollegen der Truppe zum Breitensteiner Hof mitgenommen hatte. Mit mindestens vier Kameraden der Bruderschaft hatte er gerechnet. Dafür aber nur mit einer Frau. Er hatte eigenmächtig beschlossen, die Mädchen als ‚Beifang‘ ebenfalls mitzunehmen. Drei Geiseln schienen ihm mehr wert als nur eine. Und aus den beiden Mädchen ließe sich im Zweifelsfall auch noch anderweitig Profit schlagen. Bedarf an Frischfleisch herrschte immer jenseits des ehemaligen eisernen Vorhangs. Daher legte Jurij großen Wert darauf, dass die Ware vorerst unbeschädigt blieb.

Jetzt war es Zeit, die Zentrale über den Stand der Dinge zu informieren. Jurij war, auch dank seiner Ausbildung, ein hartgesottenes Kerlchen. Dennoch waren ihm die Telefonate mit dem Boss seit dem Wechsel an der Spitze der

Organisation immer unangenehm. Jetzt besonders, da doch einiges schiefgelaufen war. Statt wie geplant diesem Idioten Broddl die Kokslieferung, die er dankenswerterweise in die EU geschleust hatte, einfach wieder abzujagen, war er jetzt der Kopf einer Entführung, um den Standort der Millionen Euro schweren Fracht zu erpressen. Kein Mensch hätte ahnen können, dass gleich beide versteckten GPS-Sender im Kriminallabor der Polizei in Heidelberg landen würden. Einer war wohl auch schon entdeckt worden. Er sendete jedenfalls nicht mehr.

In der Zentrale war man entsprechend ungehalten über die Entwicklung. Die dreifache Zahl der Geiseln wiederum nahm man erfreut zur Kenntnis. In St. Petersburg, dem anvisierten Ziel, könnten vor allem die beiden Mädchen einen Teil der aufgelaufenen Zinsen schon mal abarbeiten.

32 Kriminaltechnik Heidelberg, Mittwoch, 12. Juli, 22.00 Uhr

Außer der Bereitschaftspolizei war niemand mehr in dem Gebäude der alten Heidelberger Polizeidirektion in der Römerstraße zugegen. Nur Buddha mühte sich noch und ließ die gesammelten Abdrücke durch AFIS laufen. Die ersten Ergebnisse überraschten wenig. Von den im Haus gefundenen zweiunddreißig verschiedenen Finger- und Handabdrücken waren nur zwei im System. Überall im Haus fanden sich erwartungsgemäß die Spuren des Hauseigentümers Gotthold von Breitenstein, der sich vor einigen Jahren auf eigenen Wunsch hin erkennungsdienstlich hatte behandeln lassen, um ihn im Rahmen von Ermittlungen gegen die Russenmafia ausschließen zu können. Vor allem im Hauptschlafzimmer waren Leistritz und seine Kollegen in Sachen Kannengießer fündig geworden. Wenig überraschend für Gaby Heller, die völlig erschöpft auf dem Stuhl an Buddhas mit Papieren übersäten Schreibtisch neben den Laborräumen zusammengebrochen war. Sie selbst hatte den Chef der Bruderschaft drei Mal wegen verschiedener Delikte in früheren Jahren verhaftet. Verurteilt worden war er nie.

Bernhard Leistritz hatte im Moment per Telefon die Info erhalten, dass alle Festnetz- und Mobiltelefone von Kannengießer und von Breitenstein jetzt rund um die Uhr abgehört würden. Michi hatte ihn noch gebeten, die Überwachung zu koordinieren. Ein richterlicher Beschluss war nicht nötig gewesen. Die zwei sonst recht zugeknöpften Herren hatten angesichts der Entführung von Tochter und Lebensgefährtin sogar von sich aus um die Abhöraktion gebeten. Jurij hatte Kannengießer angekündigt, sich noch in der Nacht zu melden, um die Modalitäten von Geld- bzw. Drogenübergabe mitzuteilen.

»Kaffee?« Buddha legte die Lesebrille auf den Papierstapel und schaute etwas mitleidig zu Gaby.

»Danke, aber lass' mal, ich bin mir sicher, dass heute schon eine ganze Kaffeebohnenplantage für mich hat sterben müssen.« Sie schaute in dieses runde, freundliche Gesicht und fand, dass es noch richtig jung aussah für seine achtundvierzig Jahre. Überhaupt fand sie, dass er gar nicht schlecht aussah, dieser Bernhard, mit dem sie jetzt ein ernstes Gespräch führen musste. »Sag' mal, hast du abgenommen?« Sie startete mit lapidarer Konversation.

»Du bisch die erscht, deere des uffalt.« Buddha strahlte. »Zwanzisch Kilo sinn schunn runner. Isch bin jetzt bei hunnertfünfundreisisch. Ä onneri Ernährung, jeden Dach ä bissele schbaziere. Isch hab subber Rezepte dähääm. Soll' isch die dir emol gewwe?«

»Vorsicht Bernhard«, Gaby fühlte sich ein wenig gekränkt, »ich bin immer noch die mit der Waffe.«

»Du wolltscht ebbes vunn mir.« Buddha wechselte schnell das Thema. Er rieb sich die Augen. Auch an ihm war dieser Tag nicht spurlos vorübergegangen. »Irgendwas wege doinere Dochter? Was brauchschn vunn mir?«

»Trinkst du?« Gaby wirkte einsilbig und starrte in das helle Deckenlicht.

Buddha wurde rot. »Owends als ä Bier odder zwe.« Skeptisch und ein wenig erschreckt starrte er Gaby an.

»Wir brauchen deine Leber. Natürlich nicht die Ganze. Nur einen Teil. Und das auch nur vielleicht.« Sie versuchte, sich so aufrecht auf den Stuhl zu setzen, wie es ihre Verfassung noch zuließ. »Rebecca hat Leberkrebs und auch noch eine Zirrhose. Also das ist der Stand der Diagnose aktuell.

Ob es wirklich so ist, dafür müssen wir noch die Blutuntersuchung abwarten. Ich kann nicht spenden, ich hatte vor Jahren eine schlimme Gelbsucht. Hilfst du uns?«

»Kaffee!«

»Nein danke, Buddha, ich hab doch gerade gesagt ...«

»Net fer disch. Isch brauch' än Kaffee.« Wortlos löste sich der Spurensucher von seinem geräumigen Chefsessel und schlappte, ohne Gaby eines Blickes zu würdigen, auf den Flur.

Nach etwa drei Minuten kam Buddha mit regungsloser Miene zurück und stellte den Pappbecher mit dem Milchkaffee zwischen seine Unterlagen. Aus der hohen Schublade seines Schreibtisches fischte er eine Flasche mit einem recht brauchbaren Brandy und füllte den Becher fast bis zum Rand auf. »Hosch du uff moim Schreibdisch was gsucht?« Ihm war sofort aufgefallen, dass einige Unterlagen leicht verschoben waren. »Scheiß druff. Proscht.« Er hob den Becher und nahm einen kräftigen Schluck des gepimpten Kaffees. Gaby wollte etwas sagen, Buddha hob jedoch die Hand und schloss die Augen. »Weesch Gaby. Isch bin fett, seid isch denke kann. Unn de Schännscht bin isch a net. Fer misch war klar, isch krigg ohne zu bezahle nie ä Fra, unn schunn gar kä Kinner. Unn wann doch, het isch mir denn Moment, wann ma sowas gsagt kriegt, ä bissl onnerscher vorgstellt.«

»Wie kommst du jetzt darauf, dass ...« Gaby spürte, dass es keinen Sinn ergab, diesen Satz zu Ende zu sprechen.

»Isch binn fett, net bleed. Die Zwilling sinn drei Johr alt, die Feier war im Dezember vor vier Johr. Also entweder warschd schunn schwonger, als mir zwe do rumgemacht hänn, oder es war ä Friehgeburt.«

»Zwei Frühchen. Sie waren so zerbrechlich. Und das bei

uns beiden.« Gaby huschte ein sanftes Lächeln über die Lippen.

Buddha goss Brandy nach. »Seit wonn wesch du, dass die Kinner vunn mir sinn?«

Gaby schaute verlegen zu Boden. »Sofort, als ich erfahren habe, dass ich schwanger bin. Von Rüdiger konnte es nicht sein. Der hatte vor ein paar Jahren eine heftige Hodenentzündung und ist seitdem zeugungsunfähig. Und du warst der einzige Mann, mit dem ich in dem fraglichen Zeitraum geschlafen habe.« Ohne aufzusehen, redete sie einfach weiter. Buddha respektierte geduldig Gabys offensichtlichen Wunsch, sich alles von der Seele reden zu können. »Ich habe es Rüdiger auch sofort gesagt. Unsere Ehe war zu dem Zeitpunkt eh fast am Ende. Sonst hätte ich mich auch nie auf dich eingelassen. Das Problem war, dass wir keine weiteren Kinder mehr bekommen konnten. Aber irgendwie hat die Schwangerschaft dann alles verändert. Wir sind wieder zusammengerückt, haben gemeinsam beschlossen, dass es unsere Babys sein werden. Und so ist es auch. Es tut mir leid, Bernhard, dass ich dich so damit überfalle, aber ich bin total verzweifelt.« Dicke Tränen tropften auf den Boden. »Wir brauchen dich, Bernhard, ich tu alles, was ...«

Buddha beugte sich nach vorne und nahm sanft ihre beiden Hände in seine fleischigen Riesenpranken. »Was du jetzt brauchsch, is Schloof. Du legsch disch jetzt dohi.« Leistritz zeigte auf das augenscheinlich sehr bequeme Ledersofa neben der Tür zu seinem Büro. Gaby leistete keinen Widerstand. Völlig entkräftet schlurfte sie zu der Couch und legte sich hin. Keine fünf Sekunden später fiel sie in einen komaähnlichen Tiefschlaf.

33 Vereinsgaststätte »Pollo« der Kleintierzüchter, Mittwoch, 12. Juli, 22.00 Uhr

Die fünf Bier und die vier gut eingeschenkten Williams waren selbst für Rainer Meffs Verhältnisse reichlich bemessen. »Bring' ma noch ähner, Masse. Unn dem Deppsche machsch noch ä Bier!«

Nur widerwillig goss Massimo hinter der runtergekommenen Theke noch einen Schnaps ein. Karl Kalkbrenner schaute vorwurfsvoll über den Stammtisch in Meffs Augen. »Ddddu hohohosch genug fer heit! Unn isch a.« Massimo wirkte dankbar und hoffte, dass Karl das traurige Schauspiel von Rainer Meff für heute beenden würde. Schon nach drei Bier hatte der schwergewichtige Hühner- und Entenzüchter damit begonnen, einen Gast nach dem anderen zu vergraulen. Derb und erniedrigend hatte er verbal vor allem über die Vorsitzende des Vereins hergezogen.

»Was issn los, Kakakarl?« Grimassen schneidend äffte Meff lallend das Stottern Kalkbrenners nach. »Is dir ä Bier vunn mir nimmi gut genug? Hä? Vunn derre Niggervotz hättschs genumme.«

Massimo trat an den Tisch und stellte ein halbvolles Schnapsglas darauf. »Isse jetzt gut, Rainer. Eine Snaps$_{12}$ noch. Geht auf mich. Dann Feierabend. Idiota. Vai a casa . Carlo, du bringe Rainer bidde nach Hause.« Karl nickte stumm und leerte sein halbvolles Glas auf einen Zug.

»Isch brauch niemand, der misch hämbringt. Schunn gar net denn Depp do. Wie sieschn du iwwerhaupt aus heit? Hosch disch schä gemacht fer die Schokladetort? Du Rindvieh glaabsch a noch, dass du emol dra derfsch.« Während sich Meff in einer Form aus Stehen und Wanken den Stumpen Schnaps in den Mund kippte, strauchelte er, und seine knapp hundertsechzig Kilo ließen dem Stuhl, auf den er knallte, keine Chance. Das Schnapsglas schnellte aus seiner Hand hinter die Theke, haarscharf an Massimos graumeliertem, welligem Haar vorbei und nahm klirrend noch zwei Stangengläser aus dem Regal dahinter mit in den splitternden Tod.

Kalkbrenner stand ruhig und unbeeindruckt auf, brachte seine stattlichen zwei Meter eindrucksvoll in Stellung, nur um sich gleich wieder vornüber zu Rainer Meff hinunterzubeugen. Geschickt zog er dem verdutzten Fleischberg auf dem Boden die Geldbörse aus der Gesäßtasche und warf sie gezielt zum Chef des ‚Pollo'. »Nininimm der raus, wawawas brauchsch. De Reschd losch llligge. Der braucht kä Geld mehr heit Owend.« Geschickt packte Karl den Koloss unter den Arm und zog ihn scheinbar leicht vom Boden hoch. Es schien, als habe der Sturz den Alkoholpegel bei Meff schlagartig verdoppelt. Willenlos ließ er sich von Kalkbrenner aus dem Vereinslokal führen. »Bis Morschä«, stammelte er noch.

Es war richtig kalt geworden draußen. Vierzehn, vielleicht fünfzehn Grad, schätzte Karl, als er den sturzbetrunkenen Meff recht lieblos in seinem Anhänger versenkte. Das Vorderrad der alten Kreidler verlor die Bodenhaftung angesichts des Schwergewichts am anderen Ende des Gespanns, das Karl unter dem Vordach abgestellt hatte. Es goss in Strömen. Karl kramte seinen durchsichtigen Regenüberhang aus der Seitentasche des Mofas, warf ihn sich über und drosch mit dem rechten Bein auf den Kickstarter ein. Die blaue Abgasfahne hüllte den schmalen Freisitz unter dem Dach binnen Sekunden in einen gespenstischen Nebel, aus dem Karl das arg strapazierte Mofa unter lautem Knattern langsam herausbugsierte.

Er hatte tatsächlich ernsthaft vorgehabt, den klitschnassen Widerling in seinem Anhänger zu sich nach Hause zu bringen. Nach zwei oder drei weiteren niederträchtigen Bemerkungen über Adina Tchandé und der Ankündigung, er werde ‚dieser miesen Hure bei Gelegenheit die braune Farbe aus dem Leib ficken', besann sich Karl jedoch. Am Ziegelweg hätte er eigentlich links runterfahren müssen in die Schimperstraße. Er stoppte und prüfte, ob irgendjemand bei diesem Unwetter unterwegs war. Die Luft war rein. Mit einem gezielten Faustschlag schickte Karl den vor sich hin sabbernden und brabbelnden Meff ins Land der Träume. Er schnappte sich die fette Hand des Ohnmächtigen und kratzte sich damit selbst im Gesicht. Aus der rechten Tasche der triefend nassen Hose fischte er Meffs Handy und warf es willkürlich in die vor Wasser stehende Schimperstraße.

Keine drei Minuten später stand er vor dem graublauen Hoftor seines Hauses. Er stieß es auf wie immer und parkte das Gespann mitten im Hof.

Meff grunzte wie ein Schwein, als Kalkbrenner den speckigen Nacken seiner Fracht beinahe spielerisch um fast hundertachtzig Grad drehte. Das tödliche Knacken der Halswirbel ging in dem prasselnden Regen fast völlig unter.

Als Karl die Stahlplatte zu der Sickergrube öffnen wollte, bemerkte er den Fehler seines zu kurz gedachten Plans. Durch die sechzig mal sechzig Zentimeter große Öffnung würde er den Kadaver so nicht bringen. Ein bisschen enttäuscht, aber unaufgeregt, löste Kalkbrenner die Kupplung des makabren Leichenwagens und schob ihn mit dem leblosen Körper Richtung Scheune. Die Schweinehälfte in dem brummenden, alten Kühlanhänger, die Karl morgen verwursten würde, bot eine ideale Camouflage für die anstehenden, lautstarken Zerlegearbeiten.

34 JosenBikes, Mannheim, Mittwoch, 12. Juli, 22.00 Uhr

Charly hatte den Einsatz auf dem Breitensteiner Hof komplett auf dem Rücksitz von Michis Mini verpennt. Erst auf dem Weg den Berg runter zurück nach Schwetzingen meldete sich der dreibeinige Rüde mit einem deutlichen Gähnen und dreifachem kräftigen Bellen. Ein Code für ‚*es wäre jetzt mal dringend an der Zeit, ein Bäumchen zu suchen*'. Im Tran war Michi zu früh nach links abgebogen und zuckelte jetzt das schmale und serpentinenreiche Sträßchen von Gauangelloch über Ochsenbach und Maisbach gen Rheintal. In der Nähe des Nusslocher Steinbruchs bekam Charly Gelegenheit, sich zu erleichtern. Obwohl die Hauptkommissarin auch an diesem Abend wieder nicht dazu gekommen war, ihre übliche Laufrunde von Schwetzingen bis fast nach Plankstadt zu drehen, entschied sie sich gegen einen ausgedehnten Spaziergang. Die Dunkelheit zog vom Rheintal hoch und brachte neben sehr kühler Luft auch Regen mit. Außerdem hatte sie Hunger. Und Charly machte ebenfalls den Eindruck, als hätte er nichts gegen einen Snack einzuwenden.

Ohne auch nur eine vage Vorstellung davon zu haben, wohin das Magenknurren sie leiten würde, fuhr Michi konzentriert, aber entspannt zunächst durch Leimen, ließ Heidelberg rechts liegen, fand sich plötzlich hinter Schwetzingen auf der B 36 in Mannheim-Rheinau wieder. Keine zehn Minuten später passierte sie die Selim-Moschee, in deren Nähe ihr vor zwei Tagen das ‚Deutsche Eck' um die Ohren geflogen war, und lenkte den Mini wie ferngesteuert über die Jungbuschbrücke. Eine unerwartete Freude stieg in ihr auf, als sie die gelben Laternen rund um den Zaun der Deponie erblickte und wie am Vorabend fast zur gleichen

Zeit den Wagen vor der Industriehalle abstellte. Charly hatte heute wahrlich genug geruht und humpelte auf seinen drei Stelzen wie selbstverständlich in Richtung der blauen Tür und bellte sie an.

Michi kam sich irgendwie blöd vor. Was wollte sie hier? Es gab im Grunde nichts, was sie Stadler aktuell hätte fragen können, außerdem gab es noch jede Menge Arbeit in ihrer neuen Wohnung, und mit einem Mal fand sie auch, dass sie müffelte. Der Tag war lang, Bluse und Jeans waren heute schon einmal komplett durchgeweicht, die Haare wild … .

Das Summen des Türschließers nahm ihr die Entscheidung ‚klingeln, oder wieder fahren' ab. Mit einer verblüffenden Selbstverständlichkeit preschte der graue Hütehund durch die Tür in Richtung der erleuchteten Hebebühne.

»Nicht, dass du im Fernsehen schlecht rüberkommst, Frau Hauptkommissarin, aber nach vier Minuten hat es ein wenig was von Comedy, wenn du ständig zum Auto und wieder zurück läufst.« Johannes Stadler hatte sich überhaupt keine Gedanken darüber gemacht, ob Charly vielleicht bissig sein könnte. Er drückte den riesigen Wuschelkopf des grauen Bären tief in seinen Schoß und knetete Ohren und Nacken des Tieres herzhaft durch.

»Woher … ja klar, die Kamera am Eingang«, Michi deutete an, sich mit der flachen Hand auf den Kopf zu klatschen. »Sorry, es ist total blöd, dass ich hier einfach auf der Matte stehe …«

»Ich habe ehrlich gesagt damit gerechnet.« Charly hatte sich längst auf den kalten Betonboden geworfen und den Kopf auf die in den Fußrasten fixierten Füße Stadlers gelegt. Michi glotzte ihn ungläubig an.

»Glaubst du etwa, es bleibt ein Staatsgeheimnis, wenn die Puppe vom Chef entführt wird? Was? Schau' nicht so. Diese

Naziärsche sind einfach dumm. Die erzählen mir alles. Ich bin ein Krüppel. Und Krüppel sind keine Gefahr.«

»Wenn ich fragen darf – woher weißt du das? Aber ich sage dir gleich, wenn es was kostet, ich hab' nur fünfunddreißig Euro für ein Abendessen in der Tasche.« Sie grinste verschmitzt und hockte sich auf das alte, verknautschte Ledersofa, das mit dem Kühlschrank und einem Regal mit einer Pad-Kaffeemaschine eine Art Pausenecke bildete.

»Lass' stecken«, Stadler holte zwei Bier und eine Flasche Wasser aus dem Eiskasten. Ohne viel Federlesens kippte er einen Berg Schrauben aus einer Edelstahlschüssel neben den Kaffeeautomaten, füllte das Wasser hinein und bediente zuerst Charly. »Die Kohle ziehe ich nur bei diesem Arschloch. Von mir hast du es nicht, aber die Hälfte steckt sich der Hirsch selbst ein.« Die erste Bierdose zischte, er reichte sie Michi. »Auf deine Frage zurückzukommen. Werner hat vorhin angerufen und mir alles erzählt. Die Entführer haben auch die Maschinen geschrottet. Hast du eigentlich dem Marco ins Bein geschossen?« Stadler lachte laut, bevor er sich einen kräftigen Schluck gönnte.

»Leider nein«, Michi ließ sich in das abgenutzte, aber bequeme Sofa sinken, »aber dieser Werner Handlos und Marco Dingenskirchen behaupten auch wieder, dass Russen die Freundin von Kannengießer entführt haben. Wegen dieser ominösen Drogen, von denen wir gestern gesprochen haben. Das Schlimme ist, dass die mit der Breitenstein auch zwei Mädchen mitgenommen haben. Eine davon ist die Tochter meiner Kollegin, die andere die Tochter eines früheren Kollegen.« Michis Magen meldete sich mit einem Mal so heftig, dass sogar Charly erschrak und zurückknurrte.

»Hast du Hunger? Ich könnte uns was machen.«

Michi schaute sich skeptisch in der dämmrig erleuchteten Nische um.

»Nicht hier, du Starermittlerin.« Johannes Stadler betätigte eine Fernbedienung und erleuchtete damit den hinteren Teil der Halle. Auf dem Boden standen reihenweise Motorräder der verschiedensten Marken, dazwischen führte eine Stahltreppe auf ein von unten nicht einsehbares Plateau. »Geh' du schon mal die Treppe hoch«, Johannes Stadler rollte ohne weitere Erklärung ins Helle. Geschickt griff er sich das fast unterarmdicke Tau und zog sich mit einem Arm damit aus seinem Rollstuhl. »Komm' jetzt! Mal sehen, wer zuerst oben ist!«

Michis Handy brüllte aus der Seesackhandtasche, als sie völlig außer Atem am Ende der langen Treppe ankam und sie ein absolut entspannter Johannes Stadler mit je einem Päckchen in jeder Hand frech angrinste. »Nudeln oder Reis?«

35 Kriminalinspektion 8, Kriminaltechnik
Heidelberg, Mittwoch, 12. Juli, 22.30 Uhr

Gabys Schnarchen ließ die dünnen Glasscheiben, durch die man aus dem Büro des Leiters der Kriminaltechnik ins Labor schauen konnte, leicht vibrieren. Buddha hatte fast die halbe Flasche Brandy intus, als der Computer die letzten Ergebnisse des Fingerabdruckabgleichs ausspuckte. Wenigstens ein Abdruck war von Interesse. Die KT hatte ihn auf dem Streichholzheftchen gefunden, auf dem die zwielichtige ‚Spelunke' für sich warb.

»Mischi?« Der Alkohol hatte Buddhas Zunge schwer und ihn selbst offenbar taub gemacht. Er brüllte so laut ins Telefon, dass er es fast nicht benötigt hätte, um die Nachricht nach Mannheim zu transportieren. »Mer hewwe än Treffer in de Datebank fer die Fingerabdrick.« Er machte eine kurze Pause und ein Bäuerchen. »Isch schtör disch doch net, odder? Was? Ob isch gedrunke hab? Nur ä bissl. Hä? Des vazehl isch dir morge. Jetzt bass' uff. Mer henn uff dem Streischholzbriefsche än Abdruck vunn eme alde Kunde gfunne. En Russ. Jurij Sokulow. Nä, do warsch du noch net bei uns. Der Typ war 2012 ähner vunn de Leibwäschter vumm Piotr Barjakov. In demm Johr ... Was? Die Details morge frieh in de SoKo? Alla hopp. Gud Nacht.«

Buddha war ein wenig enttäuscht, dass Michi ihn so rüde abgewürgt hatte. Knurrig setzte er die Lesebrille ab und lehnte sich soweit es ging nach hinten in seinen Bürostuhl. In dem folgenden, leichten, unruhigen Schlaf erschien ihm Gaby in der Gestalt des Hephaistos. Wie in der griechischen Sage sah er sich als Titan Prometheus – statt der skythischen Einöde mochte es der Odenwald gewesen sein – am

Abgrund an einen Felsen geschmiedet. Und es erschienen zwei Babyadler, die sich seine Leber nahmen.

Dass die kleinen gefräßigen und gefiederten Freunde betrunken in Schlangenlinien davonflogen, erschien Buddha im Dämmerzustand als eine zu vernachlässigende Abweichung vom mythologischen Drehbuch. Gegen ein Uhr in der Nacht holte ihn ein leichtes Stechen im Oberbauch aus dem Schlaf. Intuitiv griff er zum Telefon. Er hatte da noch was zu erledigen.

36 JosenBikes, Mannheim,
Mittwoch, 12. Juli, 23.30 Uhr

Das grüne Thaicurry, das ‚Jo der Maulwurf' in der selbstgeschmiedeten Küche des beeindruckenden Hochparterres gezaubert hatte, war vermutlich das beste asiatische Gericht, das Michi bislang genießen durfte. Das Aroma des fein mit Kardamom und Safran abgeschmeckten Jasminreises lag immer noch betörend in der Luft. Der frische Ingwer, den Johannes in feinen Streifen in das Curry gegeben hatte, hinterließ auf ihrer Zunge eine angenehme Schärfe, die sie immer wieder mit der kräftigen Frucht des neuseeländischen Sauvignon blanc abdeckte.

Mit einem sichtbaren Bäuchlein fläzte sich Michi auf den roten Sitzsack neben dem Esstisch und streckte alle Viere von sich. Charly daneben tat es ihr gleich. »Ok, Johannes, ich bin amtlich beeindruckt. Wo hast du das gelernt?«

Stadler rollte in dem lehnenlosen Sportrollstuhl zu seinem Gast und goss Wein nach. »Ich hab' mit fünfzehn die Schule geschmissen und bin abgehauen. Im Rheinhafen hab' ich dann bei einem holländischen Partikulier geholfen, damit er mich im Gegenzug nach Rotterdam bringt. Auf dem Frachter nach Asien, auf dem ich angeheuert hatte, hat mir ein alter Thailänder das Kochen beigebracht.« Gebannt hing Michi an seinen Lippen. »Er hieß Chai. Im Seehafen von Nha Trang, zehn Tage vor meinem sechzehnten Geburtstag, wollte er mich an einen Vietnamesen verkaufen. Ich bin dann nach Kambodscha geflohen und habe mich die beiden folgenden Jahre bis nach Thailand durchgeschlagen ...«, unvermittelt zogen sich seine Mundwinkel auseinander, und er brach in ein schallendes Gelächter aus. »Sag' mal, Frau

Kommissarin, glaubst du den Scheiß, den ich dir hier erzähle?«

Michi leckte sich genüsslich den Wein von den Lippen. »Kein Wort«, grinste sie, »aber ich mag deine Stimme. Ernsthaft, wo hast du Kochen gelernt?«

»Neckarstadt. Wir hatten am Eck einen der ersten Thailänder in ganz Mannheim. Mit dem Sohn hab' ich mich gut verstanden, und da waren wir fast jeden Tag in der Küche. Mein Alter hat dann Ende der 80er seinen Job verloren. Dann hat er mit dem Saufen angefangen, meine Mutter verdroschen, und er hat mitbekommen, dass ich mit dem ,Ausländerpack' rumhänge. Er war damals schon strammer Wähler der Nationalen Volkspartei. Irgendwann hat er mich zu den Treffen ins ,Deutsche Eck' mitgeschleift. Da hab' ich dann auch den Kannengießer kennengelernt. Der ist, glaube ich, sechs oder sieben Jahre älter als ich und war da schon Kreis- oder Landesfuzzi bei den ,Jungen Nationalisten'.«

»Und was ist aus deinem thailändischen Freund geworden?« Michi spielte mit dem Weinglas.

»Keine Ahnung. Die Familie ist irgendwann weggezogen.« Peinlich berührt rollte Johannes Richtung Spüle und begann, wahllos Teller einzuweichen. »Der Junge hieß wirklich Chai.« Nur mit dem Rücken zu Michi traute sich Johannes, die Geschichte weiterzuerzählen. »1993 hatte ich mein erstes Motorrad. Hat Harrycane mir besorgt. Genau wie den Job in der Schrauberwerkstatt. Ein Jahr später war ich schon Member bei der Bruderschaft. Mein Aufnahmeritual hatte ich ja bestanden. Ich hab' Chais Vater halb tot geprügelt und ihm sämtliche Knochen gebrochen.«

Nur Charlys leises Schnarchen füllte die kurze, unangenehme Stille.

»Ist das eine Art Wiedergutmachung, dass du jetzt deine ehemaligen Waffenbrüder an uns, die Polizei, verkaufst?« Michi hatte ihr Weinglas auf dem Tisch abgestellt, war zu Johannes gelaufen und begann damit, Teller abzutrocknen.

»So, wie du das ausdrückst, klingt das echt scheiße. Nein – vielleicht ein bisschen. War ja nicht alles schlecht mit den Jungs. Aber mit der Werkstatt allein kann ich das hier nicht finanzieren.« Stadler deutete auf den Rollstuhl und die verschiedenen Sondereinrichtungen, die er durch seine Behinderung benötigte. »Krankenversicherung hab' ich keine. Ja, ich weiß, is illegal, aber das ist mein kleinstes Problem.«

»Da bleibt aber doch was hängen, wenn du jedes Mal einen Tausender aufrufst?«

»Ich mag dich Michi, aber bist du wirklich so naiv? Glaubst du allen Ernstes, der Hirsch gibt mir einfach so tausend Euro? Der hat gestern nur für dich den Macker gemacht. Bin gespannt, wann der hier antritt, um sich wie immer die Hälfte abzuholen.«

Empört knallte die Hauptkommissarin einen der Teller auf die Edelstahlarbeitsfläche. »Moment. Der Hirsch zieht jedes Mal Kohle, wenn du eine Information hast?«

»Nicht nur bei mir. Der macht das mit den Zigeunern auf der Rheinau und mit den Arabern drüben auf'm Waldhof. Und das ist nur das, was ich weiß. Was glaubst du, wie sich der Arsch die fette S-Klasse leisten kann. Allein da drin stecken Umbauten für bestimmt dreißigtausend oder vierzigtausend Euro. Und dann die Luxusweibchen, die er regelmäßig am Start hat. Vor ein paar Tagen ist er hier mit seiner Neuen aufgetaucht. Geiles Gerät, aber fast noch ein Kind. Sieht ein bisschen aus wie diese Scarlett Johannson. Er will ihr wohl ein Motorrad schenken und hat sich mit ihr unten die Maschinen angesehen. So eine Schleimbacke. Silke hier, Silke da. Widerlich.«

»Hast du Silke gesagt? So groß?« Michi blieb mit ihrer Hand gut einen Kopf unter ihrer eigenen Größe. »Lange, blonde Haare, sehr schlank, aber große …«

»… ja, sehr große Dinger«, fiel Johannes ihr ins Wort. »Wieso? Kennst du sie?«

»Ich befürchte ja. Eine junge Polizeimeisterin. Hätte ich nie gedacht, dass die mit dem … Aber nochmal kurz was anderes.«

Johannes rollte von der Spüle zurück und strich sich eitel das dunkelblonde, volle Haar zurück. »Du möchtest, dass ich ab sofort DEIN Informant werde. Richtig?«

»Nicht ganz«, Michi kraulte sich nachdenklich das Kinn. »Ich kann heute nicht mehr fahren. Darf ich bei dir pennen? Ich sorge auch dafür, dass der Hirsch kein Geld mehr bei dir abholt.« Sie zog ein Schnütchen.

»Klar. Du kannst das Sofa unten haben. Und eine neue Zahnbürste habe ich immer hinten im Bad. Ich glaube aber, dein Hund muss nochmal raus.«

»Stimmt. Gehst du mit?« Peinlich berührt verzog Michi das Gesicht. »Sorry, ich meinte …«

»Passt schon«, lächelte Johannes. »Klar ‚geh' ich mit.«

Der vierte Tag

37 Revier Schwetzingen, großer Konferenzraum, Donnerstag, 13. Juli, 9.30 Uhr

Das Verlies platzte an diesem Morgen aus allen Nähten. Die zwölf Stühle im großen Konferenzraum waren längst besetzt, an den Wänden des langgestreckten, schmalen Raumes standen nochmal zehn Kolleginnen und Kollegen. Revierleiter Hemmerich hatte schon früh auch die Abteilung für organisierte Kriminalität aus dem Mannheimer Präsidium gebeten, mit einer Abordnung zur SoKo-Sitzung dazuzustoßen. Auch die beiden Brandermittler des LKA Holger Seitler und Gerhard Rübsamen waren mit von der Partie.

Buddha und Gaby hatten beide noch nasse Haare, als sie sich müde und ausgelaugt als letzte Teilnehmer der Konferenz in den Raum quetschten. Sie hatten die Duschräume der Heidelberger Bereitschaft genutzt, nachdem Rüdiger gegen halb acht mit frischen Kleidern für seine Frau aufgetaucht war. Über eine Stunde hatten Bernhard Leistritz und Rüdiger Heller in der Nacht telefoniert, ihre Fronten geklärt und in einer Mischung aus Pathos und Promille ihre gemeinsame Vaterschaft begossen. Nichts würden sie unversucht lassen, um der kleinen Rebecca zu helfen.

Gerd Hemmerich klatschte auffordernd in die Hände, und augenblicklich verstummte das vielstimmige Gemurmel.

»Guten Morgen, Kolleginnen und Kollegen. Ich habe Sie heute alle zu unserer Frühbesprechung eingeladen, da sich die Hinweise verdichten, dass die Fälle, an denen wir derzeit arbeiten, in direkter Verbindung stehen. Priorität für uns hat selbstverständlich das Tötungsdelikt an Dietmar Heinemann, dessen Leiche mit Drogen im Körper am Montag im Wildschweingehege auf der Ketscher Rheininsel gefunden wurde.« Mit unbeweglicher Miene zitierte Hemmerich sitzend aus dem Zwischenbericht, den Hauptkommissarin Cordes in aller Frühe bereits angefertigt hatte. »Die Schusswunde des Opfers – und das wird für später noch wichtig – deutet auf eine großkalibrige Handfeuerwaffe hin.« Auf Fotos via Beamer verzichtete der Kriminalrat. Vor allem, weil er sich mit der Technik überfordert fühlte. »Im Zuge der ersten Ermittlungen«, fuhr er fort, »hat unsere Mordkommission zwei Ansätze aufgetan. Zunächst eine Spur zu den Kleintierfreunden in Ingelrein, wo wir tatsächlich zusammen mit der Drogenfahndung weiteres Kokain in nicht unbeträchtlicher Menge sicherstellen konnten. Die Zugehörigkeit unseres Opfers zu dem rechtsradikalen Motorradclub ‚Germanische Bruderschaft' führten Hauptkommissarin Cordes und Oberkommissarin Heller schließlich in deren Stammlokal, das ‚Deutsche Eck'. Zur dortigen Explosion darf ich den Kollegen Hauptkommissar Rübsamen von der Brandermittlung des LKA fragen, ob es neue oder sogar abschließende Erkenntnisse gibt?«

Der Angesprochene räusperte sich kurz. »Dass es sich hierbei um einen gezielten Anschlag auf das Lokal beziehungsweise die dort anwesenden Personen handelt, steht mittlerweile außer Zweifel. Fraglich ist aber, ob wirklich der Wirt und sein Sohn Ziel dieses Attentates waren, oder ob der oder die Täter jemand anderen in den Räumen vermutet haben. Unsere Befragungen haben ergeben, dass eigentlich montagnachmittags die ‚Nationale Volkspartei' dort eine Sprechstunde abhält, namentlich der Landtagskandidat der Mannheimer Ortsgruppe, Dr. Harald Kannengießer. Das ist, soweit ich weiß, auch der Präsident ihres Rockerclubs, dieser Bruderschaft. Wie Sie sicher alle schon wissen, hat sich wegen der Nähe des Tatorts zur DITIB-Moschee unser Staatsschutz eingeschaltet. Und auch, wenn in den sozialen

Netzwerken immer wieder Meldungen auftauchen, die Explosion hätte einen islamistischen Hintergrund, sind das Stand heute absolute Fakenews. Die Kollegen ermitteln natürlich weiter in diese Richtung.«

»Vielen Dank, Kollege Rübsamen, auch für die ausgezeichnete Kommunikation mit unseren Dienststellen.« Michi bemerkte, dass ihr Chef heute deutlich aufgeräumter wirkte. Das freundschaftliche Gespräch, das sie gestern mit Hemmerich geführt hatte, schien zu wirken. Er agierte ruhig, gewohnt kühl und hochkonzentriert. »Seit gestern haben wir dramatische Wendungen. Nach einem anonymen Hinweis hat die Polizei Buchen in der Nähe von Reisenbach im Odenwald das ausgebrannte Wrack eines Fahrzeuges entdeckt, das identisch sein könnte mit einem Truck amerikanischer Bauart, der am Ablageort von Dietmar Heinemann gesichtet wurde. Auffällig dabei ist, dass im Wageninneren die Reste einer Waffe gefunden wurden, die als Tatwaffe in Frage kommt, ein Revolver Smith & Wesson, besser bekannt als ‚Magnum'. Fahrzeug und Waffe lassen sich eindeutig Harald Kannengießer zuordnen. Nach einer vorläufigen Festnahme gestern mit folgender Einvernahme leugnete Kannengießer, etwas mit der Tötung von Heinemann zu tun zu haben. Michaela, wenn Sie bitte übernehmen würden.«

Michi strich sich die von der Nacht auf Stadlers Couch verknitterte Bluse glatt. Sie hatte zwar daran gedacht, nach der Nacht auf der Friesenheimer Insel Charly am Morgen bei Herrn Schneider abzugeben, frische Kleidung indes hatte sie augenscheinlich nicht auf dem Schirm. Sie war immer noch ein wenig verwirrt nach diesem Abend, der nach einem ausgedehnten Nachtspaziergang mit Charly mit einem dezenten, gegenseitigen Kuss auf die Wange geendet hatte. Beide hatten dieses Kribbeln gespürt und den Wunsch nach mehr. Aber sie hatten auch beide unausgesprochen die Entscheidung gefällt, es langsam anzugehen.

»Ja gerne«, begann Michi ihren Vortrag, »danke, Gerd, für die Ausführungen bisher. Ich persönlich bin mir auch sicher, dass Kannengießer mit dem Mord an Heinemann nichts zu tun hat.« Ein Raunen ging durch den Saal, gepaart mit einem leisen, aber verächtlichen Lacher von Stefan Hirsch. Cordes hob etwas die Stimme und machte unbeeindruckt weiter. »Stattdessen ist davon auszugehen, dass es innerhalb der Bruderschaft zu einer feindlichen Übernahme, einem Putsch oder wie man das in diesen Kreisen nennt, gekommen ist. Wie wir von Kannengießer gestern erfahren haben, wird er selbst erpresst, Kokain im Wert von mehreren Millionen Euro entweder zurückzugeben oder zu bezahlen. Kannengießer selbst hat seinen Vizechef Martin Ries, genannt Broddl, im Verdacht, hinter seinem Rücken Drogengeschäfte abzuwickeln. Nach dem Betreffenden fahndiesen wir bereits. Gestern haben dann Unbekannte Kannengießers Lebensgefährtin Anita von Breitenstein auf einem Reiterhof entführt. Dabei wurden allem Anschein nach die ebenfalls anwesenden Kinder zweier unserer Kollegen verschleppt, Samantha, die Tochter von Oberkommissarin Heller und Hannah Ruck, Guido Rucks Tochter.« Michi sah zu Gaby hinüber, die schon wieder am ganzen Körper zitterte. »Im Zuge der Spurensicherung auf dem Breitensteiner Hof kam es auch zu einem Schusswechsel. Ein gewisser Marco Fischer musste gestoppt werden, als er versuchte, die Kollegin Heller mit einem Messer anzugreifen. Es geht ihm den Umständen entsprechend gut. Die SpuSi hat in einem Misthaufen neben der Reithalle die zerstörten Mobiltelefone der Mädchen und von Frau von Breitenstein gefunden. Eine Meldung der Entführer liegt bislang noch nicht vor. Alle

Kommunikationswege, die zu Kannengießer und seiner Kanzlei führen, werden überwacht. Buddha – für die Kollegen von außerhalb, das ist Bernhard Leistritz, der Chef unserer Kriminaltechnik – hat mich gestern Abend noch informiert, dass am Tatort der Fingerabdruck eines gewissen Jurij Sokulow gefunden wurde.« Michi zog einen Zettel mit einem Datenbankausdruck aus ihrer Hosentasche. »Jurij Andrej Sokulow, 1988 in Odessa geboren. Er hat eine militärische Ausbildung, war beim SBU, das ist wohl der ukrainische Inlandsgeheimdienst, und hat dann für Piotr Barjakov gearbeitet. Deshalb taucht er auch bei uns auf.«

»Bei Barjakov gehen bei denen von Ihnen, die schon ein paar Jahre hier in der Region aktiv Dienst tun, alle Alarmglocken an«, übernahm Hemmerich wieder. »Die meisten erinnern sich noch an den aufwendigen Prozess wegen Geldwäsche hier am Landgericht. Ich denke, die Russenmafia ist im Moment unsere beste Spur. Sie bleiben dran, Michaela?« Cordes nickte, während Gaby Heller sich zu Wort meldete.

»Und was ist mit dieser Tchandé?« Die Runde schaute fragend zu ihr. »Ich meine nur. Bei zwei Mitgliedern ihres Vereins haben wir die Drogen gefunden, und von den beiden betreffenden Herren fehlt jede Spur.«

Der Klingelton eines Handys unterbrach jäh Gabys Vortrag. Die empörten Blicke richteten sich auf Michael Dresen von der IT. »Der Entführer hat sich gemeldet«, rief er kurz in die erstarrte Runde.

38 Villa von Breitenstein, Mannheim-Niederfeld, Donnerstag, 13. Juli, 11.00 Uhr

»Was hast du nur gegen Adina Tchandé?« Michi Cordes steuerte zielsicher die Privatvilla von Gotthold von Breitenstein Aue im noblen Mannheimer Stadtteil Niederfeld an, obwohl sie erst einmal hier gewesen war. Über ein halbes Jahr war es jetzt her, als sie diesen erfolgreichen, ihr aber gänzlich unangenehmen Anwalt in seinem eigenen Haus unter Mordverdacht gestellt hatte, nachdem an einer Toten in einem Swingerclub seine DNA gefunden worden war.

»Ich habe nichts gegen diese Tchandé«, Gaby schälte sich aus dem Mini, »aber ich finde es fahrlässig, wenn wir an ihr vorbei ermitteln. Vielleicht ist dieser Kleintierzuchtverein nur die Fassade für einen weltweit operierenden Drogenring, und sie ist die heimliche Chefin!«

»Weil sie schwarz ist?« Michi sah ihre Kollegin vorwurfsvoll an, während beide auf das großzügige Anwesen mit dem graphitfarbenen Walmdach und den elegant geschwungenen Gauben zuliefen.

»Nein, natürlich nicht.« Gaby lenkte vom Thema ab. »Warum hast du diese Sprengler eben so rüde abgewiesen? Sie hat doch nur gefragt, ob sie uns begleiten darf.«

»War das rüde?« Die Hauptkommissarin zuckte mit den Schultern. Sie hatte mit Unbehagen beobachtet, wie Hauptkommissar Hirsch nach Ende der Soko-Besprechung immer wieder an der mindestens zwanzig Jahre jüngeren Polizeimeisterin herumnestelte, und wie diese bedacht darauf war, die mutmaßliche Liaison geheimzuhalten. »Meinst du, Breitenstein weiß schon von der Lösegeldforderung von diesem Jurij?« Gaby kam nicht mehr dazu, zu antworten. Die beiden Beamtinnen hatten das Ende des mit Natursteinen ausgelegten Gartenweges noch nicht erreicht, als sich die schnörkellose Tür zu der Villa öffnete und eine zierliche, ausnehmend hübsche Dame mittleren Alters aufrecht und mit ernstem Gesicht auf sie zukam. »Ich bin so froh, dass Sie da sind, Frau Cordes. Mein Mann hält so große Stücke auf Sie.« Über Valerie von Breitensteins Gesicht huschte ein Lächeln, das zarte Falten in ihren Augenwinkeln bildete. Michi zog die Schultern hoch und sah Gaby fragend an, als sie der Hausherrin in die Villa folgten.

Gotthold von Breitenstein schnellte augenblicklich von seinem Schreibtisch mit den aufwendig gedrechselten Tischbeinen hoch, als die drei Frauen das mit Holz getäfelte Büro durch die zweiflügelige Schiebetür betraten. »Frau Cordes und Frau Heller, ich habe ehrlich gesagt damit gerechnet, dass Sie sich heute bei mir melden. Bitte nehmen Sie Platz.« Ausgesucht höflich und zuvorkommend deutete Breitenstein auf die beiden dunkelbraunen Chesterfieldsofas im Zentrum des mindestens sechzig Quadratmeter großen Büros, dessen Parkett geschmackvoll mit persischen Seidenteppichen ausgelegt war. »Kaffee? Natürlich nehmen Sie Kaffee. Valerie, dürfte ich dich bitten?« Breitenstein lächelte seiner Frau bittersüß zu und wandte sich wieder an die Kommissarinnen. »Ich möchte Ihnen danken, dass Sie meinem Wunsch entsprochen haben, hierher und nicht in die Kanzlei zu kommen. Wenn meine Partner erfahren, dass meine Tochter entführt wurde, wirke ich schwach und angreifbar. Alles Hyänen, die nur darauf warten, das alte Aas von der Bildfläche zu tilgen.«

»Herr Dr. von Breitenstein ...«

»Bitte nicht so förmlich, Frau Cordes. Nicht hier. Breitenstein reicht völlig.«

»Ok, Herr Breitenstein. Herr Kannengießer hat heute Morgen einen Anruf des oder der Entführer erhalten ...«

»... der zwölf Millionen Euro Lösegeld fordert. In Bitcoins zu überweisen auf das Wallet mit dieser Nummer.« Der Anwalt hob einen Zettel mit einer scheinbar willkürlichen, sechsunddreißigstelligen alphanumerischen Kombination in die Luft.

»Ja, er weiß es«, lakonisch gab Gaby die verspätete Antwort auf Michis Frage an der Eingangstüre.

»Woher haben Sie diese Information? Wir haben dazu nichts nach außen gegeben?«

»Harald hat vor einer Stunde angerufen. Also Herr Kannengießer. Er hat gefragt, ob ich ihm das Geld leihe. Er ist verzweifelt. Aber das ist ja nichts Neues bei diesem Versager.« Breitenstein lief in seinem Büro auf und ab, hielt kurz an und schenkte sich einen üppigen Cognac ein. »Sie möchten sicher keinen? Sie sind ja im Dienst.« Mit zugekniffenen Augen warnte Gaby ihre Vorgesetzte davor, jetzt etwas Falsches zu sagen. »Keine Ahnung, was meine Tochter an ihm findet. Als Anwalt ist er eine Null, als Politiker sowieso mit seinen kruden Träumen von Herrenmenschen und als Geschäftsmann ... Wissen Sie, dass er mit einem Immobilienprojekt in der Heidelberger Bahnstadt, noch bevor der Innenputz auf den Wänden ist, mit einer Million im Verzug ist? Lange Rede, kurzer Sinn, ich bekomme auf die Schnelle nur vier Millionen Euro an den Start. Und dafür muss ich schon tief in die Firmenkasse greifen. Wenn Harald die Villa am Luisenpark losschlägt, sind nochmal drei Millionen drin. Vielleicht auch nur zwei, weil es schnell gehen muss.«

Valerie von Breitenstein stellte ein Silbertablett auf den Mahagonitisch in der Mitte des Raumes und schenkte zwei

Tassen Kaffee ein. So leise, wie sie gekommen war, verschwand sie auch wieder.

»Herr Breitenstein, ich muss Ihnen dringend davon abraten, welche Summe auch immer zu bezahlen. Wir konnten den Anruf bis irgendwo an die polnisch-weißrussische Grenze zurückverfolgen. Polen ist noch EU, da haben wir Amtshilfe beantragt, in Weißrussland sieht das anders aus.« Michi Cordes hätte sich ohrfeigen können. Jedes Wort, das auf Probleme oder Schwierigkeiten im Zusammenhang mit den drei Verschleppten hinwies, das war ihr vollkommen klar, war ein Stich ins Herz ihrer Kollegin. Doch Gaby blieb erstaunlich professionell.

»Herr Breitenstein. Sie wissen, dass auch meine Tochter und ihre beste Freundin in Jurijs Händen sind und ich, wie Sie, alles dafür geben würde, um mein Mädchen wieder bei mir zu haben, aber Frau Cordes hat Recht.«

Michi übernahm wieder. »Wir sind auch eigentlich aus einem ganz anderen Grund bei Ihnen. Der Entführer heißt Jurij Sokulow. Sie kennen ihn. Sie haben seinen Chef Piotr Barjakov vor einigen Jahren in einem Geldwäscheprozess hier in Mannheim vor dem Landgericht vertreten.«

»Jurij Sokulow.« Zum ersten Mal seit Beginn des Gespräches ließ sich Breitenstein auf das Sofa gegenüber den beiden Frauen fallen. »Ich erinnere mich gut an Sokulow. Hat mir immer Angst eingejagt mit seinem finsteren Gesichtsausdruck. Er ist Barjakov nie von der Seite gewichen. Wollen Sie etwa sagen, dass mein ehemaliger Mandant ...«

Michi fiel ihm ins Wort. »Zum jetzigen Zeitpunkt müssen wir davon ausgehen, dass sowohl hinter dem geplatzten Drogendeal als auch der Entführung Piotr Barjakov steckt. Und Sie sind der Einzige, den wir kennen, der Barjakov kennt. Wir brauchen Ihre Hilfe. Sie müssen einen Kontakt herstellen.« Mit dieser konkreten Forderung machte Cordes eine kurze Pause und nahm sich eine der beiden Tassen Kaffee auf dem Tisch.

»Abgesehen davon«, Breitenstein machte ein missmutiges Gesicht, »dass es ganz und gar nicht in Barjakovs – nennen wir es Portfolio – passt, mit Drogen zu handeln oder Frauen zu entführen, kann ich Ihnen oder besser gesagt uns nicht weiterhelfen.

»Ich bitte Sie, Herr Anwalt«, ärgerlich stellte die Hauptkommissarin die Kaffeetasse zurück, »jetzt kommen Sie mir nicht mit Verschwiegenheitspflicht, Mandantenschutz oder so einem Scheiß, es geht unter anderem um Ihre Tochter.«

Breitenstein blieb ruhig. »Darum geht es nicht. Glauben Sie mir. Im Moment wäre mir sogar meine Zulassung egal. Ich will helfen, aber ich kann nicht. Ich habe keine Ahnung, wohin Barjakov und sein Clan sich abgesetzt haben. Wir haben damals im Verfahren nur einen Vergleich hinbekommen. Das hat ihn viele Millionen gekostet. Danach war ich Persona non grata. Aber ich wüsste jemanden, der Ihnen unter Umständen weiterhelfen kann. Aber das wird Ihnen nicht gefallen, Frau Cordes.«

Die Hauptkommissarin sah den Endsechziger in seinem dunkelblauen Anzug ungläubig an.

»Ich lehne mich jetzt weit aus dem Fenster.« Breitenstein stand wieder auf und begann erneut, auf- und abzulaufen. »Für seine Finanzgeschäfte in Deutschland, Österreich, Schweiz und Frankreich hatte Barjakov damals so etwas Ähnliches wie einen Buchhalter. Mein Gott, reden wir nicht drumrum, einen Geldwäscher, der im Auftrag des Clans Gelder aus nicht ganz hasenreinen Geschäften in blitzsaubere Investitionen umgewandelt hat. Sie kennen ihn, Frau

Cordes. Sie haben ihn selbst verhaftet.« Er machte eine kurze Pause. Michi ahnte schon, was jetzt kommen würde. »Gregor Jehnke.« Gaby machte ein verdutztes Gesicht. »Sie, Frau Heller, kennen ihn vermutlich nur als Jean Baptiste Devier. Und Frau Cordes, wenn Sie schon dort sind, fragen Sie ihn doch gleich nach dem Archiv in Kannengießers Bunker. Für meinen Schwiegersohn in spe war er auch lange tätig.«

39 Waldpark, Mannheim-Niederfeld, Donnerstag, 13. Juli, 12.00 Uhr

Die Blässe in ihrem Gesicht war einer wieder halbwegs gesunden Gesichtsfarbe gewichen. Mit ausladenden Schritten war Michi von der feinen Schwarzwaldstraße in einen schmalen Weg abgebogen, der direkt in den saftiggrünen und sommerlich duftenden Waldpark führte. Verstört und mit entsprechend knappen Worten hatte sie sich von Frau und Herrn von Breitenstein verabschiedet und war schnurstracks aus dem Haus gelaufen.

Keine zehn Minuten später war der Waldpark zu Ende. Vom Rhein kam ein frisches Lüftchen, als Gaby Heller ihre Kollegin hechelnd und mit einiger Verspätung am Kiesufer endlich eingeholt hatte.

Wortlos kramte die Hauptkommissarin in ihrer als Handtasche getarnten Zwei-Zimmer-Wohnung. Das angebrochene Zigarettenpäckchen war fast leer, aber die beiden Joints, die Johannes ihr als ‚Wegzehrung' am Morgen noch gedreht hatte, ragten einladend aus der geknüllten Melange von Papier, Alufolie und Plastik.

»Was soll das jetzt?« Gaby empörte sich, als Michi sich die Tüte anzündete und griff nach dem zweiten Joint.

»Ich wusste gar nicht, dass du rauchst.« Ohne Gaby anzusehen, reichte die Hauptkommissarin ihr das Feuerzeug.

»Du weißt einiges nicht von mir«, nuschelte sie beim Anfeuern. »Zum Beispiel bin ich eine ziemlich gute Beobachterin.« Gaby Heller inhalierte tief. »Wow, das ist aber ein gutes Zeug. Schwarzer Afghane? Egal. Du hast die gleichen Klamotten wie gestern an. Nicht dein Stil, zumal du wie eine ganze Marihuana-Plantage riechst. Ergo, warst du heute Nacht nicht zu Hause. Das Date war gut, aber verwirrend.

Kein Mensch kommt nach einer Nacht mit Pot und«, Gaby schnüffelte an Michis verknitterter Bluse, »thailändischem Essen überpünktlich zur Arbeit und hängt den Streber raus.«

»Nicht schlecht, Frau Kollegin, nicht schlecht.« Die beiden Frauen hatten sich längst auf das zum Wasser hin abfallende Kiesbett gesetzt. »Jetzt ich. Du hast die Nacht mit Buddha in der Kriminaltechnik verbracht. Zusammen geduscht auch? Zumindest zeitgleich, sonst wärt ihr nicht beide mit nassen Haaren bei der Besprechung aufgetaucht. Zu Hause warst Du noch nicht heute. Dafür hat die Zeit gefehlt, also hat dir jemand frische Kleidung gebracht. Dein Mann? Reinhard? Er ist offensichtlich sehr verständnisvoll.«

»Rüdiger!«

»Bitte?«

»Mein Mann heißt Rüdiger, und ja, er ist sehr verständnisvoll. Und da ist nichts mit Buddha. Ich bin nur auf dem Sofa in seinem Büro eingeschlafen. Ich war völlig am Arsch. Und ich bin es immer noch. Wow, haut das Zeug rein.« Gabys kurzer, gedrungener Oberkörper begann, leicht zu schwanken. »Ich kann das nicht von dir verlangen. Und ich werde das nicht von dir verlangen. Ich gehe selbst zu diesem Devier, oder ich bitte Guido, ihn auszuquetschen. Es geht um meine Tochter und …«

»… es tut mir so unsäglich leid, was Samantha da passiert ist«, unterbrach Michi ihre Kollegin mit sanften Worten und nahm sie in den Arm. »Wir holen sie da raus. Zusammen. Und wenn ich dafür dem schlimmsten Albtraum meines Lebens gegenübertreten muss, dann ist das eben so.« Michi zog noch einmal kräftig an dem Joint, bevor sie die Reste in den Kies schnippte. »Aber eines musst du mir verraten. Am Montag hast du Buddha am Tatort mit dem Arsch nicht angesehen. Und jetzt hängst du eine ganze Nacht bei ihm ab. Was läuft da zwischen euch?«

»Wenn ich dir das erzähle«, Gaby legte ihren Kopf auf Michis Schulter, »sind wir beste Freundinnen. Willst du das wirklich?«

40 Revier Schwetzingen, Donnerstag, 13. Juli, 13.00 Uhr

»Alles klar mit Ihnen, Michaela?« Hemmerich kam gerade aus der Mittagspause, als er im Treppenhaus in seiner gewohnt forschen Art mit ausladenden Schritten die Treppe zum 1. Obergeschoss des Reviers ansteuerte. »Ihre Augen sind ja total rot und verquollen. Das war doch heute Morgen noch nicht? Bei Ihnen auch, Frau Heller. Sie müssen auf irgendetwas allergisch reagieren.«

Die beiden Frauen kicherten wie unreife Mädchen. »Ganz schlimmer Heuschnupfen Chef«, Gaby gab sich nicht mal Mühe, das breite Grinsen zu verbergen, das ihr das Dope ins Gesicht gemeißelt hatte.

»Gerd, wir müssen reden.« Michael Cordes hatte Mühe, nicht zu schwanken. »In Ihrem Büro!«

Hemmerich war alles andere als begeistert gewesen von der Idee, seine beste Ermittlerin am vierten Arbeitstag nach der monatelangen Therapie zu dem Unmenschen zu lassen, der das tiefsitzende Trauma bei ihr ausgelöst hatte. Gleichwohl, eine echte Wahl hatte er nicht. Die einzige Spur im Mordfall Heinemann und vor allem in Richtung der entführten Mädchen führte zu Barjakov. Und der einzige bekannte Kontakt zum größten bekannten Clan der Russenmafia war eben Jean Baptiste Devier, den Michi Cordes vor knapp acht Monaten als Finanzberater Gregor Jehnke kennen- und liebengelernt hatte.

Gerd Hemmerich hatte den Frauenmörder einmal persönlich gesehen. Zum Auftakt des spektakulären Prozesses vor dem Mannheimer Landgericht, das ihn in einem sehr kurzen Verfahren wegen dreifachen Mordes zu lebenslanger Haft mit Feststellung der besonderen Schwere der

Schuld verurteilt hatte. Eine vorzeitige Aussetzung der Strafe auf Bewährung war damit ausgeschlossen. Hemmerich war im Gerichtssaal ein wenig erschrocken gewesen, als ihm seine Ähnlichkeit mit Devier auffiel. Groß, graue, leicht gewellte Haare, selbst im forschen Gang des Mörders sah er sich wieder.

Der Revierleiter war wie Gaby Heller ebenfalls überrascht gewesen, dass Devier – offenbar auf eigenen Wunsch – aus dem Hochsicherheitsgefängnis in Stuttgart nach Mannheim verlegt worden war. Einen Vorteil hatte es: Die Anstaltsleitung hatte die Zeugenbefragung schnell und unbürokratisch genehmigt.

»Möchten Sie nicht doch lieber Frau Heller zu der Befragung mitnehmen?« Gerd Hemmerich war ernsthaft besorgt um das Seelenheil seiner Hauptkommissarin.

»Ich glaube, da muss ich alleine durch. Devier wird mauern, wenn wir da gemeinsam auftauchen. Außerdem würde ich Frau Oberkommissarin Heller gerne auf eine andere Spur ansetzen.« Gaby schien überrascht. Michi wandte sich ihr direkt zu. »Du hattest völlig Recht. Es wäre unprofessionell, die Ermittlungen in Richtung Kleintierfreunde Ingelrein und Adina Tchandé zu vernachlässigen. Immerhin werden immer noch zwei Männer vermisst.«

»Drei«, mischte sich Hemmerich ein, »heute Morgen hat eine Frau Meff auf dem örtlichen Polizeiposten ihren Mann ebenfalls als vermisst gemeldet. Auch einer von diesen Kleintierfreunden. Ich wollte das ursprünglich in Händen der Bereitschaft lassen. Aber ich glaube, es ist keine schlechte Idee, diesen Fall zu uns zu ziehen. Es gibt auch einen ersten Hinweis. Dieser Herr Meff wurde zuletzt lebend in der Kneipe des Vereins gesehen. ‚Pollo' heißt der Laden. Ich setze mich mit den Kollegen in Ingelrein in Verbindung und kündige Sie an. Und bitte holen Sie sich beide Augentropfen. Das sieht ja heftig aus.«

»Machen wir, Gerd«, Michi stand als Erste auf, »aber vorher muss ich dringend etwas essen. Hast du auch so einen Hunger, Gaby?«

41 JVA Mannheim,
Donnerstag, 13. Juli, 15.00 Uhr

Fast eine Stunde lang lebten Michi und Gaby den Fressflash aus. Nach zwei Pizzazungen aus der Bäckerei gegenüber dem Revier folgte je ein Döner mit allem in der Mannheimer Straße. Zum Abschluss gönnten sich die Kommissarinnen in der Dreikönigstraße ein großes Eis. Die nachlassende Wirkung des Marihuanas löste bei Gaby eine manisch depressive Episode aus. Einem Lachanfall nach dem halben Döner schloss sich eine tränenreiche Erzählung über die mutmaßliche Krebserkrankung ihrer Tochter an. Diese mündete ihrerseits in das durch und durch unpassend humoristische Geständnis, dass Buddha der Vater der Zwillinge war.

Auf dem Weg in die JVA ging Michi das Gespräch nicht aus dem Kopf. Auch, wenn es nur unter Drogeneinfluss zustande gekommen war, nahm sie es ernst. Das galt auch für die Beziehung zu ihrer Kollegin. Immerhin machte sie der Bruch diverser Gesetze und Dienstvorschriften an diesem Vormittag wenn nicht zu Freundinnen, so doch wenigstens zu Kumpanen.

Michi musste an Johannes denken, als sie unweit von dessen Wohn-Werkstatt kurz vor drei in die Herzogenriedstraße einbog und wie schon so oft ihren Mini auf einem der Parkplätze entlang der Sandsteinmauer abstellte. Ob er wohl in der Lage wäre, Kinder zu zeugen?

»Bitte, was kann ich für Sie tun?« Die tiefe und forsche Stimme, die unvermittelt von der anderen Seite des langgestreckten Sicherheitsglasfensters zu hören war, holte sie aus ihrem Tagtraum.

»Kriminalhauptkommissarin Cordes, Kripo Schwetzingen. Mein Revierleiter hat mich angekündigt für eine außerplanmäßige Einvernahme ...«, weiter kam sie nicht. Der Beamte griff zu seinem Funkgerät. »Martin, der Besuch für unseren VIP ist da. Du kannst sie in der Schleuse abholen. Waren Sie schon mal bei uns?« Michi reagierte nicht gleich. »Hallo, Fräulein, ich habe gefragt, ob Sie schon durch die neue Torwache in unser Hotel gekommen sind.«

»Nein«, reagierte sie überrumpelt, »muss ich irgendwas beachten?«

»Personalausweis und Dienstausweis bitte. Bekommen Sie beim Hinausgehen wieder. Dienstwaffe in einen der Tresore hinter dieser Türe einschließen. Für Wertgegenstände, Handy und Schlüssel gibt es Spinde in der Schleuse. Der Kollege zeigt ihnen alles.«

Cordes wollte sich erst beschweren, dass er das alles falsch verstanden und sie natürlich schon Insassen befragt hätte, aber heute war es ihr schlicht egal, was der Torwächter von ihr hielt. Außerdem war sie ein wenig beeindruckt von dem neuen Eingangsbereich. Ein bisschen verloren hockte die Hauptkommissarin auf der Bank mitten in dem modernen Vorraum vor den vier schwarzen Türen, den Schleusen auf dem Weg hinter die schwedischen Gardinen. Ein kurzes Summen und Tür Nummer zwei sprang leicht auf. Heraus trat ein kräftiger Kerl. Der avisierte Martin vermutlich. Gut einsneunzig groß mit einem Oberkörper, an dessen Gestaltung, da war sich Michi sicher, neben Hanteln und Geräten auch eine bunte Mischung von Steroiden mitgewirkt hatte.

»Frau Hauptkommissarin? Darf ich bitten?« Michi folgte wortlos der Aufforderung und ließ die Prozedur mit Durchleuchtung der Tasche und intensivem Abtasten durch eine Kollegin wie am Flughafen geduldig über sich ergehen. Der

Weg aus der Hochsicherheitszone heraus ins Freie, vorbei an den Werkstätten der Anstalt über den Hof hinter dem alten Eingangsgebäude in die Hauptverwaltung schien ihr endlos. Stramm marschierte der schweigende Riese vor ihr her und blieb erst vor der Tür mit dem Schild »Vernehmungsraum 1« stehen.

»Was soll das hier«, unwirsch fuhr Michi den stämmigen JVA-Beamten an, »bringen Sie Herrn Devier in einen abhörsicheren Anwaltsraum und warten Sie draußen!«

»Aber der ist Sicherheitsstufe drei. Das ist Vorschrift, Frau Kommissarin!« Martin verschränkte überheblich grinsend die Arme vor der kräftigen Brust.

»Frau Hauptkommissarin bitte, soviel Zeit muss schon sein. Sie machen jetzt, was ich sage, sonst erzähle ich Ihrem Anstaltsleiter, dass Sie hier mit Drogen und Handys dealen,« giftete Cordes den Schließer an.

Zobel, so hieß der Beamte dem Namensschild zufolge mit Nachnamen, zuckte zusammen und spielte Entrüstung. »Ich deale nicht mit Drogen ... und wie kommen Sie darauf ...«

»Sie schwitzen wie ein Ferkel, seit ich Sie das erste Mal angesehen habe. Sie kauen nervös auf Ihrer Unterlippe herum, und Ihre linke Hand fasst ständig an die Beule in Ihrer Hose. Also entweder haben Sie einen Riesendödel und ich mache Sie wuschig, oder Sie haben da was in der Hose, was nicht legal ist. Hustenbonbons werden es keine sein!« Der Profilinglehrgang in den Staaten und die vielen Gespräche mit der ASS hatten bei Michi ihre Spuren hinterlassen. Und sie bekam, was sie wollte.

Mit puterrotem Kopf verschwand der Beamte Zobel und gab Anweisung, den Häftling mit der Nummer 1022 in einen der minder gesicherten, unbeobachteten Räume der JVA umzusetzen.

»Hallo Michi«, jovial lächelnd schlüpfte Jean Baptiste Devier mit seinen imposanten einsfünfundneunzig in den kleinen, schmucklosen Besprechungsraum. »Ich würde dich ja angemessen umarmen, aber wie du siehst, sind mir die Hände gebunden. Du siehst blendend aus. Es freut mich, dass du die Haare noch genauso trägst wie damals.«

Genau davor hatte sie sich gefürchtet. Dazusitzen wie ein Schulmädchen und wehrlos dabei zuzusehen, wie der Schleim aus zweitklassigen Komplimenten des Mehrfachmörders Jean Baptiste Devier an ihr herunterläuft.

Etwas in ihr hatte sich aber auch danach gesehnt. Nach diesem entwaffnenden Lächeln, dem beruhigenden Timbre seiner Stimme, mit der jedes Kompliment wie eine Offenbarung von Gregor Jehnke klang.

Gregor war erträglich, Gregor war ein Mensch, anders, als dieser Jean Baptiste.

»Hallo Gregor. Das blaugrau steht dir. Anstaltskleidung?«
»Meine liebe Michaela, ich weiß, dass du nicht hergekommen bist, um Höflichkeiten auszutauschen. Es wundert mich überhaupt, dass du hier bist. Es geht nämlich das Gerücht um, dass es dem Image abträglich sein könnte, sich mit mir sehen zu lassen. Eine Frage: Tratschen sie noch über uns da draußen? Ich bekomme hier recht wenig mit.«
»Warum hast du mich nicht getötet?« Sie hatte sich so fest vorgenommen, nicht davon anzufangen. »Warum hast du mich in jener Nacht, als ich dir auf die Schliche gekommen bin, betäubt, hast mich den langen Weg nach Südfrankreich gefahren und dann selbst die Polizei gerufen. Du hast drei Frauen bestialisch ermordet. Warum mich nicht? Warum hast du vor Gericht nicht bereut? Du kommst hier nie wieder raus.«

‚*Überlebende tragen keine Schuld.*' Dutzende Male, wie ein Mantra, hatte Annerose Strühl-Sütterlin ihr diesen Satz eingehämmert. Und dennoch war sie gegenwärtig, diese Schuld. Wie ein ungebetener Gast hockte sie plötzlich da und grinste ihr hämisch ins Gesicht.

»Vier Frauen«, Devier sprach ruhig und sanft. »Ihr macht alle den gleichen Fehler. Ich habe vier Frauen bestialisch ermordet. Meine Mutter haben alle irgendwie vergessen. Na, ist vielleicht auch besser so. Aber die Antwort auf deine Fragen ist ganz einfach. Ich liebe dich, Michaela Sandra Cordes.«

Der Satz traf Michi wie eine Keule. Nein. Sie fühlte sich, als wäre ein tonnenschwerer Güterzug in sie gerast. Der Einschlag schmerzte in der Magengrube, Übelkeit überkam sie und ein Schwindel. Sie schwankte auf dem Stuhl.

»Du hättest heute vielleicht nicht kiffen sollen. Tut dir nicht gut.« Devier hob die gefesselten Hände und schaute sie entschuldigend an. »Deine Kleidung riecht recht heftig nach Dope, und deine Augen. Ich möchte dich nicht erschrecken. Du hast mich gefragt, warum ich nichts zu meiner Entlastung gesagt habe.« Er blickte süffisant lächelnd auf die Seite. »Ich bin ein hochgefährlicher Psychopath. Ich darf hier nie wieder raus. Nur dann ist die Welt vor mir sicher. Und du musst Gregor vergessen.« Michi begann, schwer zu atmen, ihre Augen füllten sich mit Tränen. »Schau' mich an, Michaela. Hier sitzt Jean Baptiste Devier, ein Serienmörder. Sag' es. Sag' meinen Namen.«

Michi stand auf, klopfte an die Tür, und hechtete auf den Flur, nachdem Martin Zobel geöffnet hatte. »Haben Sie eine Zigarette?«

Zobel zeigte sich entrüstet, fischte aber eine Schachtel aus der Hosentasche. »Rauchen ist hier nicht gestattet.«

Michi griff zu. »Dann sperren Sie mich doch ein!«

»Brauchen Sie den da drin noch?« Zobel zeigte auf die Türe zum Besprechungsraum.

Michi zog drei- oder viermal hektisch an der Kippe, trat sie auf dem Boden aus und bat den JVA-Wärter, wieder zu öffnen. »Ja, leider.« Die Tür öffnete sich. »Also, Jean Baptiste. Wo waren wir stehengeblieben?«

42 Ingelrein, Donnerstag, 15.00 Uhr

Gaby war mächtig beeindruckt von der Leistung der Klimaanlage des kleinen Toyotas. Der Sommer war, zumindest für ein Gastspiel, wieder zurückgekommen, und die Sonne trieb die Temperaturen am Nachmittag bis knapp unter die 30-Grad-Marke. Geblieben war die Schwüle, die der Oberkommissarin beim Aussteigen unangenehm entgegenschlug.

Immer noch fuhr sie den von Michi geliehenen Wagen, und ganz langsam fand sie Gefallen an dem kugelrunden, flotten Japaner und überlegte ernsthaft, ihn ihrer Chefin abzukaufen.

Die beiden Streifenbeamten, die im Ingelreiner Polizeiposten auf die Kommissarin gewartet hatten, waren gerade dabei, je einen Becher Eiscreme zu verdrücken. Polizeikommissar Ballreich und Hauptmeister Klumpp versuchten, betont gelassen zu wirken. Wie immer, wenn die Kripo in der kleinen Dienststelle aufschlug.

»Ja, Männer, was ist los? Kein Eis für die Lady?« Gaby Heller war geübt im Umgang mit männlichen Kollegen vor allem im ländlichen Bereich, für die eine Kommissarin auch im 21. Jahrhundert immer noch eine Provokation darstellte. Nur ihre Methode war eben eine andere, als die einer Michaela Cordes. »Viel zu heiß heute, um zu arbeiten. Und warum die mich wegen eines Vermissten hierhergeschickt haben, weiß ich auch nicht. Ich bin die Gaby. Wisst ihr, wo man hier nach Dienstende ein anständiges Bier bekommt?«

»Norbert«, Hauptmeister Klumpp gab als erstes Pfötchen, »de grüne Baum is zu empfehle. Do gehe mir immer hi.«

»Ich bin der Markus«, der Polizeikommissar wischte sich brav die Hand an der üblichen bierdeckelgroßen Eisdielen-Serviette ab. »Ja, unsere hohe Herre. Was in denne ihre

Kepp manschmol vorgeht.« Markus Ballreich löffelte hastig sein Eis leer und griff nach einem Block auf seinem Schreibtisch. »Dann bringe mir disch emol uff de Stand. Vermisst wird«, beim Vorlesen verfiel der Polizeikommissar in so etwas Ähnliches wie Hochdeutsch, »der 57-jährige Roiner Meff. Frührentner. Zuletscht gesehen worden wurde er gestern Apend im ‚Pollo‘, das ist die Kneibe der Kleintierfreunte.«

»Jaja, das weiß ich alles«, unterbrach ihn Gaby und zog das Fax aus der Tasche, das Ballreich oder Klumpp zuvor ins Revier geschickt hatten. »Der Wirt, dieser Herr Giordano, hat ausgesagt, der Herr Meff hätte mit einem Herrn Kalkbrenner das Lokal verlassen. Kennt ihr den? Ist das dieser Riesenmensch, der auf dem Vereinsgelände immer am Arbeiten ist? Habt ihr den schon befragt?«

»De Kakakarl«, Klumpp lachte verächtlich, »denn hawwe ma extra fer disch uffgehobe. Des is unser Dorfdeppsche. Solle mir mitkumme?«

»Lasst mal Männer, ihr ward schon fleißig.« Auf diese beiden Polizistendarsteller aus ‚Heiter bis tödlich‘ hatte sie jetzt so gar keinen Bock. »Habt ihr eine Adresse? Ich berichte euch später im ‚Grünen Baum‘.«

Mit der Hausnummer alleine wäre Gaby aufgeschmissen gewesen. Keines der sieben Häuser in dem kurzen Hofweg schmückte sich mit einer Ziffer. Das Auto hatte sie vor dem Polizeiposten stehenlassen. Es waren nicht mal dreihundert Meter zu dem windschiefen, mit Efeu überwucherten Haus mit dem graublauen Hoftor. Mit Filzstift hatte vor Jahren mal jemand den Namen Kalkbrenner daraufgeschrieben.

Das Kreischen der Säge schmerzte in Gabys Ohren, und sie hoffte, dass ihr Donnern an die brüchigen Latten des

Tores Gehör finden würde. Wie auf Knopfdruck verstummte das Werkzeug. Und ein Schlurfen näherte sich.

»Biddä?«

»Sind Sie Herr Kalkbrenner?« Ungläubig sah die Oberkommissarin auf den hünenhaften, birnenförmigen Menschen, der sich vor ihr aufbaute. Das Blut, das wie die feinen Verzweigungen eines Flussdeltas an der weißen Metzgerschürze herunterlief, nahm Gaby erst auf den zweiten Blick wahr.

»Wwwer wiwiwillen des wisse?«

»Heller, Kriminalpolizei Schwetzingen«, so hoch es ging, reckte sie ihren Dienstausweis in die Höhe vor Kalkbrenners Augen.

»Kukukumme se roi. Wowolle se än Deller Worschtsupp?« Karl schlurfte davon, wie er gekommen war.

Gaby lehnte das Tor instinktiv nur an, sie schloss es nicht und versicherte sich ihrer Dienstwaffe in der Handtasche. »Nein danke, ich hab schon gegessen.« Sonst war sie einer kostenlosen Mahlzeit ja nicht abgeneigt. Aber die Unmengen an grünglänzenden Fliegen, die sich über die Rippenknochen hermachten, die der Besitzer dieses Anwesens offenbar gerade am Zerlegen war, verdarben ihr den Appetit.

»Aaawwer än Schnaps gegeht doch immer.«

Den nahm Gaby gerne an, als sie sich auf die verwitterte Eckbank unter dem Vordach der alten Tabakscheune niederließ. Der Geruch von Hochprozentigem war vermutlich geeignet, diesen unangenehmen Geruch von Schlachtabfällen leichter zu ertragen.

»Herr Kalkbrenner«, der Befragte hockte sich mit einer Flasche Schnaps gegenüber und füllte mit seinen blutverschmierten Händen zwei Wassergläser je halbvoll. »Sache se Kakakarl zzu mimir. Dedes mache alle.«

»Also Karl«, Gaby setze das Glas an einer der wenigen sauberen Stellen am Mund an, »Sie wissen vielleicht, dass Rainer Meff verschwunden ist. Nach Aussage des Herrn Giordano könnten Sie der Letzte gewesen sein, der ihn gestern Abend gesehen hat. Sie haben ihn nach Hause gebracht, wurde uns gesagt.«

»Dem bleblede Arschloch haww isch gschdern in dddie Gosch gschlage. Isch hab ihn dddo mit moim Hänger hämfahre wolle, doddo iiis der Dededepp mir runnergsprunge, bsoffe, wi er war.« Das Stottern wurde nach dem ersten Schnaps besser. Er goss nach. »Dann is der uff misch losgagange mimit soim vollgsoffene Kopp. Dadann hebb ischn gegebatscht. Gucke se.« Kalkbrenner zeigte Gaby die aufgeschürften Mittelhandknochen.

»Haben Sie ihn dann nach Hause gebracht?«

»Nunur bbis zur Schimperstroß. Dede Reschd isser geloffe. Awwer bei derre Kuh dehääm, ded isch a fofofortlaafe.«

»Ja, Karl, wenn Sie mir zeigen könnten, wo genau Sie den Herrn Meff verloren haben, wäre ich Ihnen dankbar.«

Karl sprang unerwartet spritzig auf, ging ins Haus und kam keine zwei Minuten später mit einem kleinen Faltplan von Ingelrein und vier Dosen Hausmacher Wurst wieder.

Die Stelle, an der Meff der Aussage Kalkbrenners zufolge aus dem Anhänger des Mofas gesprungen sein sollte, fand Gaby schnell. Spuren einer blutigen Auseinandersetzung waren keine zu sehen. Der Regen der letzten Nacht hatte offensichtlich alles weggespült. Sie lief die Schimperstraße hinunter, um wie verabredet im ‚Grünen Baum' vorbeizuschauen, als ihr das Handy im Rinnstein auffiel. Sie nahm die vier Dosen Wurst aus dem Plastikbeutel, den Kalkbrenner ihr gegeben hatte, und sicherte das vermeintliche Beweisstück. Die Glasfläche war zerbrochen, einschalten ließ es sich auch nicht mehr. Aber Gaby war sich sicher, dass Buddhas Abteilung dem lädierten Brocken Technik wieder Leben einhauchen würde.

Schlag sechzehn Uhr traf Oberkommissarin Heller im ‚Grünen Baum' ein. Markus und Norbert hatten schon die erste Runde bestellt und freuten sich wie kleine Kinder über die Dosenwurst, die die Oberkommissarin ihren beiden Kollegen als Dank für die tolle Vorarbeit überreichte.

43 Bobrowniki (Polen), Donnerstag, 13. Juli, 16.00 Uhr

Jurij Sokulow war geladen. Mindestens genauso geladen wie seine Jarygin, die russische Armeepistole mit ihren achtzehn Schuss im zweireihigen Stangenmagazin. Er hatte gute Lust gehabt, seiner Fracht mit dem Griff der Waffe mal kräftig eins überzuziehen. Vor allem diesem aufmüpfigen Gör, das unablässig gegen die Zwischenwand zur Fahrerkabine gepoltert hatte. Verstanden hatte Jurij nur ihren Namen, Samantha, bevor er ihr eine weitere Dosis des Betäubungsmittels verabreichte. Cola war aus, also kippte er die Hälfte des noch verbliebenen Halopderidols in den Flachmann mit dem Rest Wodka und flößte dem impertinenten Kind die grenzwertige Mischung mit Gewalt ein. *Was für ein Biest*, dachte Jurij bei sich, während er die Bissspuren an seinem Unterarm inspizierte. Er hoffte inständig, dass die körperliche Konstitution der beiden anderen Pakete nicht so ausgeprägt sein würde wie die dieser Samantha. Zur Not müsste halt doch der Pistolengriff herhalten.

Längst hätte er schon in Russland sein sollen, dabei hatte er noch nicht mal Polen verlassen. Erst die gesperrte Autobahn bei Warschau, die ihn schon drei Stunden gekostet hatte, dann die Panne mit dem Transporter kurz vor dem Grenzübergang Bobrowniki. Und jetzt hing sein Kontakt auf der weißrussischen Seite der Grenze mit dem Ersatztransporter fest. Der Boss würde ausrasten. Wegen der Verspätung, aber auch, weil Jurij sich nicht an die Absprache gehalten hatte, die Lösegeldforderung erst nach Verlassen der EU telefonisch abzusetzen. Jurij tröstete sich mit der Hoffnung, dass die Zentrale vermutlich niemals von seiner eigenmächtigen Entscheidung erfahren würde. Ebenso wie von dem Telefonat mit Nina. Wie immer, wenn er auf Dienstreise war, kümmerte sie sich um seinen geliebten Kater Anatol. Für die Schwester war er Geschäftsmann. Mehr musste sie nicht wissen.

44 Kamza (Albanien),
Donnerstag, 13.Juli, 16.00 Uhr

Wie eine Maschine hatte Broddl die rund tausendfünfhundert Kilometer bis nach Bari in der süditalienischen Region Apulien runtergerissen. Wie vereinbart war er nur zum Tanken und Pinkeln von der Autobahn gefahren. Die Schönheiten der Adria, an deren Ufer er die Nacht durch entlanggefahren war, hatten ihn gänzlich kaltgelassen. Rimini, der Zwergstaat San Marino, Pesaro oder Ancona waren in der Dunkelheit zur Bedeutungslosigkeit verkommen.

Ein Stück weit hatte ihn natürlich auch der Umstand belastet, mit einer halben Tonne reinsten Kokains der Außengrenze der Europäischen Union immer näherzukommen. Die Sorge war umsonst gewesen. Sowohl die italienischen Grenzpolizisten als auch die Beamten der europäischen Einheit FRONTEX hatten die gefälschten Papiere, nach denen der Transport zehntausend Hühnereier aus Valenzano für eine Frischeiproduktion in Tirana enthielt, nicht beanstandet. Auch das gestohlene albanische Autokennzeichen hatte der Kontrolle standgehalten.

Obwohl Broddl achtzehn Stunden unterwegs war, kam er bei der Überfahrt mit der Fähre von Bari nach Durrës in Albanien nicht wirklich zur Ruhe. Dem hartgesottenen Rocker mit einer stattlichen Zahl an verbuchten Runden in unzähligen Straßen- und Kneipenschlägereien lag die bevorstehende Begegnung mit der albanischen Drogenmafia im Magen. Nichts durfte schiefgehen, er war schließlich alleine, kein Backup von Schlägern, die ihm sonst zur Seite standen.

Die frische Seeluft im Gesicht, ging er gedanklich immer wieder die letzten Anweisungen durch, die er telefonisch in der Nacht noch erhalten hatte. Übergabe des Zehner-Eierkartons an die Albaner zum Testen, abwarten, bis die vereinbarten neun Millionen Euro auf dem Bitcoin-Konto eingegangen sind, dann Aushändigen des Transporters. Danach Absetzen per Flugzeug von Tirana über Istanbul nach Caracas. Dort würden sie sich treffen.

Die letzten vierzig Kilometer vom Fährhafen Durrës nach Kamza vor den Toren Tiranas waren für Broddl die Hölle. Zur Müdigkeit gesellte sich eine unerträgliche Hitze. Die eh schon schwache Klimaanlage des Transporters schien zu allem Überfluss ihre Tätigkeit komplett eingestellt zu haben. Das Navigationssystem indes funktionierte einwandfrei und führte ihn in dieser Einöde zielsicher durch die ‚Rruga Teuta' bis direkt vor die Einfahrt des verwahrlosten Grundstücks, das als Treffpunkt ausgemacht war. Noch am Fährhafen hatte Broddl ein albanisches Billighandy erworben, mit dem er jetzt die Kunden über seine Ankunft informierte.

Es dauerte keine zehn Minuten, bis die alte, weiße S-Klasse hinter dem vermeintlichen Hühnerhoftransporter Halt machte. Die Kugel aus der betagten russischen Armeepistole traf Martin Ries alias Broddl exakt in die Schläfe. Der größte der vier Männer hatte den Job übernommen, Martin Ries das Leben auszuhauchen. Sein etwas kleinerer Kollege öffnete die Fahrertür, schoss ein Beweisfoto der vollendeten Tötung und sendete es an die secmail-Adresse aus dem Darkweb, über die der Auftrag gekommen war. Keine zwanzig Sekunden später erschütterte eine gewaltige Explosion den Vorort Tiranas und hinterließ neben fünf Toten auch den widerlichen Geruch von zehntausend verdorbenen Hühnereiern.

45 JVA Mannheim, Donnerstag, 13. Juli, 16.00 Uhr

»Fein, du bist also endlich bereit, mich mit meinem richtigen Namen anzusprechen.« Devier lehnte sich entspannt zurück und lächelte selbstzufrieden.

»Weißt du, mir ist eben schlagartig klar geworden, dass du absolut recht hast. Gregor ist tot. Er ist in dem Moment gestorben, als er mir vor sieben Monaten ein Schlafmittel in den Wein geschüttet und mich verschleppt hat. Du bist Jean Baptiste Devier. Ein Mörder, der bereit ist, mir zu helfen?« Michi war sich nicht sicher, ob ihr Gegenüber spürte, dass sie sich selbst gerade in die monströse Handtasche log. Der einzige Unterschied zu vorhin war, dass es ihr jetzt egal war. Sie hatte eine Aufgabe. Die Aufgabe, zwei Teenager und eine junge Frau zu finden und zu retten. Daher wartete sie erst gar nicht auf die Antwort. »Ich muss Kontakt zu einem Kunden von dir aufnehmen. Piotr Barjakov.«

»Du hast mit diesem Anwalt gesprochen. Breitenstein? Oder?« Jean Baptiste kraulte sich den grauen Dreitagebart. »Außer ihm weiß niemand von meiner Verbindung zu Piotr. Sei's drum. Was ist passiert?«

»Eine Frau und zwei Mädchen wurden entführt und die Spur führt zu Barjakov. Hilfst du uns?«

Devier verzog das Gesicht, als hätte er in eine saure Zitrone gebissen. »Das ist gar nicht sein Stil. Entführung?« Er dachte kurz nach. »Sag' Martin vor der Tür, dass ich das Handy benötige.«

»Glaubst du, ich bin deine Kammerzofe? Sag' mir einfach, wo er ist und wie ich ihn aufspüren kann.« Die Hauptkommissarin holte einen Block aus der Tasche und knallte ihn auf den Tisch.

»Sehr beeindruckend.« Devier verdrehte die Augen. »Ich weiß, dass sie dir Kugelschreiber, Bleistift oder Füller abgenommen haben. Ich kann auch wieder zurück in die Hausbäckerei. Hab' da einen festen Job. Meine Brioche sind sehr beliebt. Das Handy. Bitte!«

Trotzig stand Michi auf und klopfte an die Tür zum Flur. Ohne zu zögern, fischte Martin Zobel ein Klapphandy aus der Hosentasche. Michi ging damit zurück zu Devier.

»Wie läuft das hier? Bläst du Martin dafür ab und zu mal einen?« Mit einiger Empörung knallte sie das Mobiltelefon auf den Tisch.

»Vorsicht, das ist empfindliche Technik«, witzelte Jean Baptiste. Er klappte das Telefon mit den gefesselten Händen vor sich auf dem Tisch auf und tippte umständlich eine Nummer ein. Die unflexiblen Scharnierhandschellen behinderten dabei enorm. »Martin hat ein paar Probleme mit zwei oder drei Spielhallen. Ich helfe ihm, er hilft mir …«

»Da!« Tief und schroff klang es aus dem Telefon, das mit aktiviertem Freisprecher zwischen Jean Baptiste und Michaela lag. Der sich anschließenden Konversation auf Russisch konnte Michi nicht folgen. Sie klang hart und unfreundlich. Die Zwischenfrage, ob Michi noch ihre alte Handynummer habe, beantwortete sie mit einem knappen Nicken. Nach drei Minuten war das Gespräch zu Ende.

»Du willst mir nicht erzählen, dass du meine Handynummer noch im Kopf hast? Das macht mir ein wenig Angst.«

»Du weißt doch, ich und Zahlen«, Devier winkte mit beiden Händen fast etwas verschämt ab, »vorläufig solltest du aber diese Nummer behalten und vor allem auf Empfang bleiben. In den nächsten Stunden erhältst du einen Anruf mit Anweisungen, wann und wo du Barjakov treffen kannst. Ich würde schon mal packen. Ist dein Pass in Ordnung?«

Michi schaute ihn ungläubig an. »Wo soll ich ihn treffen?«

»Wie gesagt, warte auf den Anruf.« Jean Baptiste löschte die Anrufliste des Klapphandys, fummelte die SIM-Karte heraus, und zerbrach sie geschickt in der Mitte. »Piotr legt Wert auf seine Privatsphäre.«

Michi ärgerte sich. Auch ihren Plan, bei der Rückgabe des Handys die angerufene Nummer abzuschreiben, hatte Jean Baptiste durchschaut. »Eines noch zum Abschied«, sie versuchte, ihre Enttäuschung möglichst elegant zu überspielen. »Du warst auch für einen gewissen Harald Kannengießer tätig. Hat man mir wenigstens gesagt. Ich soll dich nach einem Archiv im Bunker fragen. Was hat es damit auf sich?«

»Du bist wirklich sehr fordernd, dafür, dass wir uns so lange nicht gesehen haben«, Devier lehnte sich nach vorne und stützte sich auf den Besprechungstisch auf. »Kannengießer war schon vor ein paar Jahren Schatzmeister der Nationalen Volkspartei. Übles Pack, wenn du mich fragst. Interessanterweise gibt es sehr viele sehr wohlhabende Menschen und Unternehmen aus dem Ausland, die ein Interesse an starken, nationalen und nationalsozialistischen Bewegungen haben. Kannengießer war in dieser Hinsicht sehr tüchtig und hat vor Jahren Millionen an Spenden eingetrieben. Mein Job war es, einen großen Teil der Gelder verschwinden zu lassen, ohne dass die Spender das merken.«

»Aber irgendwann kommt das doch raus. Über wie viel reden wir?«

»Klar, irgendwann platzt der Bluff. Aber da Parteispenden aus dem Ausland illegal sind, konnten die ja schlecht zur Polizei rennen. Kannengießer hat damit gut fünf Millionen Euro auf die Seite geschafft. Und seitdem hat er Feinde. Mächtige Feinde. Aber der gute Harry war paranoid genug, um über jeden Spender ein Dossier anzulegen, mit sehr privaten Geheimnissen. Die Spenden sind darin auch vermerkt. Und diese Dossiers liegen im Keller seines Ferienhauses im Odenwald, der Zentrale seiner Nazipartei. Aber warum interessiert ihr euch für Kannengießer?« Devier lehnte sich wieder zurück in den Stuhl. Michi schien das Rattern seines brillanten Hirns förmlich zu hören. »Zwei Mädchen und eine junge Frau – jetzt erzähle mir nicht, zu den Entführten gehört Harrys Perle.« Jean Baptiste brach in schallendes Gelächter aus. »Deshalb ist der Breitenstein so freigiebig mit Informationen. Seine Tochter ist mit von der Partie. Ha. Ich beneide dich nicht, liebe Michaela. In dem Keller findet ihr mindestens drei Dutzend Namen von Leuten, die dem Harry ans Leder wollen. Und die Hälfte davon ist kaltschnäuzig genug, eine Entführung durchzuziehen. Und, falls es dir hilft – Barjakov gehört nicht dazu.«

»Ich danke dir für deine Einschätzung, aber das schaffen wir ohne dich.« Michi wollte langsam nur noch raus aus der JVA. »Ich werde sehen, ob wir uns erkenntlich zeigen können mit Privilegien.« Sie stand auf, sammelte die Reste des zerbrochenen Handys ein und lief Richtung Tür.

Devier schaute sie mitleidig an. Als ob es ihm an irgendwas fehlen würde. Gemessen für einen Häftling. »Apropos«, rief er ihr noch hinterher, »wie gefällt dir übrigens deine neue Wohnung?«

Michi drehte sich erschrocken um und starrte Devier in die lachenden blauen Augen. »Woher weißt du von der Wohnung? Außer meinen Eltern, Tanjas Anwalt und dem Notar weiß niemand davon.«

»Tanjas Anwalt ist in Wirklichkeit mein Anwalt. War doch das Mindeste, was ich für dich tun konnte.« Das Lächeln, mit dem Devier die Selbstverständlichkeit seiner Worte unterstrich, frappierte Michi. »Ich hatte ursprünglich die

Idee, dir das Loft in Mannheim zu überschreiben. Ich erinnere mich, wie wohl du dich dort gefühlt hast. Aber irgendwas in mir ließ mich glauben, du könntest dieses großzügige Geschenk nicht zu schätzen wissen. Ich sehe an deinem Gesicht, ich hatte recht. Wusstest du, dass man im Internet sogar Testamente kaufen kann. Verrückt oder?«

46 Revier Schwetzingen, Donnerstag, 13. Juli, 18.00 Uhr

Aufgeregt passte Gaby Heller ihre Vorgesetzte im Treppenhaus des Reviers ab. »Warst du bei ihm?« Ihr Flüstern hallte geheimnisvoll von den Wänden des alten Gemäuers in der Schwetzinger Marstallstraße. »Hast du irgendwas rausbekommen? Weiß er etwas, was uns hilft, Samantha und Hannah zu finden?« Sie spürte gar nicht, wie Charly alles tat, um ihre Aufmerksamkeit zu erregen.

Direkt nach dem Besuch in der JVA war Michi nach Schwetzingen gefahren, hatte den Hund bei Herrn Schneider abgeholt und einen Koffer gepackt. Der Ekel, der sie angesichts der fast vollständig renovierten Wohnung im Dachgeschoss des Hauses überkam, war unbeschreiblich. Sie könnte dort nicht wohnen. Jetzt nicht mehr.

»Ja und nein«, Michi reagierte kurz angebunden, »ich warte noch auf Informationen.« Es tat ihr in der Seele weh, ihre Kollegin so stehenzulassen. Sie konnte sich nicht im Ansatz vorstellen, wie Gaby sich jetzt fühlte. Aber sie hatte ja auch nicht mehr. Eigentlich wollte sie in der JVA auch Guido Ruck aufsuchen und ihn informieren. Doch was hätte sie ihm sagen sollen. *„Sorry, dass ich die ganze Zeit nicht kommen konnte. Ich war zu sehr mit mir selbst beschäftigt. Ach ja, auf der Suche nach deiner entführten Tochter haben wir nur eine vage Spur, und die führt nach Osteuropa. Aber wir sind ja so zuversichtlich!"* Nein, das hatte sie nicht fertiggebracht.

Die Abendbesprechung der SOKO Heinemann war dürftig besetzt. Buddha hatte anderweitig zu tun, es gab ja auch nichts Neues aus der KT, ebenso wenig wie von Pressestelle und Staatsanwaltschaft, die genauso durch Abwesenheit glänzten. Hauptkommissar Stefan Hirsch hatte sich kurzfristig krankgemeldet.

Hemmerich drückte auf die Tube, er hatte allem Anschein nach noch etwas vor an diesem Abend und drängte Michi, sich kurzzufassen. Nur Polizeihauptmeister Martin Richter und seine Kollegin Silke Sprengler machten einen entspannten Eindruck.

Cordes berichtete von dem Gespräch am Morgen bei von Breitenstein und von dessen Willen, auf die Lösegeldforderung der Entführer seiner Tochter einzugehen. Die Begegnung mit Devier bezeichnete sie in der kleinen Runde als ‚Einvernahme eines Informanten in der JVA'. Hemmerichs Interesse weckte sie mit den Informationen über die angeblichen Unterlagen in Kannengießers Keller. Im Zusammenhang mit dem noch nicht vollständig ausgeräumten Mordverdacht gegen Harrycane sah er gute Chancen für eine Durchsuchungsanordnung auch des Feriendomizils des windigen Anwalts.

Gaby Heller indes hatte sich eindeutig mehr versprochen von Michis Besuch im Knast. Die Enttäuschung war ihr deutlich ins Gesicht geschrieben, als sie ihrerseits von den eher dürftigen Ermittlungsergebnissen im Fall der drei verschwundenen Vereinsmitglieder berichtete. Am ergiebigsten sei da noch die Stammtischrunde im ‚Grünen Baum' gewesen. Selbst die beiden Dorfpolizisten Norbert und Markus seien sich einig, dass mit dieser Adina Tchandé irgendwas nicht stimme. Und auch für Christl Meff, die Frau des zuletzt vermissten Rainer Meff, stünde fest, dass die böse schwarze Frau hinter dem Verschwinden der Männer stehe. Gaby Heller schloss sich dieser Meinung an. Es sei schon ein eigenartiger Zufall, dass drei Männer, die nach allen Zeugenaussagen im Streit mit Tchandé gelegen haben, plötzlich verschwunden seien. Selbst Michi konnte hier nicht mehr widersprechen.

Nach der Entführung seiner Lebensgefährtin hatte offenbar auch Harald Kannengießer samt seiner nationalen Volkspartei wenigstens eine Pause in Sachen rechter Hetze im Internet eingelegt. Enttäuscht war IT-Spezialist Michael Dresen allerdings in Sachen Fahndung nach Martin Ries. Keine Geldabhebung, keine Ausweis- oder Führerscheinkontrolle, die Spur seines offiziellen Handys verlor sich in der Mitte des Neckars bei Eberbach. Und auch die Nachforschungen der Streifenbeamtin Sprengler bei weiteren Kontaktadressen im Familien- und Freundeskreis waren ins Leere gelaufen. Für den Mord an Dietmar Heinemann stand Martin Ries alias Broddl damit ganz oben auf der Verdächtigenliste.

Recht ergiebig sei dagegen die Vernehmung von Marco Fischer verlaufen. Die Drohung von Staatsanwalt Becker, ihn wegen versuchten Mordes an einer Polizistin für immer wegzusperren, hatte die einfache Seele tief beeindruckt. Er hatte bestätigt, dass Broddl und Heinemann was am Laufen hatten, um den Boss kaltzustellen. Was genau, wusste er jedoch nicht.

47 JosenBikes, Mannheim, Donnerstag, 13. Juli, 19.30 Uhr

»Sind Burger mit Pommes für dich in Ordnung?« Johannes hieß Michi an seiner ‚Haustüre' mit einer frappierenden Selbstverständlichkeit willkommen. »Du siehst gestresst aus und solltest dich auch mal umziehen.« Er rollte voraus Richtung Wohnplateau, Charly rannte vorbei, die Treppe hoch. Mit einem Mal spürte Johannes einen Ruck, der seinen sportlichen Rollstuhl zum Stehen brachte. Michi drehte den fahrbaren Untersatz mühelos um 180 Grad. Bluse und Sport-BH hatte sie bereits im Gehen abgestreift. Johannes schaute erstaunt dabei zu, wie die große, schlanke Frau die Sneakers von ihren nackten Füßen streifte und die Jeans folgen ließ. Wortlos setzte sie sich breitbeinig auf Johannes. Dass die schrägstehenden Räder des Rollstuhls sich schmerzhaft in ihre Oberschenkel drückten, störte sie nicht. Nicht in diesem Moment. Sie schlang ihre Arme um Johannes' Hals und drückte ihr Gesicht leidenschaftlich auf seines.
»Ok«, hauchte er sie an, »so großen Erfolg hatte ich mit meinen Burgern noch nie.«

Für Michi waren es die besten Cheeseburger, die sie je gegessen hatte. Vermutlich hätte Johannes auch eine Dose Ravioli aufmachen können, und sie hätte diese als Offenbarung empfunden. Nackt und entspannt lag sie immer noch auf dem übergroßen Bett in Johannes' Loft und sog den Rauch des Joints tief in sich ein. Charly hatte sich längst daneben gefläzt und streckte alle Dreie in die Höhe.

»Du hast eine sehr skurrile Vorliebe für Krüppel.« Johannes grinste frech, als er sich mit seinen muskulösen Armen an der Stahlkonstruktion über dem Bett aus dem Rollstuhl hob, um sich sanft wieder neben Michi niederzulassen. »Woher wusstest du, dass ich trotz allem einsatzbereit bin? Also als Mann?«

Sie blies ihm provozierend den Rauch ins Gesicht. »Wusste ich nicht. Ich habe erstmal nur mit deinen geschickten Fingern gerechnet.« Sie machte mit der Fernbedienung den über dem Bett angebrachten Fernseher lauter. In den Nachrichten kam gerade etwas über eine Bombenexplosion mit fünf Toten außerhalb von Tirana. Man vermutete Clanrivalität.

»Du musst mir nicht erzählen, was heute passiert ist.« Johannes drehte seinen kräftigen Oberkörper zu Michi und streichelte sanft ihre Wange. »Aber wenn das mit uns was werden soll, wäre Offenheit durchaus förderlich.« Er übernahm den runtergerauchten Joint.

Michi stand wortlos auf, lief splitterfasernackt die Stahltreppe hinunter durch die Werkstatthalle hinaus zu ihrem Wagen. Das dumpfe Poltern der Rollen des mittelgroßen, knallroten Trolleys veranlasste Johannes, sich auf der zweiten Ebene der Halle neugierig in seinen Rollstuhl zu schwingen und über die stählerne Brüstung nach unten zu schauen.

Provozierend grinsend rief Michi ihm nach oben zu. »Du willst, dass das mit uns was wird? Dann komm' runter und hilf mir mit dem Koffer!«

In voller Lautstärke brüllte Bruce Springsteen sein ‚Born in the USA' aus der Handtasche der Hauptkommissarin und beendete abrupt das ebenso intensive wie intime Gespräch. Es war schon kurz nach elf. Fast eine Stunde und zwei weitere Joints lang hatte Johannes geduldig zugehört und Michaelas kurzen, aber intensiven Lebenslauf inhaliert.

»Ja, Cordes«, meldete sie sich beschwingt. Johannes konnte sehen, wie Michis rosige Gesichtsfarbe jedoch binnen Sekunden einer Leichenblässe wich.

»Ja, Gerd. Morgen um sieben im Präsidium. Informieren Sie die Kollegin Heller? Ich kann das jetzt nicht.« Grußlos beendete Michi mit einem Fingertipp auf die Glasfläche ihres Handys das Telefonat und starrte Johannes entgeistert an. »Sie haben die Breitenstein in Weißrussland gefunden. Sie hat sich bei der Polizei in Minsk gemeldet. Offenbar haben der Kannengießer und ihr Vater das Lösegeld bezahlt.«

»Das ist doch eine gute Nachricht. Aber was ist mit den beiden Mädchen, die angeblich auch entführt worden sind?« Johannes fuhr sich besorgt durch die mittellangen, dunkelblonden Haare.

Michi wurde schwindelig. Vom Wein, aber auch vom Dope. »Das ist das Problem. Die sind nach wie vor spurlos verschwunden.«

48 Minsk, Donnerstag, 13. Juli, 21.30 Uhr

Die beiden dreiflügeligen Rotorblätter der museumsreifen Piper Navajo dröhnten durch die Nacht, als Jurij die beiden sedierten Mädchen nacheinander über die kurze Treppe in das ehemalige Geschäftsflugzeug führte. Samantha und Hannah waren gehorsam. Die Apothekerin im Zentrum von Minsk war unbeeindruckt gewesen von der überdurchschnittlich großen Menge an Augentropfen, die Jurij ihr abkaufte. Auch die gezielte Frage nach dem Inhaltsstoff Tetrahydrozolin schien sie nicht sonderlich aus dem Konzept zu bringen. Vermutlich war die Nachfrage nach diesem Stoff, der bei oraler Einnahme zu einer gewissen Willenlosigkeit führt, in der Hauptstadt Weißrusslands recht hoch. Jurij hatte sich fest vorgenommen, jetzt keine Fehler mehr zu machen. Alleine mit drei Entführten loszufahren, war einfach dumm gewesen. Der weißrussische Ivan, den sein Boss ihm nach der Panne an der Grenze organisiert hatte, erwies sich als tumb, aber äußerst nützlich. Die neuerliche Verabreichung der Drogen war deutlich unkomplizierter vonstattengegangen. Jurij schrieb das der Schusswaffe zu, die dieser Ivan den Mädchen stumm und mit grimmigem Gesichtsausdruck vor die Nase gehalten hatte. Der erste Biss hatte Jurij gereicht. Er hoffte, dass das Jod, das er sich in der Apotheke für sich mitgenommen hatte, die beginnende Infektion bekämpfen würde.

Der Boss hatte am frühen Abend klare Anweisungen gegeben. Ein Teil des Lösegeldes war, soweit Jurij es einschätzen konnte, auf dem Bitcoinwallet eingegangen. Nicht alles, aber es sei offensichtlich gewesen, dass mehr nicht zu holen sei. Wie aufgetragen hatte Jurij das älteste Entführungsopfer in einem Waldstück zwischen der Stadt und dem privaten Flugfeld ausgesetzt. Bei der extrem dünnen Blondine hatte das Haloperidol besonders gut und lange gewirkt. Sie müsste er nicht weiter ruhigstellen. Mit den Flipflops an den Füßen und der Restwirkung des Neuroleptikums würde sie frühestens in zwei oder drei Stunden auf bewohntes Gebiet treffen. Da wäre Jurij mit der Ware längst in St. Petersburg angekommen. Er schnallte die Mädchen so gut es ging an und setzte sich selbst entspannt in einen der bequemen Ledersessel. Bald wäre er endlich wieder mit seinem Liebchen zusammen. Mit dem Geld aus dem Drogenverkauf könnte er sich dann endlich von der Organisation lossagen und die ewige Wärme genießen. Dort, wo sie hingingen, würden sie Könige sein mit so viel Geld. Bis ans Lebensende.

49 L'Escalier, Heidelberg, Donnerstag, 13. Juli, 23.30 Uhr

Silke Sprengler lümmelte sich gelangweilt auf dem mit weißem Leder bezogenen Barhocker und schlürfte angeödet an dem Vierzig-Euro-Cocktail. Dieser vierte ‚Sex on the Beach' schmeckte nicht besser als anderswo, passte aber ins Preisgefüge der Nobeldisco in der Heidelberger Altstadt, in der das günstigste Getränk, ein kleines Mineralwasser, mit acht Euro zu Buche schlug. Peanuts für die normale Klientel dieses Etablissements, bestehend aus Akademikern und den üblichen Upperclass-Vertretern aus Politik und Wirtschaft. Mit ihren vierundzwanzig Jahren drückte Silke den Altersdurchschnitt signifikant. Sie fühlte sich so billig, wie sie angezogen war. Das gelbe, kurze Paillettenkleid wirkte nuttig, die farblich dazu passenden Pumps hatte sie längst abgestreift und unter den Tisch fallen lassen.

»Wann kaufst du mir das Motorrad?« Silke nölte wie ein Kind, während sich Stefan Hirsch, ein klassischer Mittvierziger mit Midlifecrisis einmal mehr zum Affen machte. Das werde schon, pumpte er sich auf, sie könne sich darauf verlassen. Er werde sie auch zum Star am Strand von Acapulco machen. Vor ihm läge der Deal seines Lebens, und vor beiden eine Zukunft ohne Arbeit im puren Luxus. Wie er das bewerkstelligen wolle, ließ er offen. Stefan erzählte Silke nichts von der SMS seines Informanten, der gegen eine nicht unerhebliche finanzielle Zuwendung bereit wäre, mit ihm über den Verbleib der gesuchten Kokaineier zu reden. Von dem Fund könnte er genug abzweigen für ein sorgenfreies Leben. Morgen Abend würde er sich mit Jo, dem Maulwurf, treffen. Jetzt aber würde er erstmal sein Spielzeug in ihr Zuhause nach Ketsch bringen und damit spielen.

Der fünfte Tag

50 Revier Schwetzingen, Freitag, 14. Juli, 7.00 Uhr

»Sind Sie von Sinnen, Michaela?« Komplett entgeistert schlug Gerd Hemmerich die Hände über dem Kopf zusammen. »Als ich beim Reinkommen auf das Schild an unserem Gebäude gesehen habe, stand da immer noch ‚Polizeirevier Schwetzingen', nicht INTERPOL. Und natürlich nein. Ich stelle Sie nicht frei, um sich in Russland mit dem Paten eines international operierenden Mafiaclans zu treffen und Frau Hellers Tochter aufzuspüren.« Hemmerich war zwischenzeitlich aufgestanden und stampfte wütend hinter seinem Schreibtisch auf und ab. Der sonst coole Charly brummte zu Michaelas Füßen. »Wir haben hier Regeln, Frau Hauptkommissarin, und die haben sich auch in dem halben Jahr, in dem Sie weg waren, nicht geändert. Wir geben unsere Informationen an die Behörden in Russland, und die werden dann schon wissen, was zu tun ist. Sofern die Mädchen überhaupt noch am Leben sind.«

Mit dem letzten Satz stürzte Gaby Heller in das Büro. »Was ist mit meiner Tochter? Was ist mit Samantha und Hannah? Habt ihr neue Informationen? Hat sich dein Kontakt gemeldet, Michi?«

Die Kurznachricht war gegen drei Uhr in der Nacht eingegangen. Das leise ‚Ping' hatte genügt, um Michi aus ihrem unruhigen Schlaf zu holen. ‚*LH 1432 – 9.15 Uhr Frankfurt – St. Petersburg. Ticket ist hinterlegt. Terminal 1, Bereich A, Ebene 2 an Schalter 51-XXX. Treffpunkt 14.00 Uhr Lobby Hotel Pulkovskaya.*' Gaby war ganz aus dem Häuschen. »Ja also, dann los. Endlich eine Spur. Ich bring' dich zum Flughafen. Worauf warten wir.«

Michi versuchte, die Situation ein wenig zu beruhigen. »Gerd, ich erwarte nicht, dass Sie mich offiziell nach St. Petersburg schicken oder mich freistellen.«

»Doch, doch, genau das erwarte ich …«, fiel ihr Gaby ins Wort. Sie stand zitternd hinter dem zweiten Besucherstuhl neben Michaela.

»Aber egal, ob Sie zustimmen oder nicht. Ich fahre jetzt zum Flughafen und treffe mich am Nachmittag mit Piotr Barjakov. Sie wissen doch ganz genau, dass die russische Polizei sich nicht so ins Zeug legt auf der Suche nach zwei deutschen Teenagern, wie wir das erwarten. Und Hilfe von Barjakov bekommen die zweimal nicht.«

»Sie wissen doch gar nicht, ob er uns überhaupt helfen kann.« Gerd Hemmerich haderte mit sich selbst. »Außerdem kann ich Sie nicht entbehren, Michi. Gestern habe ich Anweisung von der Staatsanwaltschaft erhalten, dass wir alle Fälle von Guido Ruck als Leiter der Mordkommission bei uns nochmal komplett unter die Lupe nehmen, inklusive Forensik. Leistritz wird toben. Und wer soll das hier bitteschön machen?«

»Gerd«, Michaela schlug einen milden Ton an, »wenn es keine Spur gibt, dann haben wir einen Tag verloren, mehr nicht. Aber warum soll Barjakov Geld für ein Ticket ausgeben, wenn er nichts für mich hat?«

Nervös drückte der Revierleiter die Mine seines Kugelschreibers immer wieder rein und raus.

»Sie sind krank. Ich finde, das sieht man auch.« Hemmerich starrte zur Decke und schloss die Augen. »Die erste Woche nach der langen Pause hat Ihnen verständlicherweise zugesetzt. Ich werde bis Montag nicht auf einer Krankmeldung bestehen und Sie auch nicht anrufen. Die Sache bleibt aber unter uns. Wenn man Sie am Flughafen erkennt, dann machen Sie blau, und ich muss Sie disziplinieren.«

Gaby Heller brach in Tränen aus und warf sich Michi Cordes an den Hals. »Du bist eine miserable Chefin, aber eine saugeile Kollegin. Ich weiß, dass du die Mädchen heimbringst.«

Nach einem kaum hörbaren Klopfen war Gotthold von Breitenstein Aue unaufgefordert in Hemmerichs Büro getreten. »Sie widerliches Arschloch«, Gaby löste sich aus der Umarmung mit Michi und giftete den Anwalt mit einer fiesen Grimasse an, »kaufen Ihre Tochter frei und lassen zwei kleine Mädchen im Stich.«

»Es tut mir von Herzen leid«, Breitenstein bemühte sich nicht einmal, entschuldigend zu wirken, »wir sind bis zuletzt davon ausgegangen, dass der Entführer alle freilässt. Ich weiß, wie Sie sich fühlen. Und wenn ich noch etwas tun kann …«

»Das können Sie, Herr Anwalt, deshalb habe ich Sie einbestellt«, Hemmerich hatte wieder eine aufrechte, souveräne Haltung eingenommen. »Ich darf davon ausgehen, dass Herr Kannengießer nicht mehr Ihr Mandant ist?« Breitenstein nickte. »Dann setze ich Sie hiermit offiziell darüber in Kenntnis, dass wir heute Vormittag die Räumlichkeiten von Harald Kannengießers Ferienhaus bei Waldbrunn durchsuchen werden. Ich setze bei der Auswertung der Finanzunterlagen auf Ihre Mitwirkung.«

Breitenstein nickte erneut und sah Gaby dabei an. »Und wenn es mich meine Zulassung kostet, er hat unsere Töchter in Lebensgefahr gebracht.«

»Ich weiß, das ist gegen jede Regel, aber was kümmert uns das heute«, Hemmerich verdrehte die Augen. »Sie leiten den Einsatz, Frau Heller.«

»Und du hast Hilfe dabei.« Wie selbstverständlich drückte Michi Gaby die Leine von Charly in die Hand. »Er frisst im Grunde alles. Ich wäre am Anfang also vorsichtig mit den Babys.«

51 ‚Bunker' Waldbrunn,
Freitag, 14. Juli, 10.00 Uhr

Die schwarz-weiß-rote Flagge auf der Anhöhe bei Waldbrunn machte schon etwa einen Kilometer vor Eintreffen des Polizeitrosses eine elektronische Navigation überflüssig. Erhaben, wegweisend, vor allem aber ungebührlich trotzte die nationalsozialistische Symbolik jeglichem politischen Feingefühl. Es war zwar nicht das Berchtesgadener Land, und der Bunker stand auch nicht an einer schroffen Felsklippe, optisch war die Ähnlichkeit mit dem Kehlsteinhaus auf dem Obersalzberg aber frappierend.

»Na, Fräulein, hat der Hirsch heute Nacht zu sehr geröhrt?« Erschrocken schaute Silke Sprengler aus ihren verquollenen Augen rüber zu Gaby, die mit dem weißen Japaner den Konvoi aus drei schwarzen Mercedes S-Klassen und einem Transporter anführte. Die Polizeimeisterin hatte sich in der Einsatzbesprechung regelrecht aufgedrängt, bei dieser Durchsuchung dabei zu sein, und Gaby hatte sich breitschlagen lassen.

»Woher wissen Sie, dass ich mit Stefan ...«

»Sie müssen noch viel lernen, Kindchen. Wer sich mit dem Bezirksbefruchter des Mannheimer Präsidiums einlässt, trägt lebenslang den ‚HBH'-Stempel auf der Stirn.«

»HBH-Stempel?« Silke Sprengler wirkte besorgt, während ihr Charly von hinten ins Ohr hechelte.

»Horned by Hirsch – aber machen Sie sich keine Sorgen. Alles, was weiblich ist, unter 60 Kilo schwer und eine Uniform trägt, ist auch Mitglied in dem Club.« Gaby konnte diesen aus ihrer Sicht zu kurz und zu dünn geratenen Barbie-Klon nicht ausstehen und bereute die Entscheidung, das Mädel auch noch im eigenen Auto mitgenommen zu haben.

»Bringen Sie mir endlich meine Frau zurück?« Kannengießer war mit Jogginghose und T-Shirt nicht nur schlecht angezogen, er roch auch unangenehm aus dem Mund und war impertinent wie immer.

Gaby bereute zum zweiten Mal an diesem Vormittag. Diesmal, dass sie den Vorschlag des SEK-Gruppenleiters, das Anwesen mit Ramme, Blendgranaten und Rauchbomben zu stürmen, als überzogen abgelehnt hatte. Wenigstens knurrte Charly überzeugend in den Eingangsbereich. Mit dreifach kräftigem Bellen wollte er wohl herausfinden, ob noch jemand im Haus war. Kannengießer war offenkundig alleine.

Die Kommissarin versuchte, so cool zu bleiben, wie es ihr nur möglich war. »Ihre wahrscheinlich zukünftige Ex-Lebensgefährtin hängt leider noch in Minsk fest. Die weißrussischen Behörden sind da sehr streng, was Ausweispapiere, Visa und solche Sachen angeht. Da herrscht Zucht und Ordnung. Das müsste Ihnen doch gefallen, Herr Dr. Kannengießer. Meine Kollegin Sprengler haben Sie, glaube ich, schon kennengelernt. Die Namen der Herren da hinten brauchen Sie sich nicht zu merken. Die werden einfach nur Ihren Führerbunker hier auf links drehen und so lange schütteln, bis nichts mehr rausfällt.« Gabys Wortschwall gab dem verblüfften Harrycane keine Chance, Protest zu äußern. »Ich weiß, was Sie fragen wollen. Und die Antwort lautet ja, wir haben eine richterliche Anordnung. Wenn Sie dann bitte die Güte hätten.« Mit ihren auf knapp ein Meter sechzig gepressten neunzig Kilo drückte Gaby den übermächtigen Anwalt aus dem Eichenrahmen der massiven Rundbogentür. Bewaffnet mit Kartons und diversen elektronischen Scannern schlüpfte die folgende, fünfzehnköpfige Suchmannschaft an Gaby vorbei. Charly schaute jedem einzeln nach und schien zu kontrollieren, ob alles seine Richtigkeit hatte.

»Ihnen ist hoffentlich klar, dass das hier das Ende Ihrer Zeit bei der Polizei ist. Ich habe Kontakte bis in die Spitze des Innenministeriums in Stuttgart.«

»Wenn ich jedes Mal einen Euro bekommen würde für diesen Satz. Ernsthaft, das macht mir ein wenig Sorgen, dass dort jemand mit Ihnen redet.« Gaby wartete, bis alle Beamten außer Hörweite waren, und baute sich provozierend vor dem über einen Kopf größeren Kannengießer auf. »Pass' auf, du braunes Stück Scheiße. Wegen dir ist mein Kind irgendwo in Richtung Russland verschleppt worden. Und ich sorge dafür, dass deine Zeit in Freiheit heute hier endet. Wir werden aus allem, was wir finden, Anklagen bauen, sogar aus deinen netten Hakenkreuzfahnen, die hier überall herumhängen.« Gaby schaute an Kannengießer vorbei zu Silke Sprengler. »Frau Sprengler, Sie dürften noch nicht so viel aus der Polizeischule vergessen haben. Das sind doch alles verbotene Symbole, oder?«

Die Polizeimeisterin nickte. »Ja, so ist es. Und Herr Kannengießer, den Schlüssel für die Kellertür bitte.«

Wutentbrannt riss der Hüne die lange Kette von dem Holzboard hinter sich und schleuderte sie mit enormem Schwung Richtung Sprengler. Erschrocken wich sie aus, und das Geschoss, bestehend aus mehreren Schlüsseln und einem Goldnugget, schlug in der rauverputzten weißen Wand knapp neben ihrem Kopf ein. Mit dem Schlüsselbund fiel ein Stück Putz zu Boden, das sich unter der Wucht von der Mauer gelöst hatte. Dick wie zwei Finger, etwa zehn mal zehn Zentimeter in der Fläche. Dem Hund gefiel das. Bevor jemand anderes reagieren konnte, hatte Charly den Bund bereits im Maul.

»Frau Sprengler, dokumentieren Sie mal bitte, dass Herr Dr. Kannengießer Schäden an seinem eigenen Haus verursacht. Nicht, dass er uns das in Rechnung stellen möchte. Warum sind Sie plötzlich so blass, Harry?«

Kreideweiß stand der Rockerchef mit einem Mal da und versuchte, nicht auf das Loch in der Wand zu starren. Dieser Teil der Mauer lag im Halbdunkel des ansonsten durch große Fenster erleuchteten Flurs des Anwesens.

»Da steckt eine Kugel in der Wand.« Silke Sprengler musste sich ein wenig strecken. Die Stelle, von der der Putz abgebröckelt war, lag ungefähr zehn Zentimeter über ihrem Scheitel.

»Nicht anfassen!« Gaby hielt die junge Kollegin davon ab, mit dem Finger in dem Loch zu bohren. »Machen Sie hier Schießübungen in Ihrem eigenen Treppenhaus, Harry?« Dann rief sie laut, so dass man sie praktisch im ganzen Haus hören konnte. »Haben wir ein Spurensicherungsset dabei?«

Ein junger, schlaksiger Kollege fühlte sich angesprochen und lief bereits in Richtung Ausgang. »Was hätten Sie denn gerne, Frau Oberkommissarin? Sprengstoff? Biologisch? Werkzeugspuren?«

Gaby war längst zu der Stelle des vermeintlichen Einschusses gelaufen und wähnte eine rotbräunliche Verfärbung am Rand der runden Öffnung. »Bringen Sie alles mit. Und Luminol.« Der Kollege entfernte sich und Gaby wurde lauter. »Und ein Stemmeisen!«

Intuitiv hatte Silke Sprengler das Holster am Gürtel geöffnet und ihre Hand an der Schusswaffe. »Soll ich?«

»Sie müssen ihn nicht gleich erschießen.« Gaby zog ein Paar Handschellen aus ihrer Handtasche. »Festnehmen reicht erstmal. Wenn das hier Blut ist, Harry, dann haben wir Gesprächsbedarf.«

52 St. Petersburg, Freitag, 14. Juli, 14.00 Uhr Ortszeit

Die Barhocker an der spartanisch mit kubischen Elementen gestalteten Bar waren extrem unbequem. Immer wieder rutschte Michi mit ihren recht knochigen Pobacken auf der brettharten Sitzfläche hin und her. Zudem machten sich die drei Cappuccino, die sie in der zurückliegenden Stunde hier getrunken hatte, unangenehm bemerkbar. Langsam sehnte sie sich nach den bequemen Sitzen der Businessclass des Airbus A 321, der sie pünktlich und ohne Zwischenfälle in die zweitgrößte Stadt Russlands gebracht hatte.

Die Abfertigung nach der Landung am Flughafen Pulkovo war gründlich, aber zügig vonstattengegangen. Auch die Suche nach einem Taxi mit einem englischsprachigen Fahrer war leicht gewesen. Nur fünfzehn Minuten hatte die Fahrt gedauert. Schon zum vierten Mal studierte die offiziell krankgemeldete Hauptkommissarin die Preisliste des Hotels. Und zum vierten Mal befand sie, dass dieses Hotel mit seinen vier Sternen für ein paar Übernachtungen bezahlbar wäre. Mit Johannes hatte sie sich ebenfalls schon reichhaltig per SMS ausgetauscht. Jetzt war Johannes eh unterwegs, um seine eigene Entwicklung für ein ‚Feetless Bike', also ein Motorrad für Querschnittsgelähmte, auf einer Behindertenmesse in Basel vorzustellen. Zwei oder drei Tage würde er dort bleiben. Das war auch der Grund, Charly bei Gaby in Obhut zu geben.

Gerade schoss ihr noch einmal die kurze Begegnung auf der Autobahn von Schwetzingen nach Frankfurt durch den Kopf. Der freundliche, ältere Herr in seinem fast ebenso alten, eierschalfarbenen Mercedes, der sie so nett gegrüßt hatte. Irgendwoher kannte sie ihn. Es wollte ihr aber partout nicht einfallen.

»Frau Cordes? Fjodor mein Name.« Der hochgewachsene junge Mann stellte sich formvollendet mit einer leichten Verbeugung und vor allem akzentfreiem Deutsch vor. Michi nickte nur ein wenig verlegen.

»Herr Barjakov hat mich beauftragt, Sie abzuholen. Darf ich Ihr Gepäck nehmen?« Ohne die Antwort abzuwarten, griff sich Fjodor den Trolley und deutete mit strengem Gesichtsausdruck sowie einem kaum hörbaren Fingerschnipsen der jungen Russin hinter der Theke an, nicht zu kassieren.

Michi zitterten die Knie, als sie mit Fjodor bei angenehmen einundzwanzig Grad und Sonnenschein vor das Hotel trat und in den Fond des weißen Geländewagens einstieg. Sie erwartete jeden Moment, dass ihr jemand eine schwarze Kapuze über den Kopf ziehen oder eine Betäubungsspritze verabreichen würde.

Nichts dergleichen passierte. Geräuschlos verstaute Fjodor Michis Gepäck im Kofferraum und setzte sich ans Steuer.

»Wir sind ungefähr eine halbe Stunde unterwegs. In der Konsole neben Ihrem Sitz finden Sie einige kleine Erfrischungen.«

Das unscheinbare Geschäftshaus lag direkt an der Moika, einem Zufluss der Newa mit einem herrlichen Blick auf die goldene Kuppel der Isaakskathedrale. Die Fahrt in dem luxuriösen Wagen war wie im Flug vergangen. Die meiste Zeit hatte Michi damit verbracht, den Inhalt des kleinen, aber edel bestückten Kühlschranks zwischen den beiden mit beigem Kalbsleder bezogenen Rücksitzen zu inspizieren. Natürlich Wodka, drei Sorten, zwei Piccolo Bollinger, Whiskey, russische Schnäpse, deren Namen sie nicht entziffern konnte, und ganz verschämt am Rand eine Flasche Mineralwasser. Hoffte Michi zumindest, als sie einen Schluck davon nahm. Die Lachs- und Kaviarhäppchen lockten zwar, zumal ihr Magen knurrte. Aber irgendwie fand sie es unangemessen, davon zu naschen.

Fjodor führte Michaela Cordes mit ebenso wenigen Worten wie Handzeichen, dafür jedoch mit einem konzentrierten Blick durch das Gebäude und eine breite Steintreppe hinauf in das erste Obergeschoss. Der Koffer war im Auto geblieben, und Michaela hatte es nicht gewagt, nach der näheren Zukunft des Gepäckstückes auch nur zu fragen. Es war ihr im Moment auch herzlich egal. Das Magengrummeln, eine Mischung aus Hunger und einer Scheißangst, überlagerte die Faszination, die der Prunk auslöste, der sich vor ihr auftat. Gut sechs Meter hohe Decken, stuckverziert und weiß getüncht mit Blattgoldelementen. Vor ihr am Ende der Treppe eine fast deckenhohe, zweiflügelige Tür in einem dunklen Grün gehalten mit kunstvollen Schnitzereien, ebenfalls mit Gold verziert. Daneben unpassend ein grauer Kasten.

»Wenn ich bitten darf!« Fjodor zeigte auf Michis riesige Handtasche. Ohne Widerstand händigte sie ihm die mobilen Zwei-Zimmer-Küche-Bad aus. Fjodor ließ sie in dem grauen Kasten verschwinden. Er verzog kurz das Gesicht, als er auf den rückwärtig angebrachten Bildschirm des Röntgengerätes schaute, ließ die Tasche aber nach wenigen Sekunden wieder auftauchen. »Frauen.« Ein vorsichtiges Lächeln huschte über Fjodors Gesicht. Auf eine Leibesvisitation verzichtete er. Michis hautenge Röhrenjeans und der dünne, ebenfalls eng anliegende Sweater boten keine Möglichkeiten, eine Waffe zu verstecken.

»Mikaela! Ich darf Sie doch Mikaela nennen. Es froit mich,

dass Sie meiner Einladung so kurzfristig foolgen konnten.« Mit einer betont ausladenden Willkommensgeste kam Piotr Barjakov in dem endlos langen Saal auf Michi zugelaufen. Die deckenhohen Fenster rechts und die korrespondierenden Spiegel zwischen den überladen verzierten Wänden auf der anderen Seite erinnerten an den Spiegelsaal von Versailles, der Raum selbst, offenbar das Büro des Gastgebers, an den Thronsaal des Zaren.

Barjakovs Deutsch war gut, der Akzent zu vernachlässigen. Die schwarze Hose und das schwarze Hemd signalisierten Understatement, die goldene Jaeger-LeCoultre Duomètre exakt das Gegenteil. Diese Luxusuhr kannte Michi. Ihr Ex, Thomas, hatte mal eine besessen. Sein Vater, Vorstandsmitglied eines deutschen Autobauers, hatte sie ihm zum Studienabschluss geschenkt.

Michaela versuchte, nicht eingeschüchtert zu wirken. Was ihr schwerfiel angesichts eines Schreibtisches, der dem Ludwig XIV zum Verwechseln ähnlich sah. Buchenkorpus mit Messing- und Schildpattapplikationen, groß wie eine Tischtennisplatte. In Versailles hatte sie so etwas schon einmal gesehen. »Herr Barjakov …«

»Nennen Sie mich Piotr, bitte. Sie sind schönerr, als Jean Baptiste Sie beschrieben hat. Nähmen Sie Platz.« Die Sitzgruppe auf der linken Seite des Raumes war genauso opulent wie der Wandteppich darüber. Die angerichteten Speisen rochen verlockend. Michi konnte nicht widerstehen, auch wenn ihr die Erwähnung von Devier schon wieder auf den Magen schlug.

»Piotr«, sie beschloss, sich auf das Spiel einzulassen, »ich bin auf der Suche nach einem Mitarbeiter von Ihnen. Jurij Sokulow. Er hat zwei Teenager entführt, um Lösegeld beziehungsweise die Rückgabe einer halben Tonne Kokain zu erpressen.« Sie hielt es nicht mehr länger aus, und nahm sich einen Teller und zwei der Mini-Piroggen.

»Jaja«, Barjakov schlug die Beine übereinander und kraulte sich den gepflegten grauen Bart. »Jean hat mir davon erzählt. Jurij ist ein ehemaliger Mitarbeiter. Wirr haben uns auseinandergelebt, und er hat die Seiten gewächselt.«

»Welche Seiten?«, Michi konnte auch von den pikant gewürzten Spießchen nicht genug bekommen.

»Mein Cousin Wladimir, Wladimir Kilkin, Sohn von Schwester von Vater, war Partner von mir. Viele Jahre. Wir haben gewaschen Geld. Auch in Deutschland. Er hat gelernt perfekt Deutsch und hat sich gegeben deutschen Name. Rothermel. Gernot Rothermel. Schrecklich.« Barjakov schüttelte angewidert den Kopf mit den wenigen, grauen Haaren. »Später hat Wladimir als Gernot unser Geschäft in Mittel- und Südamerika übernommen. Deutsche sind dort sehr beliebt. Russen mag man nicht. Dann er fing an mit Drogen. Und ich habe bald gemerkt, das ist scheiße.«

Michi zeigte sich verwundert. »Sie haben Skrupel bekommen?«

»Ach was. Skrupel ist für Frauen. Nicht böse sein. Nehmen Sie von Borsch. Ist sehr gutt.« Barjakov zeigte auf die Suppenterrine. »Chat gemacht Fjodors Frau. Nein, Drogen sind kein gutes Geschäft. Miese Typen, gefährrlicher Transport, aufwendige Verarbeitung. In Folge, wir haben getrennt uns. Er hat dann auch gemacht Mädchenhandel, Kinderhandel und so Sachen. Seit einige Jahre führt sein Sohn das Geschäft. Oleksander. Er hat Jurij abgeworben.«

Michi war bitter enttäuscht. Dafür war sie hierher geflogen?

»Aber Jurij hat Wohnung hier in Stadt. Vielleicht ist er dort. Mitarbeiter observiert bereits. Wenn er die Mädchen chat gebracht hierher, er will sie verkaufen. Aber Suche nicht gut bei Tag.«

»Wieso wollen Sie mir helfen?« Michi wurde langsam misstrauisch.

»Wissen Sie, Mikaela, Ruusland ist heute anders als früher. Alles legal. Geldwäsche legal über Panama oder Kanalinseln, Prostitution noch illegal, aber eine gute Nutte hier in Piter verdient zwanzigmal so viel wie Sie als Polizistin. Die Mädchen reißen sich um die Arbeit. Und Sucht? Ich chabe so viele Wettbüros und Spielhallen. Die Süchtigen geben mir ihr Geld freiwillig und legal. Jurij bringt mich in Verruf. Das geht nicht.« Das folgende Grinsen war eine Mischung aus Häme und Überlegenheit.

Michi war sich nicht genau über den weiteren Ablauf im Klaren. »Ich denke, ich fahre dann in das Hotel zurück und wir treffen uns heute Abend? Wo?«

»Nein, nein. Diese Absteige ist nichts für Freundin von Jean Baptiste. Ihr Gepäck ist bereits im Four Seasons ganz in der Nähe. Genießen Sie das wundervolle Spa dort. Und schauen Sie sich die schönste Stadt Europas an. Die Eremitage, die Blutskirche und die Peter-und-Paul-Festung. Fjodor steht zu Ihrer Verfügung. Und jetzt, liebste Mikaela, entschuldigen Sie mich. Geschäfte.«

53 Bankhaus Rooters & Sons, Frankfurt am Main, Freitag 14. Juli, 13.30 Uhr

»Ich möchte mich bei Ihnen nochmal für die Unannehmlichkeiten entschuldigen«, der junge Bankangestellte buckelte so tief, wie er nur konnte, »aber eine Transaktion in dieser Größenordnung über zehn Konten in der ganzen Welt hinweg ist selbst für unser Bankhaus nicht alltäglich. Herr van den Boom erwartet Sie.«

»Kä Problem, Bu. Isch war gut Esse unn Drinke. Isch hebb doch Zeit. Onnerschda als ihr junge Leit.« Karl Kalkbrenner war das devote Verhalten des Frischlings unangenehm. Aber es überraschte ihn selbst, dass sein Stottern in dieser Umgebung praktisch wie weggeblasen war. Wie es seine Art war, hatte er sich schon früh auf den Weg gemacht nach Frankfurt. Karl fuhr selten mit dem Auto. Mangelnde Praxis machte er durch die Entdeckung der Langsamkeit wett. Nur so war es ihm auch möglich gewesen herauszufinden, ob diese Kommissarin auf der A 5 bei Hirschberg hinter ihm her war oder nur zufällig den gleichen Weg hatte.

Karl hatte sich den grauen Anzug aus den Achtzigern mit dem extrem schmalen Revers angezogen. Völlig aus der Mode, aber immer noch gut für seine Verhältnisse. Und - er passte noch.

»Herr Kalkbrenner, es ist mir eine Freude, Sie zu sehen, auch wenn es ein so trauriger Anlass ist. Wir verlieren Sie ungern als Kunden, aber wenn Sie wegen Ihrer Frau in ein besseres Klima umziehen müssen, dann ist das natürlich verständlich.«

Karl nahm auf dem mit Leder bezogenen Besucherstuhl Platz. »Jaja, des Klima. Es iss mir a zu rauh do. Isch will jetzt ins Warme!«

»Das kann ich verstehen«, Wilhelm van den Boom schob einige Papiere über den Tisch, »und Sie können es sich ja erlauben. Hier haben Sie eine Aufstellung der Depots, die wir aufgelöst haben. Glückwunsch, Sie haben in den meisten Fällen einen richtig guten Riecher gehabt, wenn ich das flapsig sagen darf. Mit den Girokonten und den Festgeldern konnten wir insgesamt 31.327.341,47 Euro auf die Konten überweisen, die Sie uns genannt haben. Der größte Teil wie verabredet nach Panama. Und hier noch die gewünschte Abhebung in bar. Wann werden Sie Deutschland verlassen?« Karl nahm die Geldtasche mit den hundertausend Euro in Empfang, stand auf und lachte. »So wies aussieht in de neggschde Dage. Isch hett nie gedenkt, dass die Äcker vunn moine Eltern mol so ä Ernte oibringe.« Karl reichte dem Bänker die Hand. »Isch hebb Ihrm Lehrling do draußé noch ä Dasch mit moinere Doseworscht mitgebrocht. Känne se problemlos esse. Alles biologisch.«

54 Revier Schwetzingen, Freitag, 14. Juli, 15.00 Uhr

»Damit kommst du nicht durch, du miese Drecksau. Ich sorge dafür, dass dich die Anwaltskammer hochnimmt. Dich und deine ganze verlogene Kanzleibande!« Es hatte drei männliche Streifenbeamte gebraucht, um den randalierenden Harald Kannengießer im Verhörraum so zu fixieren, dass er bei der anstehenden Vernehmung keine Gefahr mehr darstellte.

»Herrgott, Chef, musste das sein, dass sich der Nazi und Breitenstein auf dem Flur begegnen? Der ist eh schon auf hundertachtzig.« Gaby genierte sich nicht im Geringsten, Ihrem Revierleiter die Schuld für diese unnötige Konfrontation zu geben. Wohlwissend, dass es nur ein blöder Zufall war. Ein Zufall jedoch, der Kannengießer glasklar vor Augen führte, wer die Polizei auf die Spur der Akten im Keller seines Ferienschlösschens gebracht hatte. Der Umfang der Unterlagen war erstaunlicherweise recht überschaubar gewesen. Nur fünf Umzugskartons hatten sich damit füllen lassen. Aber auch, wenn die Quantität eher bescheiden war, so war auch Gaby Heller bei einem ersten Überfliegen der Dossiers schnell klar geworden, dass sich in ihnen genug Zündstoff befand, um manch namhafte Firma oder Person in ernsthafte Bedrängnis zu bringen. Belastende E-Mails, kompromittierende Fotos und reihenweise Bankauszüge inklusive. Doch das Füllhorn, das ein Dutzend Journalisten mindestens drei Monate mit dem Waschen schmutziger Wäsche beschäftigen würde, interessierte Oberkommissarin Heller im Moment herzlich wenig.

Mit einem Wattestäbchen und einer geringen Menge Luminol hatte sie in Kannengießers Haus festgestellt, dass die bräunliche Verfärbung im Einschusskanal der leidlich verputzten Wand mit großer Wahrscheinlichkeit von Blut herrührte. Vorsichtig hatte sie die betreffenden Stellen des Putzes mit dem Autoschlüssel und einer Haarklammer herausgelöst und eingetütet. Danach war es ihr eine Wonne gewesen, mit dem Radmutterschlüssel, den der junge Kollege statt Stemmeisen aus dem Wagen geholt hatte, die Wand solange zu bearbeiten, bis sie das in ihr steckende Projektil freigab. Freilich verformt, aber für einen Profi immer noch als 460er Kaliber erkennbar. Passend also zu dem auf Kannengießer registrierten Revolver, der in dem auf ihn zugelassenen, ausgebrannten Truck gefunden worden war.

Ungeduldig warteten in dem engen und heißen Zimmer neben dem Vernehmungsraum Gerd Hemmerich, Gaby Heller und Staatsanwalt Erich Becker auf die Bestätigung aus der Kriminaltechnik bezüglich Blut und Kaliber. Buddha hatte versprochen, alles andere stehen und liegen zu lassen. Polizeimeisterin Silke Sprengler hatte es nur zu gern übernommen, die gesicherten Spuren in die KT zu bringen.

Wild schnaubend wie ein Bulle bei der Stierhatz in Pamplona rumpelte Bernhard Leistritz in den Beobachtungsraum. Die drei Augenpaare starrten Buddha an, wie hungrige Hyänen die Reste einer von Löwen gerissenen Antilope. »Was issn los? Waddet ihr uff de Nikolaus? Kinners, hebb isch än Dorscht. Gibt's dohin ä Wasser?«

»Du bekommst etwas zu trinken. Soviel du willst, aber spanne uns nicht länger auf die Folter. Hatte ich Recht? Ist das Blut, das wir in der Mauer gefunden haben?« Gaby Heller trippelte von einem Bein auf das andere, während Buddha durch die Glasscheibe neidisch mitansehen musste, wie der komplett fixierte Gefangene von einem Polizisten mit einer Wasserflasche getränkt wurde.

»Ja«, Buddha erlöste die Anwesenden, »des is tatsäschlich Blut. Unn des is a kän normale Butz, denn ihr oigsammelt habt, des is Gips ausm Baumarkt. Iwwerischens war a uff der Kuggel Blut.«

Staatsanwalt Becker genügten die Informationen. Er zückte sein Handy und wählte die Nummer des zuständigen Richters am Mannheimer Landgericht.

»Moment, Herr Staatsanwalt ...«, Buddha tippte auf das Mobiltelefon an Beckers Ohr.

»Was denn noch, Herr Leistritz«, der Jurist reagierte wie meistens genervt.

»Es hot ä bissl gedauert, awwer isch hebs hiekriegt. Die Kuggel is zu siebzig Prozent mit dem verkohlte Revolver abgschossen worre, den ich vorgeschtern unnersucht hab.«

»Wie können Sie das sagen?« Hemmerich zeigte sich erstaunt. »Sie können mit der Waffe doch keinen Vergleichschuss mehr abgeben.«

»100 Prozent gibt es do net – noch net. Awwer de Anton Hilversum, Sie wisse doch, de Gott de Kriminalteschnik, hot ä neies Verfahre entwickelt, mit demm ma unner Berücksischdigung vunn Thermoschemie unn Strömungsmeschanik a in so äneme Fall sehr genaue Ergebnisse hiekriegt.«

‚*Wenn Hilversum es sagt, musste es gut sein*‘, dachte sich Staatsanwalt Becker. Die Bücher des zurückgezogen lebenden Kriminaltechnikers ‚*Kriminaltechnik heute*‘ und ‚*Dem Täter auf der Spur – Physik und Chemie in der modernen Kriminaltechnik*‘ waren schließlich Standardlektüre in jeder Polizeischule und in diverse Sprachen übersetzt worden.

Selten hatte man Erich Becker jedenfalls derart breit grinsen sehen. Der Haftbefehl, den er eben am Landgericht beantragt hatte, würde in spätestens zwanzig Minuten im Revier aus dem Fax laufen.

Gaby hielt kurz inne, bevor sie sich auf den Weg auf die andere Seite der Glasscheibe machte. »Sag' mal, Buddha, kannst du aus den Blutspuren ein DNA-Profil gewinnen?«

Der erfahrene Spurensucher wiegte den Kopf hin und her und verdrehte die Augen Richtung Decke. »Vielleischt«, druckste er herum. »Normalerweise brauche mir zwanzisch bis dreißisch Pikogramm^{15} DNA. Unn isch weß noch net, ob isch des zammebring. Isch versuchs!«

»So, Harry, haben wir uns wieder beruhigt?« Obwohl Kannengießer mit den Händen nach hinten an den Stuhl gefesselt war und auch die Füße fixiert waren, hatte Gaby Heller ein mulmiges Gefühl, diesem Tier von einem Mann in diesem Moment gegenüberzutreten. Der Wärme im Revier Rechnung tragend, hatte der Rocker und Anwalt seinen Sweater vom Morgen ausgezogen, so dass er nur noch im Unterhemd dasaß. Die jetzt sichtbaren Tätowierungen an Armen und Brust schrien die Gesinnung dieses Menschen förmlich über den Tisch. Die schwarze Sonne am rechten Unterarm mit dem Totenschädel und dem Schriftzug der Bruderschaft Germania, der 20. April 1889 - Hitlers Geburtstag - unterhalb der Schlüsselbeine und natürlich das Hakenkreuz auf dem linken Bizeps. Die tätowierte Inschrift ‚I love Koh Samui' wirkte in diesem Kontext noch lächerlicher. Gaby war froh über die Anwesenheit von Martin Richter und eines Kollegen der Bereitschaft im Raum.

»Was ist los, Gaby«, Harrycane versuchte, frech zu grinsen, »Sie werden alt und paranoid. Früher haben wir uns unter vier Augen unterhalten.« Sein Blick richtete sich auf die unbeweglich verharrenden Polizeibeamten in der rechten und linken Ecke hinter ihm.

»Früher, mein nicht-lieber-Freund, haben wir uns auch über Körperverletzung, Nutten, Schutzgeld und solche Kleinigkeiten unterhalten«, sie machte eine kurze Pause, »heute reden wir über Mord!«

»Ist das Ihr Ernst, Frau Oberkommissarin? Das hatten wir doch schon. Sie haben Indizien, mehr nicht. Und ach ja, ich vertrete mich als Anwalt heute selbst.«

»Kein Thema, ich bin immer froh, wenn man es mir leicht macht.« Gaby schaltete den Rekorder auf Aufnahme und wurde förmlich. »Es ist Freitag, 15. Juli 2017, 15.30 Uhr. Mein Name ist Oberkommissarin Gabriele Heller, und ich befinde mich bei der Einvernahme des Verdächtigen«, Gaby musste in den Unterlagen nachsehen, »Dr. Harald Adolf Hugo Kannengießer. Bei der Vernehmung anwesend die Beamten Polizeihauptmeister Richter und«, Gaby wandte sich an das schüchterne Kerlchen in der Ecke, »wie heißen Sie?«

»Hager, Polizeiobermeister Hager«, hauchte es leise zu ihr herüber.

»Also, mit anwesend Polizeihauptmeister Richter und Polizeiobermeister Hager. Herr Dr. Kannengießer, wurden Ihnen bei Ihrer Festnahme Ihre Rechte vorgelesen?« Harrycane nickte gelangweilt. »Ooch Harry, hat es Ihnen die Sprache verschlagen? Ja oder nein?«

Kannengießer beugte sich vor. Ganz nah bis zu dem Aufnahmegerät. »Man hat mir die Rechte verlesen, und als zugelassener Anwalt vertrete ich mich in dieser lächerlichen Vernehmung selbst.« Tonlos mit einem überheblichen Lächeln hauchte er die Worte in das Mikrofon.

»Machen wir es kurz. Wie kommt eine Kugel des Kalibers Magnum samt Blutspuren in die Wand Ihres Hauses in Waldbrunn?« Gaby blieb gelassen.

»Machen wir es noch kürzer. Ich habe nicht die geringste Ahnung! Vielleicht haben die Jungs rumgeballert. Wissen Sie, da draußen können wir unsere Freiheit ausleben.«

»Sie wollen mir also erzählen, Sie haben keine Ahnung, wie eine Kugel, die mit an Sicherheit grenzender Wahrscheinlichkeit aus Ihrer ‚verlegten' Waffe stammt und an der Blut haftet, in die Wand Ihres Hauses kommt? Also entweder lügen Sie wie gedruckt, oder Sie haben nicht nur die Kontrolle über Ihren Club verloren, sondern über Ihr gesamtes Leben. Wissen Sie denn wenigstens, wer das Loch in Ihrer Wand vergipst hat? Waren Sie es selbst?«

»Was weiß ich, wer das gemacht hat. Didi, Broddl, Marco … die Jungs gehen bei mir ein und aus.«

»Praktisch. Didi ist tot, nach Broddl wird gefahndet, und Ihr Marco liegt mit einer Schusswunde im Krankenhaus, weil er mich angegriffen hat. Ziemlich dünn. Eine letzte Frage«, Gaby richtete ihre Unterlagen zusammen, und Kannengießer atmete auf, »wo waren Sie eigentlich in der Nacht vom vergangenen Sonntag auf Montag? Sie wissen, das ist die Nacht, in der Ihr Freund Dietmar Heinemann alias Didi ermordet wurde!«

»Da war ich mit Anita zusammen!«

»Wieder praktisch. Anita sitzt in Weißrussland fest. Sie sind ja so clever.« Gaby stand auf. »Ach ja, zwei Dinge noch. Draußen steht unser Staatsanwalt mit einem Haftbefehl wegen Mordes gegen Sie, und wussten Sie, Herr Dr. Kannengießer, dass unsere Kriminaltechnik mit dem Fitzelchen Blut in Ihrer Wand feststellen kann, von wem es stammt?« Gaby übertrieb bewusst und erzielte den gewünschten Erfolg. Sie sah in Harrycanes kreideweißes Gesicht. »Natürlich wissen Sie das. Sie sind doch ein kluger Anwalt und Parteiführer.« Gabys Handy meldete sich mit einem krächzenden Klingelton aus den frühen 90ern.

55 St. Petersburg, Freitag, 14. Juli, 22.00 Uhr Ortszeit

Die Reue saß tief. Sehr tief. Also ganz unten an und in ihren Füßen. Hätte sie doch nur das Angebot Barjakovs angenommen, sich bequem und dekadent von Fjodor mit der Luxuskarosse durch die viertgrößte Stadt Europas kutschieren zu lassen. Doch angesichts der Suite, die man für sie im ‚Four Seasons' reserviert hatte, begannen sie langsam Zweifel an ihrer Mission zu quälen. Sie wurde bestochen. Sie war justament korrupt bis ins Mark und ließ sich von einer der dubiosesten Gestalten der nördlichen Hemisphäre aushalten. Daher hatte sie wenigstens den Wagen abgelehnt. Die Rechnung, die man ihr in Form von Gefälligkeiten noch präsentieren würde, überstieg jetzt schon ihre Vorstellungskraft. Und warum, verdammt nochmal, hatte sie sich entschieden, den gemütlichen Schlendrian am Nachmittag in Ballerinas zu absolvieren? Die Pflaster, die ihr der Zimmerservice des Hotels gebracht hatte, linderten die Schmerzen an den aufgescheuerten Fersen nur eingeschränkt. Aber irgendwie hatte es sich auch gelohnt. Michi war nicht nur in einem der besten Hotels am Nevskiy Prospekt, der weltberühmten Prachtstraße der Millionenmetropole, untergebracht, nur einen Steinwurf weit entfernt wandelte sie den ganzen Mittag über auf den Spuren russischer Geschichte. Nur fünfzehn Minuten brauchte Michi zur Ermitage, dem Winterpalais und kaiserlichen Museum der russischen Zaren seit dem achtzehnten Jahrhundert bis zur Oktoberrevolution 1917. Von dort waren es gerade etwas mehr als zehn Minuten zur von Zar Peter dem Großen gegründeten Blutskirche mit ihren einzigartigen und orientalisch anmutenden Zwiebelkuppeln. Zwanzig Minuten weiter verzückte sie die architektonische Wucht der Peter-und-Paul-Festung inmitten der Newa. Doch nicht nur anstrengend und ermüdend war der Kurztrip durch die Geschichte dieses Riesenreiches gewesen, sondern auch lehrreich. Michi lernte, dass man in einer russischen Eisdiele nie eine Sorte bestellen sollte, deren Bezeichnung in kyrillischer Schrift sich nicht wenigstens halbwegs ableiten lässt. Die Geschmacksrichtung Knoblauch/Zitrone war dem vermeintlichen Vanilleeis noch am nächsten gekommen.

Die zurückliegenden beiden Stunden hatte Michi abwechselnd mit einem Clubsandwich, einem kühlenden Fußbad und einem Powernap in dem äußerst einladenden Kingsizebett verbracht. Gaby hatte ihre Vorgesetzte überraschenderweise mehrfach per SMS über die Entwicklungen in Schwetzingen auf dem Laufenden gehalten. Bei einem kurzen Telefonat am späten Nachmittag hatte Michi es vermieden, ihrer Kollegin allzu viel Hoffnung zu machen. Sie war sich selbst nicht sicher, was sie hier eigentlich trieb. Johannes hatte sie nicht erreicht. Fünfmal war Michi auf der Mailbox des Mannes gelandet, an den sie zwar unentwegt dachte, dessen Status in ihrem Leben sie aber nicht in der Lage war zu betiteln.

Ihre Mutter Wiebke Cordes, die sich wie verabredet Freitag nach dem offiziellen Dienstende, also um siebzehn Uhr, bei ihrer Tochter meldete, hatte sie angelogen. Alles laufe perfekt im Job, keine Probleme, die neue Kollegin sei eine ganz Liebe, und heute Abend werde sie endlich mit den Malerarbeiten in der neuen Wohnung fertig. Ehrlich war sie nur, als sie den Zustand ihrer Füße von der vielen Lauferei heute beschrieb und sie ihrer Mutter berichtete, dass sie am Abend mal wieder unter Leute komme. Schlag Zehn holte das Zimmertelefon die Hauptkommissarin aus ihrem Dämmerzustand.

Fjodor wartete im Foyer und geleitete Michaela aus dem Hotel hinaus, zum schwarzen Bruder des weißen Geländewagens vom Vormittag. Allerdings dem großen schwarzen Bruder. Fond und Kofferraum waren deutlich länger als bei dem anderen Wagen. Piotr Barjakov lächelte überlegen hinter dem Whiskeyglas hervor, mit dem er Michi auf der Rückbank willkommen hieß. »Ich chooffe, Sie hatten Gälägenheit, die Schänheit unserer Stadt zu genießen, und sich ein wänig auszuruhen. Wirr chaben viel vor diese Nacht.«

Der Akzent klang heute Abend leicht übertrieben. Michi schrieb es dem Alkohol zu, den der Pate der Russenmafia offensichtlich schon zu Genüge genossen hatte.

»Wo fahren wir hin? Haben Sie Jurij und die Mädchen gefunden?« Ungeduldig trippelte Michi auf dem weichen Teppichboden des Wagens und überhörte das dumpfe Klopfen aus dem Kofferraum.

»Jurij hat uns wahrscheinlich bemerkt, als wir seine Schwester Nina vor seiner Wohnung abgepasst haben.« Fjodor meldete sich vom Vordersitz aus. »Er ist auf jeden Fall nicht nach Hause gekommen.« Der junge Mann startete den Wagen.

»Jurij ist gut.« Barjakov meldete sich wieder zu Wort. »Spitzenmann der SBU. Aberr wir sind auch nicht schlächt Mikaela.« Er ließ die Mittelkonsole zwischen den Rücksitzen geräuschlos nach vorne gleiten. In dem kleinen Fenster zum Kofferraum erschien das Gesicht einer jungen Frau. Die Hände auf den Rücken gebunden, den Mund mit einem Stück Panzertape verschlossen. »Dobryy vecher[16] Nina«, Barjakov prostete ihr zu, »sagen Sie ‚Hallo' zu meiner Freundin aus Deutschland.«

56 Haus Heller, Edigheim, Freitag, 14. Juli, 22.00 Uhr

»Was machst du da, Gaby? Die Babys sind bei meinen Eltern, wir haben den Abend für uns zum Reden, und du wühlst hier in den Kleiderschränken rum.« Rüdiger drückte sich mit seinem Glas Rotwein gegen den Türrahmen zum gemeinsamen Schlafzimmer.

Schweißgebadet bildete Gaby Heller, nur noch bekleidet mit einem Slip und einem weißen T-Shirt Häufchen aus Kleidern und Schuhen auf dem Boden vor dem deckenhohen Kleiderschrank. »Ich muss irgendwas tun. Ich kann mich nicht wie du einfach hinsetzen, Wein trinken und warten, dass die Dinge besser werden. Wird eh höchste Zeit, dass ich hier mal ausmiste. Es gibt so viele hungernde Menschen auf dieser Welt, die dankbar sind für diese Kleider.«

»Du weißt schon, dass jemand, dem deine Kleider passen, nicht hungert.«

Der Blockabsatz der in die Jahre gekommenen Sommersandale traf Rüdiger harmlos am rechten Oberschenkel. »Und du weißt, dass ich eine verdammt gute Schützin bin. Hast du ein Glas Wein für mich?« Gaby ließ sich ermattet nach hinten gegen die Metallstreben des Bettes fallen. Sie kam einfach nicht zur Ruhe. Die Vernehmung dieses Widerlings Kannengießer hatte sie weit stärker belastet, als sie sich selbst eingestehen wollte.

Den Spuren ihres alten Chefs Guido Ruck folgend, hatte sie zeitig Feierabend gemacht und den sonnigen Spätnachmittag zu einem Spaziergang im Schlossgarten genutzt. Guido war früher fast täglich hierhergekommen, um den Kopf frei zu kriegen. Gaby hoffte, dass sie der Anblick der perfekt gestalteten Blumenrabatte, der Wasserspiele und der kunstvoll geschnittenen Buchenhecken entschleunigen würde. Pustekuchen. Die Schönheiten nahm sie gar nicht wahr. Stattdessen war sie nur genervt von dem Elektrofahrzeug des Gärtners, das über den Split des Hauptwegs Richtung Weiher knirschte, und vor allem von den Hochzeitspaaren mit ihren Fotografen, alle auf der Jagd nach dem Foto, das an diesem Ort noch nie geschossen wurde.

Zu der grenzenlosen Sorge um die eigene Tochter gesellte sich das schlechte Gewissen, Guido in der JVA noch nicht über den aktuellen Stand der Entführung ihrer Kinder informiert zu haben. Viel zu sagen gab es eh nicht. Von Michi gab es bislang nichts von Substanz, ebenso wenig wie von den russischen Behörden. Markus hatte sie wenigstens angerufen. Vielleicht würde er ja seinen Vater kontaktieren.

Rüdiger hatte in der Küche ein zweites Glas Wein geholt und sich neben Gaby auf den Boden im Schlafzimmer gehockt. Charly wälzte sich von einem Kleiderberg über den anderen, grunzte und blieb unvermittelt rücklings zwischen zwei der Textilhügel liegen. »Was meinst du? Sollen wir uns einen Hund zulegen? Rebecca hat gar nicht genug bekommen von ihm.« Er machte eine kurze Pause. »Nach dem eindeutigen Befund. Meinst du, Bernhard hält sein Versprechen?«

Gaby nahm einen kräftigen Schluck von dem Wein und warf sich ihrem Mann in den Schoß. »Er ist wie du. Ein guter Mensch.«

»Und deine neue Chefin? Glaubst du, sie kann in Russland etwas ausrichten?«

»Sie hat zwar einen Stock in ihrem dünnen Arsch, aber sie ist die beste Polizistin, die ich kenne. Ich weiß, dass sie unser Mädchen heimbringt. Und bis dahin wird Samantha ihrem Entführer das Leben zur Hölle machen.«

57 Beachbar, Lambsheimer Weiher, Freitag, 14. Juli, 22.00 Uhr

Knapp zwanzig mehr oder weniger bekleidete junge Männer dürften es an diesem Abend gewesen sein, die um die Gunst Silkes gebuhlt hatten. Statt Rosen verteilte die Teilzeitbachlorette der Pfalz Blicke. Die meisten davon waren böse. Nur zwei Testosteronjünger hatten dem Augenkontakt und den Bedürfnissen der zickigen Baggerseeprinzessin standgehalten. Obwohl es schon kräftig abgekühlt hatte, brachten Kevin und Benji ihre blanken Waschbrettbäuche immer wieder dekorativ in Stellung und sorgten abwechselnd für Nachschub an Schirmchendrinks. Silke sah aber auch hinreißend aus in dieser Sommernacht. Das lange, blonde Haar offen, zelebrierte die Vierundzwanzigjährige in dem geblümten, kurzen, roten Sommerkleid regelrecht ihr Image als Kindfrau.

Nicole, die weit über die Grenzen der Pfalz hinaus umjubelte Sängerin der Band ‚Hossa', hatte mit ihrer rauchigen Stimme gerade die letzten Zeilen von Melissa Etheridges *Like the way I do'* als finale Zugabe des Abends ins Publikum gerockt, als Stefan Hirsch den sandigen Weg in Richtung Beachbar hinunterlief. Das weiße Hemd zu weit offen und die Ärmel der wettertechnisch unangebrachten Lederjacke hochgerollt, schlüpfte der Mittvierziger im Gehen in die Rolle eines Berufsjugendlichen. »So, Jungs, der Chef ist da!« Mit einem widerlichen Grinsen im Gesicht schob er im Stehen einen 100-Euro-Schein über den Tisch und stellte geräuschvoll sein Bier ab. »Für eure Auslagen. Und jetzt verpisst Euch!«

Benji, vielleicht hieß er auch nur Ben – Silke hatte es sich nicht gemerkt – nahm den Geldschein, rollte ihn zusammen und steckte ihn in Stefans Flasche. »Habt ihr im betreuten Sterben heute Ausgang? Und was soll ich mit Kleingeld?« Hirsch zog Silke grob zu sich. Seinen provozierenden Kuss erwiderte sie nicht.

»Ey, du Lappen. Ben redet mit dir«, schaltete sich Kevin ein. »Ist das kranke Arschloch dein Alter, Prinzessin?« Der hochgewachsene, gut gebaute Jüngling nahm die Bierflasche des Kommissars und ließ den Inhalt neben sich im Sand versickern. »Das war heute die letzte Seniorenrunde. Ab ins Bett, Opa.« Kevin und Ben gaben sich, übermütig grinsend, die Ghettofaust.

»Hör mal zu, du Clown«, Hirsch tippte mit den Fingern der linken Hand auf den Biertisch, »du gehst jetzt rüber zu der Bar, besorgst der Lady einen Caipirinha und mir ein frisches Bier, dann vergesse ich diese Scheiße ganz schnell.«

»Und wenn nicht?« Kevin hockte sich breitbeinig auf die Bierbank und lehnte sich auffordernd zu Silke hinüber. »Lässt du dieses Stück Gammelfleisch etwa an deine Schnecke ran?«

Mit ungeheurer Wucht knallte Kevins Kopf auf die Tischplatte. Das Knirschen des brechenden Nasenrückens ging unter in Bob Marleys ‚*No woman, no cry*', das aus dem Lautsprecher auf der Theke herüberdrang. Ben sprang auf, griff über den Tisch, wollte Hirsch am Schlafittchen packen. Das plötzlich sichtbare Schulterholster mit der Walther P5 hielt ihn von weiteren Aktivitäten ab. »Alter, wie bist du drauf«, Ben hob beschwichtigend die Hände in die Luft, »komm Kevin, der Typ ist zu krass. Und du, Prinzessin, solltest mal über dein Leben nachdenken.«

Zwanzig Minuten später hatte sich die Situation beruhigt, Kevins Nase war notdürftig versorgt, und die Streife, die einer der Gäste gerufen hatte, war angesichts des Dienstausweises von Hauptkommissar Hirsch wieder abgezogen.

»Macht es dir eigentlich Spaß, mich in derart unangenehme Situationen zu bringen«, Silke zog erbost die Hand zurück, die Stefan versuchte zu liebkosen. »Du hast einfach nur Glück, dass dich dieser Kevin nicht anzeigt.«

»Bleib cool, Süße. Willst du etwa was von dem Bübchen? Der hat bestimmt schon abgespritzt, bevor du dein hübsches Kleidchen ausgezogen hast.« Stefan setzte sein schleimigstes Grinsen auf.

»Na und? Viel länger dauert es bei dir doch auch nicht.« Mit hochrotem Kopf stand Silke auf. »Du bist ein Idiot. Und ein Dummschwätzer. Such dir doch eine andere Tussi. Oder hast du im Präsidium schon alle durch?«

»Baby, was soll das jetzt? Ich bin ganz nah dran. Wir haben es bald geschafft. Dann gibt es nur noch uns …«

»… steck' dir dein ‚uns' sonstwohin. Gaby Heller hatte Recht. Du bist einfach nur ein dummer Bezirksbefruchter. Fick dich!« Sprach's und stakste in ihren Sommersandalen Richtung Parkplatz.

Keine zehn Sekunden später meldete Hirschs Handy den Eingang einer SMS. ‚*Ehemaliges RAW, Werkstraße, Schwetzingen. Mitternacht. Bring das Geld mit. Jo*'

58 St. Petersburg, Freitag, 14. Juli, 22.30 Uhr Ortszeit

Die Wirkung des Tetrahydrozolins, das man Samantha, Hannah und den anderen fünf Mädchen mit jedem Getränk verabreicht hatte, entfaltete seine Wirkung zuverlässig. Nur Samantha schien wacher. Sie hatte schnell verstanden, dass jeder Schluck mit einer größeren Geistesabwesenheit einherging. Also trank sie wenig und langsam. Und das fiel auf. Immer wieder tauchte dieser große, unrasierte Typ mit der Hakennase auf und schrie sie an. »Dawei, dawei. Pit'yevoy. Trink' endlich!« Jedes Mal das Glas mit der abgestandenen Cola in der Hand.

Irgendeine übelriechende, dicke Frau hatte sie vor ein oder zwei Stunden ausgezogen. Vielleicht war es auch länger her. Zeitgefühl hatte Samantha keines mehr. Die Frau hatte die dämmernden Teenager notdürftig gewaschen und in billige, eng anliegende Polyesterkleidchen gesteckt. Danach hatte man sie geschminkt, ihnen falsche Wimpern angeklebt und sie mit einem extrem süßen Parfum eingesprüht.

Vor vielleicht zehn Minuten hatte man Samantha in eine Art Zimmer gebracht. Nicht mit diesen billigen, fleckigen und stinkenden Matratzen in dem Gemeinschaftsgefängnis. Die Wände hier waren rosa tapeziert, und das Bett, auf das man sie hockte, teilte sie sich mit einem roten Herzkissen und ein paar lieblos hingeworfenen Plüschtieren. Das Kabuff schien nicht größer zu sein als eine Besenkammer, die Beleuchtung war rötlich, schummrig. Wie durch einen Schleier betrachtete Samantha ihre Hände. Die ehemals schwarzen Fingernägel waren leidlich rot überlackiert. Ihre Füße steckten in unbequemen Pumps.

Von irgendwo drang frische Luft herein. Sie war kühl,

roch salzig und ein wenig fischig. Es war recht ruhig geworden. Die Maschinengeräusche waren verstummt. Ebenso das Ankommen und Anfahren von Lastwagen und das Tröten von Schiffshörnern. Von weiter her hörte Samantha das Gemurmel von Männern, dann wieder ein vielstimmiges Lachen. Es klang schmutzig und garstig. Zwischendurch schlug immer wieder etwas auf einen Tisch auf. ‚*Schnapsgläser*‘ fuhr es Samantha durch den Kopf. Der Dawai-Dawei-Typ roch doch nach Fusel. ‚*Dawai …*‘ *Klang das nicht russisch?* Waren sie in Russland? Am Meer? Samantha erinnerte sich an ein Flugzeug. Waren sie damit geflogen?

Ihr Oberkörper schwankte leicht. So wie neulich, als sie und Hannah getrunken hatten. Immer wieder versuchte Samantha, im Sitzen den Kopf zu heben. Aufstehen konnte sie nicht. Sie war sich sicher, die Beine würden ihren Dienst versagen. ‚*Hannah! Oh Gott, wo war nur Hannah geblieben?*‘ Stunden- oder tagelang – sie wusste es nicht – hatten sie einander ihre Hände gehalten oder darauf geachtet, dass sich wenigstens ihre Finger berührten. Nur nicht alleine sein – nur nicht alleine lassen.

Jetzt war Samantha alleine. Und sie war voller Angst und Wut. Warum nur war sie abgehauen? Warum nur musste sie bei diesem Idioten Marco auf das Motorrad steigen und Hannah und dem Alten nach Leimen folgen?

Samantha hatte nur wenig Zeit nachzudenken. Sie hörte Schritte auf sich zukommen und schaute sich um. Sie konnte den Kopf drehen und leicht heben. Das war kein Zimmer. Es gab keine Decke, es war finster nach oben. Und es gab auch keine Tür, da war nur ein Vorhang. Dünn, wie ein Schleier. Die Schritte kamen näher. Das Gemurmel auch. Fremdländisch klang es. Der Schleier lüftete sich. Draußen lief ein Scheich vorbei. Hatte sie Halluzinationen?

Die Hakennase packte sie am Kinn und hauchte sie an. Der Geruch nach Rauch und Schnaps dampfte aus dem hässlichen Gesicht. »Privet krasota[17]. Du hast Besuch!«

59 RAW Schwetzingen, Freitag, 14. Juli, 24.00 Uhr

Stefan Hirsch war pünktlich. Im Radio begannen gerade die Nachrichten, als er mit seiner S-Klasse von der parallel zur Bahnlinie verlaufenden Werkstraße abbog auf das Gelände des ehemaligen Ausbesserungswerkes der Reichs- und später der Bundesbahn. In den Teil, den man 2011 als Sehenswürdigkeit hatte stehen lassen, fuhr er hemmungslos hinein.

Es war finster. Hirsch stellte den Motor ab, ließ jedoch Abblendlicht und Radio an. Keine dreißig Meter vor ihm stand ein weißer Transporter. Er zückte sein Handy. Silke hatte nicht auf seine Anrufversuche reagiert. Sie würde es noch tun, da war er sich sicher. Er wusste zuviel über sie. Außerdem, heute Abend würde er genug Kohle machen, um das hübsche, aber naive Mädchen ein paar Mal nett auszuführen, und vielleicht wäre auch ein kleiner Urlaub drin. Vielleicht würde er sie aber auch gleich austauschen. Die Sängerin der Band hatte es ihm angetan, diese Nicole von Hossa. Ihre Nummer hatte sie ihm zwar nicht gegeben, aber bei Facebook würde er sie finden. Und ein Selfie war auch drin gewesen.

Während er sich selbst auf dem Foto mit der Künstlerin bewunderte, streichelte er mit der rechten Hand den Umschlag mit den fünftausend Euro. Ein kleiner Einsatz für einen beträchtlichen Gewinn. Finanziell und beruflich. Mit diesem ‚Fund' müsste ihm die Beförderung zum Kriminalrat sicher sein.

Hirsch stieg aus, nahm den Umschlag mit dem Geld vom Beifahrersitz und öffnete den Druckknopf der Sicherung seines Schulterholsters. Langsam, aber ohne Angst lief er

Richtung Transporter und öffnete die Hecktüre. Das trübe Licht der Innenbeleuchtung fiel auf die fast tausend Eierkartons, die fein säuberlich rechts und links auf den Regalen des Lieferwagens einsortiert waren. »Jo?« Stefan Hirsch rief ins Dunkel. »Johannes, du altes Wrack. Wo bist du?« Das Licht seines Mercedes erstarb. Er drehte sich um die eigene Achse. Die Taschenlampe des Mobiltelefons bot nur eine beschränkte Weitsicht. »Jetzt mach hier keine Show. Ist nicht so gemütlich hier. Schau her, ich hab' dein Geld.« Hirsch wedelte mit dem dicken Umschlag. Er hörte den Rollstuhl kaum, der aus dem Dunkel auf ihn zurollte. Instinktiv griff der Hauptkommissar zur linken Brust an die Waffe im Holster. »Das würde ich nicht tun!« Die Stimme aus dem Nichts klang schroff.

Das Licht seiner Handytaschenlampe reflektierte auf dem silbernen Lauf der auf ihn gerichteten Waffe. »Was soll das? Was machst DU hier?« Entsetzt starrte Hirsch auf die Gestalt vor ihm. »Hey, bleib' cool. Schau', ich hab' Geld.« Zitternd am ganzen Leib warf er den braunen Umschlag auf den Boden in Richtung Rollstuhl.

»Ich will dein Geld nicht. Ich will einfach nur, dass du stirbst.«

Hirsch hob die Hände. Er klang kläglich. »Warum in Gottes Namen? Was habe ich dir getan?«

»Nicht in Gottes Namen, nur in Günthers Namen!«

Der Schuss traf ihn unvermittelt, genau oberhalb der Nase in die Stirn. Das Autoradio spielte *„Stairway to heaven'*, während er mit weit aufgerissenen Augen und Mund nach hinten in den Dreck fiel.

60 St. Petersburg, Freitag, 14. Juli, 23.00 Uhr Ortszeit

Michi war sich sicher, dass diese Situation für geraume Zeit den Tiefpunkt ihrer beruflichen Karriere markieren würde. Auf Kosten eines Mafiapaten nach Russland zu reisen, in einer Hotelsuite zu wohnen, die pro Nacht vermutlich mehr kostete, als sie im Monat verdient, und das Ganze auch noch eingefädelt von einem Mann, der vier Frauen bestialisch ermordet hatte, das war eigentlich nicht mehr zu toppen gewesen. Und dann auch noch eine Geisel namens Nina im Kofferraum. Michi begann sich ernsthaft zu fragen, ob der Zweck wirklich alle diese Mittel heiligte.

Barjakov schien ihre Gedanken gelesen zu haben. »Sie chaben mich gefragt, warrum ich Ihnen chelfe. Ich frage Sie jetzt. Warum machen Sie das hier?«

»Weil zu Hause eine Mutter um ihr Kind weint, und ich helfen kann.« Michis Rechtfertigung für ihren an Wahnsinn grenzenden Ausflug in Putins Reich klang mehr wie eine Frage.

»Zhenshiny[18]«, der Pate lachte, »immer sentimental.« Er beugte sich nach vorne zu dem lederbezogenen Bänkchen, das Michi als Fußhocker identifiziert hatte. Der Deckel ließ sich öffnen. »Ich hätte anzubieten eine Glock 27, eine Beretta und natürlich eine Makarov. Aber mein Freund Jean Baptiste chat mir von Ihrer Vorliebe für Heckler & Koch erzählt.« Michi starrte verstört in das mit rotem Samt ausgeschlagene Geheimfach und die Waffensammlung. »Diese P30 ist eine Weiterentwicklung Ihrer Dienstpistole, Mikaela. Nur neun Schuss, aber wenn Sie wollen.«

Ganz automatisch griff Michi zu der handlichen Pistole. »Sind Sie sicher, Piotr, dass wir das brauchen?«

»Gaanz sicher. Das ist Ruusland.« Er lächelte charmant und kramte aus der Kiste noch drei Ersatzmagazine und einen auf Michaela ausgestellten, gültigen Waffenschein – mit Lichtbild.

Bevor Michi fragen konnte, bog der SUV in die dunkle Seitenstraße eines Gewerbegebietes. »Hier werden wir unserem Gast ein paar Fragen stellen.« Barjakov nahm sich wie selbstverständlich die Makarov und schwang sich elegant aus dem Wagen. Fjodor hatte die Heckklappe bereits vom Fahrersitz aus geöffnet. Eine frische Brise und das erstickte Wimmern des Mädchens drangen von hinten an ihr Ohr.

Der folgende hektische Wortwechsel war überraschend leise und schnell beendet. Der Pate saß noch nicht wieder richtig im Wagen, als er Fjodor eine Adresse zurief und ein strenges ‚*dawai, dawai*' hinterherschickte. »Jurij ist krank. Eine schwäre Entzündung. Nina sagt, er ist bei seiner Freundin in Primorsky¹⁹.«

Fjodor raste wie ein Besessener durch die Nacht von St. Petersburg. Nur zehn Minuten später bremste der smarte Adjutant des Paten den Wagen ruckartig vor einem gigantischen Wohnblock. Barjakov hatte telefonisch Verstärkung gerufen. Der Hummer mit vier bärbeißigen, steroidgeschwängerten Schlägern traf fast auf die Sekunde zeitgleich ein.

Wie eine Untergrundmiliz stürzte die Gruppe von fünf Männern mit Michi Cordes im Schlepptau in einen der Hauseingänge. Fjodor blieb beim Wagen. Im 11. Stock des Mietshauses, so Ninas Information, sollte sich Jurij aufhalten. Bei Dasha Skrjabin, seiner neuen Flamme.

Jurij hatte den Braten gerochen. Wie, konnte sich keiner erklären, aber dem ehemaligen Geheimdienstagenten war es gelungen, die Wohnung über das zentrale Müllentsorgungssystem zu verlassen. Dasha mauerte. Ganze dreißig Sekunden lang. Zwei Ohrfeigen und die Drohung, sie zu Jurijs Schwester in den Kofferraum zu sperren, um die beiden Frauen anschließend in der Newa-Bucht Richtung Ostsee zu entsorgen, hatten die unscheinbare junge Frau gesprächig gemacht. Jurij sei krank. Er habe hohes Fieber. Eine schwere Entzündung von einem Biss in den Unterarm. Vor einer Stunde habe sie ihn abholen müssen. In Gorskaya in einem Lagerhaus am Hafen. Jetzt sei er mit ihrem Auto weggefahren. Einem weißen Lada.

Zwei von Barjakovs Schlägern hefteten sich im Hummer an Jurijs Fersen, die anderen beiden krochen zu Michi und Barjakov ins Auto und hockten auf der Waffenkiste.

Unendliche fast dreißig Minuten dauerte die beengte Fahrt in den kleinen Abwrackhafen an der künstlich angelegten Dammstraße nach Kronstadt, einer Insel in der Neva-Bucht.

Die ängstliche Frage Dashas, ob das mit dem Kofferraum ernst gewesen war, beantwortete Fjodor mit zwei oder drei gezielten Handgriffen. Platz war für die beiden kleinen und sehr schlanken Frauen genug. Piotr Barjakov versicherte Michaela augenrollend, die zwei nach Ende des Einsatzes wohlbehalten zurückzubringen und fürstlich zu entlohnen.

Aus dem vorderen Teil des Lagerhauses, einer Baracke, drang lautes Gelächter. Vor dem einzigen sichtbaren Zugang stand nur ein gelangweilt rauchender Wachmann mit einer israelischen Uzi. Neben dem Gebäude stand dagegen eine Reihe Luxuslimousinen. Ein Rolls Royce und zwei Bentley, jeweils mit Fahrern, ein Aston Martin und ein Ferrari 488 GTB.

Die Chauffeure hatten sich zusammengetan und lümmelten lustlos um den Rolls herum.

»Wäre das nicht der richtige Zeitpunkt, um die örtliche Polizei einzuschalten?« flüsterte Cordes dem neben ihr im Schatten eines halb demontierten Kutters kauernden Barjakov zu.

Der Endfünfziger presste ein tonloses Lachen aus seiner Kehle. »Würde mich nicht wundern, wenn ein oder zwei Schwarzwesten da drriiin sitzen und mitfeiern.«

Unbemerkt schlich sich Fjodor im Halbdunkel – nur eine Laterne in etwa zwanzig Metern Entfernung warf ein wenig Licht auf die Szenerie – an den Luxuskarossen vorbei. In der Hand hatte er einen kleinen, schwarzen Beutel. Lautlos wie eine Katze näherte er sich dem Wachmann. Nur ein kurzes, ersticktes Würgen zeugte von dem Handkantenschlag gegen die Luftröhre. Der Körper fiel leblos in sich zusammen.

Piotr, die beiden Schläger und Michi folgten Fjodors Aufforderung und näherten sich dem Eingang. Barjakov gab Anweisungen auf Russisch.

Wie bei einem Einsatz zu Hause hatte Michi die Pistole im Anschlag. »Was haben Sie gesagt, Piotr?«

»Dass ab jetzt scharf geschossen wird. Fünf Besucher, mindestens drei Wachen, eher vier. Fehlt Ihnen Ihre schusssichere Weste?« Er lächelte verwegen.

Fjodor zählte stumm mit den Fingern von fünf abwärts. Bei null riss einer der Schläger die Eingangspforte auf. Den Geräuschen nach, die aus der dem Lagerhaus vorgebauten Baracke drangen, verursachten die beiden Blendgranaten, die Fjodor geschickt in den Flur geworfen hatte, große Schmerzen.

Brüllend stürzten der junge Mann und die beiden Radaubrüder in die Baracke und stellten mit einem Schlag zwei ungepflegte Wachleute, eine dicke Zigeunerin, drei äußerst gut gekleidete Herren und einen Scheich. Die Waffen im

Anschlag zwangen die drei Männer der Vorhut ihre Geiseln auf die Knie.

Michi und Barjakov durchquerten mit schnellen Schritten die Baracke. Am Ende des Flurs tat sich die von außen erspähte Lagerhalle auf. Mit Sperrholzplatten war die Fläche in verschieden große Räume unterteilt. Am Anfang ein widerlich riechendes Matratzenlager hinter einem schweren Vorhang. Auf dem Boden lagen Ketten mit geöffneten Hand- und Fußfesseln. Von weiter hinten drang schummriges Licht in den mit Holzplatten gezimmerten Korridor.

»Haben Sie das gehört, Piotr?« Angespannt, die Waffe weit von sich gestreckt, flüsterte Michi in Richtung Barjakov. Die Kommissarin hatte die Führung übernommen. Im ersten Zimmer links erahnte sie im Dunkeln ein fast lebloses, leise stöhnendes Mädchen. Maximal dreizehn, vielleicht auch erst zwölf Jahre alt. »Da vorne«, mit zwei Fingern zeigte die Kommissarin auf den Raum, aus dem ein wenig Licht drang.

Der hochgewachsene, schlanke Mann mit der Hakennase hatte Mühe, sich hinter der vergleichsweise zierlichen und einen Kopf kleineren Samantha zu verschanzen. Schutz bot ihm derzeit mehr die Waffe, die er dem wütend dreinschauenden Mädchen an den Kopf hielt. Sie hatte Mühe zu stehen, der Arm, mit dem die Gestalt hinter ihr sie zu halten versuchte, schnürte ihr beinahe die Luft ab.

»Lassen Sie das Kind los!« Michi versuchte, den Kopf des Mannes ins Visier zu nehmen. Geschickt wiegte er sich aber hinter seinem menschlichen Schutzschild hin und her.

»Sie sprechen Deutsch?« Samantha lachte gepresst aus ihrem Schwitzkasten heraus. Die billige Schminke rann mit Tränen über ihre Wange und versickerte im feingewebten Stoff des Hemdärmels ihres Peinigers.

»Du musst Samantha sein. Deine Mutter schickt mich.«
Michi atmete tief durch. Wie auf dem Schießstand versuchte sie, Herzschlag und Atmung zu verlangsamen.

Die Sechzehnjährige fing bitterlich an zu weinen. Ihre weichen Knie zitterten, sie drohte schlotternd mit den viel zu engen Pumps umzuknicken.

»Wenn Sie nur einen Schritt näher kommen, stirbt das Mädchen!« Akzentfrei, aber nervös stellte der Erpresser seine Forderungen. Der Schweiß stand ihm auf der Stirn.

»Ist gut, ich bleibe stehen.« Michi bat auch Barjakov, sich nicht weiterzubewegen. »Niemand muss heute sterben. Wer sind Sie? Mein Name ist Cordes. Michaela Cordes. Ich bin nur hier, um einer Freundin ihr Mädchen wiederzubringen.«

»Du bist Oleksander. Chabe ich Chrecht? Du bist der Sohn von Wladimir.«

»Dyadya[20]. Hallo Onkel Piotr. So lernen wir uns also mal persönlich kennen. Vater hat viel von dir erzählt. Nichts Gutes, wie du dir denken kannst.« Oleksander sprach mit Barjakov, ließ Michi und ihre Heckler & Koch aber keine Sekunde aus den Augen. »Er sagte, du bist ein Feigling. Er hatte Recht. Du schickst sogar hier ein Mädchen vor.« Er lachte überheblich. »Jetzt wissen Sie, wer ich bin, Frau Michaela. Sind wir jetzt beste Freunde?«

»Samantha«, Michi scherte sich nicht um Oleksander, »schau' mich an. Ich soll dir was von deiner Mutter ausrichten.« Gebannt starrte der Teenager auf die Kommissarin. »Sie liebt dich über alles, und es tut ihr leid, was sie zu dir gesagt hat, aber sie wünscht sich, dass du wieder runterkommst. Dann könnt ihr auf Augenhöhe miteinander reden.«

»Samantha hat jetzt ein neues Zuhause. Ich habe sie gerade verkauft. In Moskau wirst du sehnlichst erwartet. Und jetzt werden wir gehen. Und Sie werden mich nicht davon abhalten.« In Oleksanders Stimme lag eine Mischung aus Überheblichkeit und Wahnsinn.

Michis kurzes Kopfnicken markierte das Kommando. Im Bruchteil einer Sekunde knickte das Mädchen nach links weg. Die Pumps klappten förmlich von ihren geschundenen Füßen, und ruckartig sank Samantha nach unten. Weit genug, um komplett aus der Schussbahn von Oleksanders Waffe zu gelangen.

Michis Kugel traf den Mädchenhändler in die rechte Schulter. Mit schmerzverzerrtem Gesicht riss Oleksander beide Arme in die Höhe und gab die Geisel frei. Im Fallen richtete er seine Jarygin auf Cordes.

Dreimal drückte Barjakov ab. Zweimal in die Brust, der dritte Schuss traf Oleksander in die Stirn.

Geistesgegenwärtig schnappte sich Piotr Michis Waffe und wischte den Griff mit seinem schwarzen Sweatshirt sauber. »Jetzt wir rufen Polizei!«

Der sechste Tag

61 Kriminalinspektion 8, Kriminaltechnik
Heidelberg, Samstag, 15. Juli, 8.00 Uhr

Die Erlösung war um zwei Uhr in der Nacht gekommen. Erschöpft, aber glücklich hatte sich Samantha bei ihren Eltern gemeldet und ohne großartige Details von der Befreiung aus den Klauen der Entführer berichtet. Die hätten ihre Mutter zu diesem Zeitpunkt nur unnötig aufgeregt. Sie sei gesund, und es gehe ihr gut. Dann hatten Gaby und sie geweint vor Glück. Was die selige Mutter danach Michi alles unter Tränen versprochen hatte, daran konnte sie sich nicht mehr in Gänze erinnern, aber sie war sich sicher, dass es teuer werden würde. Ein Wermutstropfen in dieser Gemütslage war Hannahs Zustand. Sie habe sich immer noch nicht völlig von den verabreichten Betäubungsmitteln erholt, sei aber nach Information des Arztes stabil. Wann sie nach Hause reisen würden, konnte Michi nicht sagen, und jetzt sei es auch nicht mehr möglich, die russischen Behörden zwecks Papieren für die Ausreise zu involvieren. Gaby und Rüdiger schwante nichts Gutes, retteten sich aber mit der Freude über das Lebenszeichen Samanthas über die Nacht.

Buddha hatte um halb sieben bei Hellers angerufen. Aufgeregt wie ein kleines Kind, das den ersten Euro der Zahnfee unter dem Kopfkissen gefunden hat. Er könne Kannengießer jetzt hundertprozentig festnageln. Dann hatte er noch etwas gefaselt von Zügen, DNA und Schießtest und davon, dass er die ganze Nacht nicht geschlafen hätte. *»Na und, ich auch nicht«*, dachte Gaby sich, als sie sich in Buddhas Büro den dritten Automatenkaffee gönnte. »Wolltest du mir nicht etwas im Labor demonstrieren?« Gaby hockte wie ein

Häufchen Elend auf dem Sofa. Minutenlang hatte der mutmaßliche Vater ihrer Zwillinge seine Freude über die Rettung der Mädchen ausgedrückt und Loblieder auf Michi Cordes gesungen.

»Ja glei. Mir gehe sofort naus.« Buddha war völlig aufgekratzt. »Isch muss dir vorher noch ebbes onneres zeige. Du hosch misch doch gfroogt, ob isch vunn dem Blut vunn derre Kugel un aus der Wond DNA extrahiere kann. Tataa!« Völlig übermüdet grinste Bernhard Leistritz Gaby ins Gesicht. »Es war net leischt, awwer es gibt do ä neies Verfahre.«

»Lass mich raten, nach Hilversum?« Gaby grinste.

Buddha reagierte etwas pikiert. »Ja, logisch. Er is halt de Bescht! Awwer des is jetzt net unser Thema. Isch hebb ä subber DNA-Profil«, der Kriminaltechniker machte eine Kunstpause, »unn än Treffer in de Datebank.«

Gaby prustete den Kaffee vom Sofa bis fast auf Buddhas Schreibtisch. »Du meinst, wir wissen, wen die Kugel verletzt hat?«

»Leider net bloß verletzt. Umgebrocht. Unn des Schlimmschte is, es geht um än Kolleg vunn uns, der undercover unnerwegs war. Deshalb isser a in de Datebank.«

Gaby war längst aufgestanden und starrte, in der Hocke sitzend, auf Buddhas Monitor. Das aufgerufene Datenblatt zeigte das Foto des lächelnden Günther Sprengler, Kriminalhauptkommissar beim Staatsschutz des LKA. Laut Dienstakte wurde er am 14. Februar 2007 bei einem Undercovereinsatz von Unbekannten mit einem Kopfschuss getötet. Am Fundort, dem Wildschweingehege auf der Rheininsel in Ketsch, war laut Polizeibericht nie ein Projektil gefunden worden.

Buddha verschränkte die Arme über seinem trotz

Abnehmbemühungen voluminösen Feinkostgewölbe. »Jetzt wisse mer, wemm die Kuggel dursch de kopp gange is. Unn isch zeig dir, warum mir des dem Kannegießer anhänge könne.«

Statt einer Waffe fand Oberkommissarin Heller eine abenteuerliche Konstruktion vor der mit Wasser gefüllten Schusskiste. Erkennbar war vorne lediglich der Lauf von Kannengießers verbrannter Waffe. Dahinter eine handwerklich eher zweitklassig ausgeführte Arbeit, mit der Buddha offenbar alle zerstörten Teile des Revolvers nachgebildet hatte. In einer Spannvorrichtung steckte ein abgesägter Zimmermannshammer als Ersatz für den Schlagbolzen. Aus einem dünnen Stahlrohr hatte Buddha eine passende Kammer der zerstörten Revolvertrommel nachgebildet.

»Denn verbogene Waffelauf heb isch widder grad krigt, ohne innedrin die Züge zu verletze. Den Hammer kann isch iwwer des Drehgelenk noch hinne drehe, unn die Fedder do unne bringt rischdisch Spannung druff.« Buddha legte eine passende Patrone in die nachgebildete Kammer. »Nemm die Schnur, geh' ins Büro unn dann zieh dro.«

Gaby tat, wie ihr gesagt, und lief mit dem Ende des dünnen, gekordelten Perlonseils in der Hand an Buddhas Schreibtisch. Ein kurzer Zug löste einen unbeschreiblich lauten Knall aus. Buddha bejubelte sich selbst. »Is des geil, oder is des geil? Isch hebb des schunn de ganze Morge gemacht. Langsam gehe mir die Patrone aus.«

»Willst du mir etwa sagen, dass du mit diesem Fischertechnik-Baukasten nachweisen kannst, dass die Kugel aus Kannengießers Wand zweifelsfrei auch aus Kannengießers Waffe stammt?«

»So isses! Än Knaller - odder?«

Zart drückte Gaby dem glücklichen Kriminaltechniker einen Kuss auf die stoppelige Wange. »Ein bisschen machst du mich gerade geil, Herr Dr. Hilversum.«

»Wie kummschn jetzt do druff?«

»Mittwoch, als ich hier geschlafen habe«, Gaby verengte die eh schon müden Augen zu Schlitzen, »du solltest deine Buchmanuskripte nicht offen rumliegen lassen.«

62 Hotel Intercontinental, Frankfurt, Samstag, 15. Juli, 10.00 Uhr

Das Frühstück hatte Karl versucht, im Veranda-Restaurant des Luxushotels einzunehmen. Und seine Anwesenheit hatte durchaus Aufsehen erregt. Er fühlte die Blicke der Geschäftsleute, die wohl auch noch am Freitag bis in die Nacht in Börse, Bank und vielleicht auch im Bordell zu Gange gewesen waren. Diese Blicke, die ihm sagen wollten, dass er einfach nicht hierher passte. Er, das Landei mit den marineblauen, viel zu kurzen Jeans mit Bügelfalte, seinem besten Holzfällerhemd und den klobigen, von der Arbeit mit Schwielen übersäten Händen.

Unsicher und ein wenig ungeschickt war er schon in das piekfeine Frühstückszimmer gepoltert und überforderte gleich die erste Servicekraft, die seinen Tisch passierte. Dabei hatte er bei dem verdutzten Kellner einfach nur *„ä Tass Kaffee unn ä Musebrot*" bestellt. Karl war nicht dazu zu bewegen gewesen, sich sein Essen selbst vom Buffet zu holen. *„Bei so äme deire Schuppe kähnt ma schunn erwardde, dass ma bedient wärd.'* Lautstark hatte Karl sich bei Personal und Gästen über die seiner Meinung nach fehlende Dienstbarkeit beschwert – ohne zu stottern. Schließlich hatte er es vorgezogen, sich das Frühstück in der Luxussuite im einundzwanzigsten Stock servieren zu lassen. Eine Tasse Kaffee und ein Marmeladenbrot. Er aß es lustlos, und er aß es im Grunde nur, weil er das halt jeden Morgen so machte. Gleich nach dem Aufwachen hatte er mit den beiden Frauen telefoniert, die ihm etwas bedeuteten. Adina, um sich zu verabschieden, und Anneliese, um ihr zu sagen, sie solle ihren Koffer packen, sich ein Taxi nehmen, zu ihm kommen und mit ihm in den Flieger nach Panama-Stadt steigen. Es sei doch so schön in Panama, habe er einmal gelesen. Das Gespräch mit Adina war wie erwartet trübsinnig verlaufen. Das mit Anneliese jedoch auch. Karl war traurig. Gemein war sie zu ihm gewesen. Gemein und überheblich. Was er sich denn einbilde? Sie sei froh, aus dem einen Dreckloch in Mittelamerika raus zu sein. Und überhaupt, wie er auf die Idee käme, sie, die Dame von Welt, würde mit ihm, dem Deppen vom Dorf, irgendwohin gehen? Ein Stück Erdbeerkuchen sei ja in Ordnung und auch, dass er mal vorbeischaue. Alle paar Wochen, wenn es keiner mitbekommt. Und natürlich sei sie ihm dankbar dafür, dass er dieses Schwein Grabinger aus der Welt geschafft habe, aber mehr auch nicht. Dann war Anneliese wieder netter geworden. Jetzt solle Karl, wo er auch immer sei, nach Hause kommen. Sie habe keine Zeit für die Flausen in seinem Kopf. Auf sie warte schließlich eine Menge Arbeit. In Weißrussland würden noch viereinhalb Tonnen ganz besondere Eier darauf warten, endlich nach Deutschland zu kommen. Wenn das erledigt sei, würden sie zusammen wieder Erdbeerkuchen essen.

Karl starrte durch die beiden riesigen Fenster der mondänen Hotelsuite auf die imposante Skyline und die winzigen Flugzeuge, die aufgereiht wie an einer Perlenschnur irgendwo hinter dem Turm, der aussah wie ein riesiger Bleistift, auftauchten, um kurz darauf in der tief hängenden Wolkendecke wieder zu verschwinden. In sieben Stunden würde er auch in so einem Wunderding sitzen und einfach so davonfliegen. Das erste Mal. Karl war aufgeregt. Immer, wenn einer dieser Vögel hinter dem Bleistift auftauchte, kribbelte es in seinem Bauch. Wie würde es erst kribbeln, wenn er selbst damit abhob. Er musste lächeln. Jedes Mal, wenn er hier bei der Bank war – so einmal im Jahr – hatte er sich überlegt, einfach am Flughafen abzubiegen und in irgendeinen Flieger zu steigen und irgendwohin zu fliegen. Vielleicht dahin, wo Adinas Mama herkommt. Dort, wo alle Menschen schwarz sind. Da wäre er bestimmt etwas Besonderes, so groß und weiß, wie er war. Er konnte sich aber das Land nicht merken.

Aber jetzt müsste er wegfliegen. Weit weg. Diese Frau Heller von der Polizei, die bei ihm war, die war nicht dumm. Die würde das mit dem Rainer rauskriegen. Karl ärgerte sich. Was musste er den auch totmachen. Hätte er ihn doch einfach auf der Straße liegenlassen. In dem Regen hätte er sich bestimmt von ganz allein den Tod geholt. Aber er hatte es verdient. Mit Sicherheit hätte er der armen Adina noch was angetan. Er dachte viel an Adina. Sie war bei den Kleintierfreunden vor ein paar Jahren aufgetaucht, wie ein schwarzer Engel. Eine, die zu allen gut war. Am Anfang sogar zu den Menschen. Aber immer zu ihm. Ihn hatte sie niemals Kakakarl genannt oder beleidigt als Deppen oder Idioten. Und jetzt auch noch Anneliese. Er war bestimmt nicht die hellste Kerze auf Gottes großem Kuchen, aber Karl war klug genug, um zu wissen, von was für ‚besonderen Eiern' seine Jugendfreundin gesprochen hatte. Böse Eier waren das, und sie brachten auch Adina in arge Bedrängnis.

Noch sieben Stunden, dann wäre er weg. Für immer. Vorher hatte er aber noch einiges zu sagen. Er setzte sich an den Teakholzschreibtisch im Wohnzimmer seiner Hotelsuite und schlug die edle Ledermappe auf. Es war alles da. Papier, Briefumschläge und ein Stift.

63 St. Petersburg, Samstag, 15. Juli, 11.00 Uhr Ortszeit

»Die anderen fünf Mädchen sind alle in ärztlicher Bechandlung und zum Teil schon bei ihren Eltern.« Piotr Barjakov schenkte sich mit einer entwaffnenden Selbstverständlichkeit einen Brandy aus der gut bestückten Bar von Michis Hotelzimmer ein. Samantha und Hannah schliefen noch im Hauptschlafzimmer der Suite. Fjodor wartete höflich an der Zimmertüre. »Die Stadt feiert Ihren Erfolg gegen den Mädchenchandel.« Er grinste frech.

»Können Sie mir mal sagen, was das sollte heute Nacht«, Michi zischte den Paten der Russenmafia unfreundlich an. »Mussten Sie diesen Oleksander unbedingt töten. Er hätte der Polizei …«

»Gar nichts chätte er der Polizei sagen oder gäben können oder wollen. Sie chaben dieses Land nicht verstanden. Wie auch, an einem Tag. Jäden Tag politische Morde, Korruption, Knüppel gägen Opposition. Dann vergessen Sie nicht Ukraine oder Tscheschtenien. Und zum Schluss - der ganze Papierkram. Außerdem, die Chälfte der Polizei arbeitet für Kilkins Clan.«

»Und die andere Hälfte?« Michi stemmte die Hände in ihre Hüften.

»Die arbeitet für mich.« Barjakov winkte Fjodor zu sich. Dieser fasste in die Innentasche seines Jacketts und zog zwei deutsche Personalausweise heraus. »Mehr war in der kurzen Zeit nicht möglich.« Er übergab die Plastikkarten an Michi. »Offiziell bekommen wir die Mädchen nicht aus Russland. Wir schaffen Sie und die Kinder heute mit einem LKW nach Finnland. Mit diesen Ausweisen können Sie einfach von Helsinki nach Hause fliegen.«

Der kolossale Parkplatz ungefähr zwei Kilometer vor der russisch-finnischen Grenze war überschaubar belegt. Fjodor steuerte mit dem Geländewagen einen unscheinbar wirkenden Truck mit einer weinroten Zugmaschine und einem grauen Trailer an. »Konstantin ist Fjodors Bruder.« Barjakov stieg als erster aus dem Auto. »Der Truck hat einen doppelten Boden. In dem Verschlag kommen Sie problemlos über die Grenze. Die Finnen kontrollieren scharf, aber nur Sicherheit. Und dieser Truck chat fast keine Mängel.« Schelmisch lächelnd schaute er Michi in die Augen.

Samantha und Hannah hatten sich zwar einigermaßen von den Strapazen erholt, schauten aber ängstlich drein. Die Kleider, die Fjodor am Morgen noch besorgt hatte, passten knapp, ließen sie aber als harmlose Touristen durchgehen. Äußere Blessuren hatten sie nicht davongetragen. Dafür ganz sicher deutliche Narben auf ihren jungen Seelen. Die Mädchen wussten, dass das letzte Kapitel des Dramas noch nicht geschrieben war. Hannah lehnte sich an Michi. »Ich weiß nicht, ob ich das schaffe, Frau Cordes, wieder in so einen Verschlag zu kriechen.« Ihre Lippen zitterten. Michi ging vor ihr auf die Knie. »Ich weiß, dass ich viel von Euch verlange. Aber wir gehen da zu dritt rein. In ein paar Kilometern ist der Spuk vorbei – endgültig. Kann ich auf euch zählen?« Eher halbherzig nickten die Teenager.

»Ich weiß nicht, wie ich Ihnen danken soll, Piotr. Sie haben viel riskiert und viel investiert. Was ich jetzt mache, dürfen Sie niemals jemandem erzählen.« Während sie seine Hand hielt, gab sie dem Paten einen Kuss auf die Wange. »Was ist eigentlich mit Jurij? Haben Ihre Männer ihn noch gefunden?« Michi nahm die Mädchen bei den Händen.

»Er ist auf ein Schiff in Richtung Schwäden unterwägs. Wir chaben ihn im Blick. Ach übrigens. Den Kuss nehme ich gerne. Aber bedanken Sie sich nicht bei mir. Jean Baptiste bezahlt mich recht fürstlich für alles.« Barjakov drehte sich um und nahm wieder auf dem Rücksitz seines luxuriösen Geländewagens Platz. »Do swidanja, schöne Mikaela.«

64 Schlossgarten Schwetzingen, Samstag, 15. Juli, 12.00 Uhr

»Es tut mir sehr leid um Oleksander.« Silke reckte ihr Gesicht in die Sonne, die sich immer mal wieder zeigte, es an diesem Vormittag jedoch vorzog, weitgehend unbehelligt hinter den Wolken zu verharren. Die verspiegelte Sonnenbrille diente auch mehr der Verkleidung denn als Schutz. »Es konnte ja keiner ahnen, dass diese Cordes allen Ernstes undercover in Russland unterwegs ist.«

Die Führungen der Reisegruppen durch den Schlossgarten sorgten für einen regen Betrieb, das Wasserspiel des Arion-Brunnens, auf dessen Rand die beiden Frauen saßen, für Beschallung. »Warum hier, Frau Rothermel? Oder ist Ihnen Kilkin lieber?«

»Ach, Kindchen«, Anneliese zupfte den Rock ihres Kostüms zurecht, »das ist mir ehrlich gesagt sowas von egal. Wir werden uns nach heute sowieso nie wiedersehen. Zumindest wäre das besser für Ihre Lebenserwartung. Und sparen Sie sich Ihre Beileidsbekundungen. Wir beide wissen, Oleksander war ein Idiot. Er hat Sie geliebt. Wussten Sie das?«

Silke kicherte leise. »Er war leicht zu beeindrucken. Das habe ich schon gespürt, als wir uns online kennengelernt haben.«

»Leider«, seufzte Anneliese. »Ihr aberwitziger Plan hat um ein Haar unser ganzes Geschäft ruiniert. Warum in drei Teufels Namen so kompliziert. Ich könnte Oleksander dafür ohrfeigen, dass er Ihnen blindlings hinterhergelaufen ist, um Ihren Feldzug zu unterstützen. Er war schon als Kind ein Schwachkopf. Wo ist die Ware?«

»Nicht weit von hier.« Silke spielte mit dem Autoschlüssel

und antwortete kühl. »Zuerst das Geld, vier Millionen, wie vereinbart.«

»Ich habe Ihnen zwei Millionen überwiesen. Für den Rest müssen Sie mir noch einen kleinen Gefallen erweisen.«

Silke Sprengler nahm die Brille vom Gesicht und starrte ihr Gegenüber finster an. »Das war nicht vereinbart. Ich habe dafür gesorgt, das Transportunternehmen in die EU zu organisieren. Das habe ich getan. Werner Handlos hat bereits seine Männer am Start und organisiert die nächsten Lieferungen. Mein Job ist damit erledigt. Die Fehler bei dem Projekt haben Olek und dieser Jurij gemacht.« Silke checkte mit dem Handy den Stand ihres Kontos auf den Bermudas. Mit hochrotem Kopf ließ sie kurz die Dienstpistole unter ihrem weißen Sommerblouson aufblitzen.

»Was?« Anneliese lachte herzhaft. »Wollen Sie mich hier in aller Öffentlichkeit niederknallen?« Mit den Händen malte sie eine virtuelle Schlagzeile in den Himmel. »Abtrünnige Polizistin tötet liebenswerte Rentnerin im Schlossgarten!« Die elegant gekleidete Sechzigjährige blickte Silke böse an. »Hör mal zu, du kleine Schlampe. Was glaubst du eigentlich, mit wem du es hier zu tun hast?« Sie schnippte kurz mit dem rechten Finger in die Luft. Silke nahm die drei roten Laserpunkte auf dem Blouson sofort wahr. »Jetzt bitte den Autoschlüssel.« Silke händigte den Schlüssel wortlos und ohne weitere Verzögerung aus. »Siehst du, so entspannt kann es laufen. Und jetzt zu dem Gefallen. Du bläst dieser Cordes das Licht aus. Immerhin hat sie meinen Sohn auf dem Gewissen. Ich konnte Oleksander zwar nicht ausstehen, aber niemand vergreift sich an meiner Familie.«

»Und wenn ich das nicht mache?« Silke schaute ängstlich um sich.

»Dann, Püppchen, sorgen meine Begleiter dafür, dass du keine Gelegenheit haben wirst, auch nur einen Cent von dem Geld auszugeben, das du schon hast. Und wie ich die Jungs kenne, blasen die dir nicht einfach dein Licht aus. Die sorgen vorher dafür, dass – wie sagt man dazu im Rheinland so schön – in deinem Föttchen Kirmes ist!« Anneliese wandte sich ab und begann, langsam in Richtung Ausgang zu laufen. Ohne sich noch einmal umzudrehen, schickte sie hinterher: »Ach. Das Ganze bis morgen Abend. Als Beweis genügt mir eine Onlinemeldung der Tageszeitung.«

65 Revier Schwetzingen, Büro Hemmerich, Samstag, 15. Juli, 17.30 Uhr

Gerd Hemmerich, Staatsanwalt Erich Becker und Pressesprecher Walter Glatzl schüttelten im Gleichklang fassungslos ihre Köpfe. Das Video dauerte nur zwanzig Sekunden. Immer wieder ließ der Revierleiter es ablaufen, als hoffte er, der Inhalt würde sich irgendwann vielleicht verändern.

»Seit wann ist es online?« Der Staatsanwalt hockte wie ein begossener Pudel auf einem der Besucherstühle, neben ihm der Pressesprecher.

»Erst seit einer Stunde, aber es hat schon über dreihunderttausend Aufrufe. Die Kollegen sind dran, dass YouTube es vom Server nimmt. Mittlerweile sind aber auch in anderen Portalen Kopien aufgetaucht. PR-technisch ein Armageddon.« Walter Glatzl kraulte sich nachdenklich das Kinnbärtchen. »Die Presse läuft Amok.«

»Was sagen Sie den Schmierfinken? Hoffentlich nicht die Wahrheit.«

»Was erwarten Sie von uns, Herr Staatsanwalt? Alle, die das Video anklicken, sehen die Leiche, alle sehen das Einschussloch im Kopf und den Dienstausweis mit seinem Namen. Was bitteschön sollen wir noch leugnen?« Glatzl sprang erbost auf und stellte sich neben Hemmerich hinter seinen Stuhl.

»Haben wir diesen Nachwuchs-Wim-Wenders wenigstens schon ausfindig gemacht?« Becker knurrte ungehalten in sich hinein.

»Keine Chance, Erich«, meldete sich Hemmerich. »Da ist jemand deutlich schlauer als wir. Das Video ist nicht mit einem Handy aufgenommen worden. Und wenn doch, hat es keine Karte, oder es war nicht eingeloggt.«

»Aber die bei diesem Videotub, oder wie das Ding heißt, die müssen doch wissen, wer das Video online gestellt hat ...«

»... ja Erich, unsere IT ist auch nicht von gestern. Aber das braucht Zeit«, fiel der Revierleiter dem aufgebrachten Staatsanwalt ins Wort.

»Wahrscheinlich haben wir es hier aber mit einem Fake-Account zu tun. Sie haben wohl mein Klopfen nicht gehört. Sie wollten mich sprechen?« Strahlend, mit einer hautengen, verwaschenen Jeans und dem weißen Blouson darüber marschierte Silke Sprengler in Hemmerichs Büro. Mit der verspiegelten Sonnenbrille hatte sie die langen, blonden Haare wie mit einem Diadem mondän nach hinten gelegt.

Die drei Herren erstarrten zu Salzsäulen. Hemmerich fasste sich als erster ein Herz. »Schön, dass Sie kommen konnten, Frau Sprengler.« Er drehte den Laptop auf seinem Tisch um und bat die junge Kollegin, Platz zu nehmen.

»Das sieht aber voll amtlich aus hier. Habe ich etwas falsch gemacht?« Zaghaft setzte sich die Polizeimeisterin auf den Rand des Besucherstuhls.

»Nein, Sie haben gar nichts falsch gemacht.« Hemmerich wirkte verlegen. »Wir haben Sie wegen Ihres Vaters hergebeten. Wir drei waren damals in den Fall involviert, und niemand bedauert es mehr als wir, dass dieses fürchterliche Verbrechen nie aufgeklärt wurde. Bis heute, wie es scheint.«

Mit einer Mischung aus Hoffnung und Verzweiflung schaute Silke Sprengler in Hemmerichs Augen. »Was hat sich Neues ergeben? Mein Gott, das ist über zehn Jahre her. Sind neue Spuren aufgetaucht?«

»Ja, so ist es!« Erich Becker faltete bedeutend die Hände vor seinem Bauch. »Soweit ich weiß, waren Sie gestern im Team von Frau Heller bei der Durchsuchung des Ferienhauses von Herrn Kannengießer.« Silke nickte. »Das Projektil, das dabei in der Wand sichergestellt wurde, konnte per DNA-Abgleich Ihrem Vater zugeordnet werden.«

Die junge Polizistin brach in Tränen aus. »Dann war er damals undercover bei diesen Nazis?«

»Details dürfen wir Ihnen nicht erzählen. Sie wissen, Ihr Vater war Beamter des Staatsschutzes. Einsatzprotokolle unterliegen der Geheimhaltung.« Hemmerich fiel es sichtlich schwer, die junge Frau nicht vollends in die Vorgänge von vor einem Jahrzehnt einweihen zu können. »Ich kann Ihnen nur so viel sagen, dass Herr Leistritz mit einem aufwendigen Test die Tatwaffe identifizieren konnte.«

»Vielleicht ist es eine späte Genugtuung.« Erich Becker tätschelte fürsorglich Silkes Hand. »Aber nach der vorläufigen Festnahme von Herrn Kannengießer gestern ist heute endgültig Haftbefehl gegen ihn wegen des Verdachts des Mordes an Ihrem Vater ergangen. Als Betroffene sind Sie natürlich von allen Ermittlungen ausgeschlossen.«

»Sicher«, die Berührung von Becker war ihr unangenehm. Sie zog die Hand zu sich und stand auf. »War das alles?«

»Wenn Sie Zeit für sich und vor allem für Ihre Mutter brauchen – Sie leben doch in Ketsch mit ihr zusammen, soweit ich weiß – nehmen Sie sich so viel Sie brauchen.« Hemmerich zeigte sich väterlich.

»Danke, aber ich glaube, Arbeit ist das Beste für mich. Ich werde heute pünktlich zur Spätschicht antreten. Eine Frage noch. Der Richter verteilt unten an der Pforte Trauerflor an die Kollegen. Was ist da passiert? Jemand von uns?«

»Stefan Hirsch hat es erwischt. Der Leiter der OK in Mannheim. Eine üble Hinrichtung, hier in Schwetzingen. Wahrscheinlich einer seiner Informanten. Sie haben sich bei einer der Sitzungen der SOKO Heinemann gesehen«, erinnerte sich Walter Glatzl.

»Oh mein Gott, Stefan?«

»Kannten Sie sich näher?«

»Nicht wirklich. Nur durch die Arbeit. Wer leitet die Ermittlungen? Ich würde mich gerne kollegial einklinken.« Silke Sprengler machte einen gefestigten Eindruck.

»Die Kolleginnen Cordes und Heller.« Hemmerich begleitete die junge Polizistin zu seiner Bürotür.

»Ich dachte, Frau Cordes ist krank!« Silke wirkte überrascht.

»Sie hat sich heute Nachmittag überraschend diensttauglich gemeldet. War wohl nur eine vorübergehende Schwäche. Tatort ist das alte RAW. Wenn ich ehrlich bin, können wir dort jede Hilfe brauchen.«

66 RAW Schwetzingen,
Samstag, 15. Juli, 18.30 Uhr

Die Zahl der Schaulustigen schien exponentiell zuzunehmen, je länger das Video mit der Leiche Hirschs durch das Internet geisterte. Zum Leidwesen der Ermittler hatte der nekrophile Tourismus schon begonnen, bevor die erste Streife am alten Reichsbahnausbesserungswerk ihre Arbeit aufnehmen konnte. Hemmungslos waren Männer, Frauen und Kinder durch die alte Halle marschiert, hatten fotografiert, selbst gefilmt und sogar versucht, die Beamten davon abzuhalten, den grausigen Fund mit einem Schutzzelt vor den Augen der Aasgeier zu schützen.

Michi war todmüde. Jetzt noch eine Mordermittlung on Top, das war selbst für sie zu viel. Immer noch steckte ihr der Schreck der Grenzüberquerung von Russland nach Finnland in den Knochen. Obwohl Barjakov versichert hatte, der LKW, in dessen Boden sich die illegalen Grenzgänger verschanzt hatten, sei technisch einwandfrei, waren die finnischen Grenzbeamten nur schwer davon zu überzeugen gewesen. Eine geschlagene dreiviertel Stunde mussten Michi, Hannah und Samantha in dem Verschlag ausharren. Ohne sich zu bewegen, zu husten oder zu niesen.

Auch wenn sie unter Zeitdruck standen, nötigten sie Fjodors angeblichen Bruder Konstantin im finnischen Grenzort Vaalimaa eine Zwangspause ab. Atmen, trinken, aber vor allem eine Zigarette. Auch die Mädchen hatten fleißig mitgedampft. Michi hatte zu allerletzt jetzt noch Lust gehabt, erzieherisch aktiv zu werden.

Nur knapp hatte das Trio in Helsinki den Lufthansaflug nach Frankfurt erreicht. Die gefälschten Ausweise der Mädchen hatten allen Kontrollen standgehalten. Zu Gabys Leidwesen war Michi erst beim Auschecken in Frankfurt aufgefallen, dass sie ihr Handy komplett ausgeschaltet hatte. Mit dem Abhören der zum Bersten vollen Mailbox hatte sich die Hauptkommissarin erst gar nicht aufgehalten, sondern sich direkt der Flüche und Segnungen ihrer Kollegin ausgesetzt. Die Ankunft in Edigheim mündete erwartungsgemäß in ein Bad aus Tränen, Liebesbekundungen und zahllosen Versprechen der Halbwüchsigen, nie wieder abzuhauen und natürlich diesen rechten Vaterlandsheuchlern abzuschwören. Selbst Markus Ruck hatte nah am Wasser gebaut, als er seine Schwester weitgehend wohlbehalten in den Arm nahm und vor Erleichterung schier erdrückte. Überbordend war Charlys Freude. Mit seinem ganzen Gewicht warf er sich Michi in die Beine und brachte sie beinahe zu Fall.

Auch Johannes hatte sie endlich erreicht. Er war bereits auf dem Rückweg von Basel und wollte spätestens gegen zehn Uhr an diesem Abend in Mannheim ankommen. Mit dem Anhänger ginge es leider nicht schneller. Sie vermisste ihn. Nach einem kurzen Abstecher in die noch heimische Goethestraße zum Kleiderwechsel hatte sie sich zum Tatort aufgemacht. Der Gedanke an die Dachwohnung, die sie bis vor wenigen Tagen liebevoll renoviert hatte, ließ sie erschaudern. Michi packte nochmal den Koffer. In diesem Haus könnte sie nicht mehr bleiben.

»Hey, beste Freundin!« Mit einem breiten Grinsen knuffte Gaby ihre Kollegin von hinten an die Hüfte. Nach dem, was Michi für ihre Familie und vor allem Samantha getan hatte, wäre sie sich schofel vorgekommen, wenn sie sie jetzt alleine gelassen hätte. Sie nahm Michi auf die Seite und brachte sie auf den Ermittlungsstand in Sachen Kannengießer. »Buddhas Erkenntnisse haben mich auf die Idee gebracht, die kleine Sprengler mal etwas genauer unter die Lupe zu nehmen. Die hatte ein 1A-Abitur und eine Zusage der Polizeihochschule. Findest du es nicht komisch, dass sie trotzdem als Streifenhörnchen rumrennt?«

»Sie hat mir erzählt, dass sie einfach berufstätig sein wollte, nachdem ihr Vater im Dienst erschossen wurde. Worauf willst du hinaus?«

»Die steckt uns alle in die Tasche. Ja, schau' nicht so, auch dich. Die Sprengler ist in allem erstklassig. Die IT wollte sie schon haben, weil sie da richtig fit ist, und sogar das LKA hat versucht, sie anzuwerben, weil sie auch in Sachen Sprengstoff und Kampfmittelbeseitigung offenbar nur Bestnoten erreicht hat.« Gaby achtete darauf, dass ihnen niemand zuhörte.

»Bist du eifersüchtig auf den Nachwuchs? Ist doch klasse, wenn wir so qualifizierte Frauen in der Truppe haben. Die wird ihren Weg machen. Aber Kompliment, du warst fleißig. Schaffst du das nur, wenn ich ‚krank' bin?«

»Quatsch. Aber eben, als ich angekommen bin, habe ich gesehen, dass sie schon wieder draußen steht. Die hat gerade erfahren, wer ihren Vater umgebracht hat, und hier liegt ihr Lover vor uns im Dreck. Findest du das nicht komisch?«

Michi zuckte mit den Schultern. »Gaby, ich habe letzte Nacht zusammen mit einem Mafiapaten einen Entführer gejagt und einen Mädchenhändler niedergeschossen. Danach bin ich im Bodenverschlag eines LKW aus einem Land in ein anderes geflüchtet. Und das in nicht mal zwanzig Stunden. Und du erzählst mir etwas von komisch? Komm', lass' uns arbeiten. Ich will Feierabend machen.«

Die Zahl der Gaffer, die in die Halle aus dem frühen 20. Jahrhundert strömen wollten, schien nicht abzunehmen. Der Polizei war es wenigstens gelungen, den Ansturm aus dem Gebäude heraus auf die Zufahrtsstraße zu drängen. Angesichts der Leere wurde den Kommissarinnen schlagartig die desolate Spurenlage klar. Überall Fußspuren in der fingerdicken Schicht aus Staub und Zement, ausgetretene Kippen und sogar weggeworfene Kaffeebecher.

Der ebenfalls völlig übermüdete Buddha war innerhalb des Schutzzeltes noch mit der Leiche des Hauptkommissars beschäftigt. »Hebbt ihr des gsehe? Soviel konnsch net fresse, wie de kotze wilsch. Die Leit sinn so dabbisch.« Der Kriminaltechniker stand auf und nahm Michi in den Arm. »Die Gaby hot mir vazehlt, dass du in gehoimer Mission in Russland unnerwegs warsch. Schä, dass widder do bisch«, flüsterte er ihr geheimnisvoll ins Ohr.

»Danke, Buddha. Wie ich sehe, ein Schuss in die Stirn. Das hatten wir diese Woche schon einmal. Parallelen?«

Leistritz schüttelte den Kopf. »Net wirklisch. Die Kuggel steckt noch. Wie's aussieht, ä neun Millimeter. Hüls hänn mir noch net gfunne. Mitgenomme odder es is än Revolver. Känt alles soi. Glock, Ruger, Heckler… Uffällisch is de Oitrittswinkel. Wer de Hirsch erschosse hot, hot vermutlich vor ihm gsesse.«

»Bis du dir da sicher, Buddha?« Gaby drängte sich neben Michi.

»Näh! In Froog kumme a Yoda, s'Rumbelstielzsche oder de Zwärg aus ‚Game of Thrones'.« Der Kriminaltechniker verdrehte leicht genervt die Augen. »Nadierlisch bin isch mir sischer. Die exakt Höh kann isch do jetzt net feschtstelle, awwer de Schuss is vunn unne kumme.« Mit einem dünnen Plastikstab demonstrierte Buddha den Einschusswinkel, der fast parallel zum Nasenrücken des ermordeten Kollegen verlief. »De Dodeszeitpunkt vermutlisch vor finfzehn bis zwansisch Stund, also in de Nacht.«

»Ich weiß, die Idioten haben da draußen alles plattgetreten, aber gab es da irgendwelche auffälligen Spuren?« Michi bettelte um mehr Informationen.

»Die Kollege sischern grad die Schbure vunn äme Audo, vielleischd än Tronsporter. Unn dann hewwe mir noch des gfunne.« Buddha kramte sein Handy aus der Tasche und zeigte Michi und Gaby das Bild einer schmalen Reifenspur.

»Ein Fahrrad?«, fragte Gaby.

»Nur, wann mir vunn äme Dreirad schwätze. Mir hewwe drei idendische Schbure parallel. Muss nix hese, awwer vielleischd än Ohhänger …«

»… oder ein Rollstuhl?«

»Die Ermittlung is eier Sach. Die Audoschbure sinn jedefalls net vunn dem fette Benz, der draußße steht. Do is iwwerischens die Baddrie leer. Der hot wohl s'Lischd die gonz Nacht ogelosse. Vielleischt hänn awwer die Debbe do drauß rumgfummelt. Apropos. Es iss jo ä Wunner, dass die Idiote den arme Kerl net a noch durschsucht hänn. Do is dem Hirsch soi Handy. Fingerabdrick sinn gesischert unn, es iss entschperrt.« Etwas lieblos hob Buddha den rechten Daumen des Toten in die Höhe.

»Was treibst du dich nachts hier in Schwetzingen rum?« Michi murmelte vor sich hin, während sie die Anrufliste durchging. Fünfmal hatte Stefan Hirsch im Abstand von zehn Minuten dieselbe Nummer hintereinander versucht anzurufen, und das gestern Abend. Michi wurde stutzig.

»Was machst du?« Gaby sah ihre Vorgesetzte skeptisch an.

»Ich rufe jetzt diese Nummer an. Und zwar mit meinem Handy.« Michi tippte die Zahlen in ihr Smartphone.

Es läutete dreimal an, bis sich jemand meldete. »Sprengler! Hallo?«

67 Brauhaus Schwetzingen, Samstag, 15. Juli, 20.00 Uhr

Dass der Abend am alten Ausbesserungswerk mit drei Festnahmen enden würde, damit hatte wohl niemand gerechnet. Auf zwischen drei- bis vierhundert Störer war der Mob bis gegen sieben Uhr am Abend angewachsen. Während die meisten ihre Lust auf Tod und Verderben mit dümmlichem, aber friedlichem Starren befriedigten, hatte sich eine kleine Gruppe von Impertinenten selbst zu Bürgerjournalisten ernannt. Penetrant hatten sie Zugang zum Tatort gefordert und unter Hinweis auf die im Grundgesetz verankerte Pressefreiheit mit Beleidigungen der Polizei ihre Asozialität ausgelebt.

Der Erste, der es nicht bei Worten belassen wollte, schlug dem anrollenden Leichenwagen die Heckscheibe ein, zwei weitere fanden es angemessen, mit Steinen zu werfen. Zwanzig Minuten später hatte die Polizei die Situation befriedet. Wenn man den Einsatz von Tränengas so nennen mag.

Nur wenige hundert Meter von der spektakulären Szenerie entfernt zeigte sich Schwetzingen an diesem angenehmen Sommerabend von seiner schönsten Seite. Es war deutlich zu spüren, dass der Sommer Anlauf nehmen würde für die nächste Hitzewelle, die ab Sonntag erwartet wurde. Charly, der den Einsatz auf dem Rücksitz von Michis Auto verschlafen hatte, nutzte die ausgesucht gute Laune der Biergartenbesucher erfolgreich für eine Leckerlischnorrrunde. Soweit es die Leine eben zuließ.

»Du bist paranoid, Gaby. Ok, die Sprengler hatte was mit dem Hirsch. Aber die bringt den doch nicht um, nur, um mit ihm Schluss zu machen. Sie wollte sogar ihre Dienstwaffe abgeben für eine ballistische Untersuchung. Freiwillig.« Michi nippte nervös an ihrer Cola.

»Ich weiß nicht«, Gaby gönnte sich ein kleines Weizenbier, »ich traue dieser Tulpe nicht. Sie macht auf dumm wie drei Meter Feldweg, hat es aber faustdick hinter den Ohren, wenn du mich fragst. Wusstest du, dass ihr Vater vor zehn Jahren im selben Wildschweingehege abgelegt worden ist wie Heinemann? Aber zu einem anderen Thema. Was ist los mit diesem Johannes? Dir ist schon klar, dass die Kurznachrichten auf Hirschs Handy ihn eindeutig als Täter identifizieren. Und er ist Rollstuhlfahrer, was zu den Spuren passt, die Buddha gefunden hat. Das schreit förmlich nach einer Verstärkung von mindestens zehn Mann. Du bist doch sonst so für die Einhaltung der Regeln. Warum jetzt nicht? Und warum sind wir nicht längst unterwegs, um uns diesen Stadler vorzunehmen?«

Es war nicht zu überhören, wie sich ihre Chefin um eine plausible Antwort drückte. *‚Müssen wir immer mit Kanonen auf Spatzen schießen? Der Typ sitze im Rollstuhl. Wie gefährlich könne er schon werden? Er sei auch noch gar nicht zu Hause und außerdem gehe ich ja nicht alleine hin.'* Michis Ausflüchte waren vielfältig.

Gaby bestellte sich noch ein kleines Weizenbier. »Woher weißt du, dass Stadler nicht zu Hause ist?« Die Frage kam eher beiläufig. Irgendwo zwischen der Bestellung und dem Dankeschön an Salvatore, den freundlichen Kellner.

»Ich habe am Nachmittag mit ihm telefoniert. Er hat mir gesagt, dass er vor halb zehn, zehn nicht da sein wird.«

Gaby schürzte die Lippen, lehnte sich etwas über den Tisch und gaffte Michi leicht von unten an. »Du hast mit ihm telefoniert? Heute Nachmittag? Was läuft da? Wieso rufst du nach der Ankunft aus Russland deinen Informanten an? Deine Eltern, das könnte ich verstehen. Den Freund, wenn du einen hättest ...«

»... tu das nicht, Gaby«, Michi Cordes schaute demonstrativ auf die Seite.

»Was soll ich nicht? Hast du etwas am Laufen mit diesem Stadler? Echt jetzt?« Gaby klatschte sich mit der flachen Hand auf die Stirn. »Sag' mal, spinnst du? Hast du irgendwo ein Handbuch rumliegen mit dem Titel ,*Mörder daten! Anleitung für dämliche Blondinen!*' Oder gibt es da eine Website www.mordseier.de?«

»Er war es nicht. Johannes hat den Hirsch nicht erschossen. Er war doch gar nicht da!« Trotzig verschränkte Michi die Arme vor der Brust.

»Du warst nicht da, Michaela. Wo der Herr Stadler war, das kannst du gar nicht wissen. Egal, was er dir erzählt hat.« Gaby schüttelte ungläubig den Kopf und zog das zweite Damenweizen fast in einem Zug leer. »Ich lasse dich auf jeden Fall nicht alleine dahin. Damit das klar ist.«

»Ich habe dir doch gesagt, dass ich nicht alleine hinfahre. Aber du gehst jetzt nach Hause. Deine Familie braucht dich. Vor allem Samantha. Ihr solltet euch aussprechen. Morgen ist Sonntag. Macht was draus!«

Wirklich unrecht war Gaby die Aufforderung nicht. Sie nahm den letzten Schluck und rief Salvatore zu sich, um die Rechnung zu begleichen. »Wenn ich bis spätestens halb zehn nichts von dir gehört habe, schicke ich die Kavallerie. Wer begleitet dich?«

»Das werde dann wohl ich sein, Frau Oberkommissarin!« Silke Sprengler tänzelte mit einer bemerkenswerten Selbstverständlichkeit an den Tisch. »Guten Abend, die Damen. Frau Hauptkommissarin Cordes, ich soll Ihnen vom Richter ausrichten – klingt komisch, gell – er kommt direkt zum

Lagerhaus vom Stadler. 21.30 Uhr hatten Sie gesagt? Er hat noch was zu erledigen.«

»Guten Abend, Frau Sprengler.« Gaby war bemüht, sich die Missbilligung, die sie für die junge Kollegin empfand, nicht anmerken zu lassen. Selbst in der blauen Polizeiuniform zog dieses fleischgewordene Feindbild einer jeden Frau über dreißig alle Blicke auf sich. »Ich mache mich dann mal vom Acker.« Symbolisch signalisierte Gaby mit Mittel- und Zeigefinger ihrer linken Hand, dass sie Michi im Auge behalten würde.

68 JosenBikes, Mannheim, Samstag, 15. Juli, 21.30 Uhr

»Sie haben den Tod von Stefan Hirsch gut weggesteckt, Silke. Dafür, dass Sie mit ihm zusammen waren. Darf ich Silke sagen? Ich bin Michaela.« Ohne Hektik steuerte Michi ihren Mini über die Casterfeldstraße in Richtung Mannheim-Rheinau.

»Naja, so richtig zusammen waren wir ja gar nicht. Außerdem habe ich gestern mit ihm Schluss gemacht.« Silke Sprengler mimte die Beschämte. »Stefan hätte ja mein Vater sein können. Er hat mir Geschenke gemacht. Wir Mädchen mögen das doch.«

»Was hat er Ihnen denn geschenkt, Silke?« Michi begann, ihr auf den Zahn zu fühlen.

»Naja, das Übliche. Schmuck, Kleider ... Nächsten Monat wollte er mir ein Motorrad kaufen.«

»Etwa die schicke Ducati, die dieser Johannes Stadler in der Halle stehen hat? Sie waren mit Stefan Hirsch doch schon mal dort, oder?«

»Jetzt, wo Sie es erwähnen. Stimmt, Stefan war mit mir mal in so einer Klitsche. Da fahren wir hin? Witzig, wie klein die Welt ist.«

»Ja«, Michi begann, sich unwohl zu fühlen, »die Welt ist wirklich ein Dorf. Es geht mich ja nichts an, aber haben Sie gar nichts für Hirsch empfunden?« Auch Charly auf dem Rücksitz spürte die zunehmende Spannung vor sich, als Michi am Planetarium in Mannheim nach links in die Augustaanlage abbog.

»Am Anfang vielleicht«, die Polizeimeisterin kaute nervös auf ihren Fingernägeln herum. »Aber am Ende sind die Typen doch alle gleich. Versprechen einem das Blaue vom

Himmel herunter, damit sie an deine Muschi kommen, halten aber nix. Egal, ob sie Stefan heißen, Martin oder Olek.«

Charly knurrte gereizt, als sich die Stimme von Silke Sprengler hob. Michi wurde es heiß und kalt. Gaby hatte recht gehabt.

»Mein Gott, was bin ich doch für eine blöde Tussi. Verquatsche ich mich wirklich wegen Oleksander, diesem Schwachmaten.« Silke Sprengler brach in ein übertriebenes Gelächter aus und fasste sich mit der flachen Hand an die Stirn. »Sie sind gut, Michaela. Suggestivbefragung. Sie wissen aber schon, dass das verboten ist? Natürlich wissen Sie das.«

Michi versuchte, ruhig zu bleiben. »Sind wir in einem Verhörraum?« Sie zuckte, als sich der kurze Lauf der 9mm-Ruger unangenehm kalt in ihre rechte Hüfte drückte. »Hast du Stefan damit erschossen?« Im fahlen Licht der Straßenlaternen auf dem Kaiserring riskierte sie einen kurzen Blick nach rechts unten. »Clever. Das ist die LCR, oder? Schön kompakt und leise …«

»Quatsch keine Opern, Bitch!« Silke Sprengler bemühte sich nicht mehr um Höflichkeit. »Fahr einfach weiter. Unauffällig …«

»… erschießt du mich sonst?« Michi erhöhte die Geschwindigkeit und donnerte an der Kurpfalzbrücke vorbei. »Dann gehen wir beide drauf!«

»Mach langsamer, oder ich mach' den Köter zuerst alle!«

Charly schien zu verstehen. Er drückte sich flach auf den Rücksitz, winselte und vergrub seinen riesigen Schädel in den Vorderpfoten. Michi drosselte die Geschwindigkeit.

»Du scheust vor gar nichts zurück, Mädchen, oder? Tiere, Kinder. Willst du dich an mir wegen Oleksander rächen? Wusstest du, dass er mit Mädchen und jungen Frauen handelt?«

Die Sprengler lachte nur frech. »So schlau bist du also doch nicht. Dieser dämliche Kinderficker ist mir doch egal. Und jetzt hör' auf zu labern und fahr' weiter. Wir sind ja gleich da.«

»Und was ist mit Richter?« Michi hatte noch einen letzten Funken Hoffnung.

»Was soll mit dem Idioten sein? Der wird zu Hause sitzen, Pornos schauen und sich einen von der Palme wedeln.«

Mit vielen Herzchen und Smileys hatte Johannes per SMS mitgeteilt, dass er schon zwischen neun und halb zehn zu Hause sein würde.

Jos weißer Truck parkte direkt vor dem Rolltor. Das von ihm entwickelte Spezialbike stand noch festgezurrt auf dem Anhänger. Silke Sprengler kannte sich aus, zumindest wusste sie von der Kamera über der blauen Feuerschutztür. Den Revolver auf Michi gerichtet, verbarg sie sich geschickt, bis sie das kurze Summen des Türöffners hörte. Silke bemerkte nicht, wie Michi den Autoschlüssel auf den Boden fallen ließ, um die Tür zu blockieren.

Geschickt schlüpfte sie hinter Michi durch die Tür in das Halbdunkel der Halle. Die Waffe der Hauptkommissarin war mit Charly im Auto geblieben.

»Hey, Schatz, du hast gar nicht gesagt, dass du jemanden mitbringst.« Johannes entdeckte erst auf den zweiten Blick die Waffe in Silkes Hand. »Du bist doch die Freundin von Stefan. Was soll das? Warum fummelst du mit diesem Teil hier rum? Michi, was ist passiert?«

»Rüber, auf die Couch«, ohne Erklärung schickte Sprengler Michi zu dem verschlissenen Sofa. »Und du Krüppel rollst daneben. Zügig, wenn ich bitten darf.«

»Was wollen Sie von uns, Silke? Was haben wir Ihnen getan?«

»Jetzt versuchen wir es also damit, wieder etwas Distanz herstellen. Ganz nach Lehrbuch. Mit dem ‚Sie' willst du mich etwas wichtiger machen. Vergiss' es, ich habe dieselben Bücher gelesen. Von dir, Frau Hauptkommissarin, habe ich nur erwartet, dass du dieses miese Arschloch hier einbuchtest. Aber nein, du musst ihn ja ficken.« Sie richtete die Ruger auf Johannes. »Hm, Arschloch. Du hast keine Ahnung, wer ich bin.«

Ängstlich starrte Johannes abwechselnd zu Silke Sprengler und Michi.

»Weißt du noch, was du am 14. Februar 2007 gemacht hast? Erinnerst du dich noch an Günther, Arschloch?«

»Natürlich erinnere ich mich an Günther. Wie könnte ich ihn vergessen.« Johannes machte eine kurze Pause und sah Sprengler tief in die Augen. »Bist du Günthers Kleine? Bist du Silke?«

»Ja, genau. Ich bin Günthers Kleine.« Sie lachte bitter. »Und du bist einer der Mörder. Du hattest fast recht, Michaela. Ja, ich räche mich. Ich räche den Tod meines Vaters. Los, Johannes, erzähl deiner Freundin doch, wie ihr meinen Vater eiskalt abgeknallt habt.«

»Silke, ich habe mit dem Tod …«

»Du sollst es erzählen, Arschloch!« Silke Sprengler brüllte wie eine Berserkerin durch die Halle.

»Ok«, Johannes atmete schwer, »ich weiß ganz genau, was am 14. Februar 2007 passiert ist. Wir waren oben in Kannengießers Haus. Broddl und Heinemann waren schon da. Günther und ich sind dazugestoßen. Es gab Streit. Dein Vater und ich haben einen Waffendeal sabotiert. Hörst du, wir haben zusammengearbeitet.«

»Du Lügner. Gib' zu, du hast ihn abgeknallt!« Silke rannen die Tränen über das Gesicht, sie begann zu zittern.

»Nein, verdammt noch mal. Harry hat geschossen. Ich wollte dazwischen.« Jo machte eine Pause. »Dann hat Broddl auch eine Pistole gezogen. Ich wollte mich noch umdrehen, aber Broddl hat mich erwischt. Seit diesem Tag hocke ich in dem Scheißding hier. Verdammt, Mädchen, Günther und ich waren Freunde.«

»Silke«, Michi sprach ruhig, »schau' mich an.« Bebend gehorchte die junge Frau. »Du hast deine Rache bekommen. Harrycane kommt nie wieder aus dem Knast, Heinemann ist tot. Hast du ihn erschossen?« Silke nickte. »Und Martin Ries?«

»Das miese Schwein habe ich irgendwo in Albanien hochgehen lassen.« Die Stimme zitterte. Silkes Atmung hatte sich deutlich beschleunigt.

»Die Explosion im ‚Deutschen Eck'?«

Silke nickte. »Kannengießer sollte eigentlich drin sein. Eine Sprechstunde von seiner Nazi-Partei.«

»Und warum Stefan Hirsch?«

»Wir haben gesoffen und Gras geraucht. Da habe ich Idiotin ihm alles erzählt. Er hat versprochen dichtzuhalten, ich habe ihm aber kein Wort geglaubt. Außerdem war er das perfekte Opfer für den hier. Den Verdacht auf den Krüppel zu lenken, war leicht. Handynummern manipulieren, gefakte SMS verschicken ...«

»... hey, Silke, er hat es dir doch erklärt. Johannes war es nicht. Er hat versucht, deinen Vater zu beschützen.« Michi war zwischenzeitlich aufgestanden.

»Ich habe alle Akten von damals gelesen. Mindestens hundert Mal. Da stand nichts von einer Zusammenarbeit. Da stand nur, die Verdächtigen hätten sich gegenseitig beschuldigt. Kannengießer, Heinemann, Ries und Stadler. Deshalb hätte der Staatsanwalt keine Anklage erheben können.«

»Das stimmt.« Johannes hatte sich von dem ersten Schreck wieder erholt. »Zumindest zum Teil. Die Aktion ist komplett aus dem Ruder gelaufen. Geplant war, Harry, Didi und Broddl bei der Übernahme einer Waffenlieferung hochgehen zu lassen. Aber die Lieferanten haben Lunte gerochen, und dein Vater und ich sind aufgeflogen. Günther haben sie nach Ketsch gebracht. Ich konnte noch abhauen mit der Kugel im Rücken. Auf der Flucht ist mir das Ding ins Rückenmark gerutscht. Ich habe meinen LKA-Kontakt angerufen, und die haben dafür gesorgt, dass die Reste zusammengeflickt werden. Das alles steht nicht in den Akten. Die Herren beim LKA haben sich reingewaschen.«

»Ich glaube dir kein Wort, Arschloch …«

»Ich schon, Schlampe!« Gabys Schuss traf Silke von hinten in die rechte Schulter. Mit einem erstickten Schrei sank die junge Polizistin in sich zusammen, während Michi Johannes aus dem Rollstuhl mitriss, um sich gemeinsam mit ihm schützend auf den Boden zu werfen.

»Verdammt, Gaby, wie lange wolltest Du denn noch warten? Wahnsinnsschuss!«

»Ich war so fasziniert von dem Geständnis.« Grinsend stellte sich Gaby Heller neben die vor ihr liegende Silke Sprengler und kickte den Revolver außer Griffweite.

Sie beugte sich zu ihr hinunter und sah in ihr schmerzverzerrtes Gesicht. »Du hast Glück, dass ich so eine miese Schützin bin. Ich hatte deinen Kopf im Visier.« Mit einem ölverschmierten Handtuch aus der Werkstatt drückte Gaby die Wunde ab. »Gleich kommt jemand, um deinen armseligen Arsch zu retten. Apropos retten«, Gabys Stimme klang etwas mitleidig, »der Rücksitz in deinem Auto, Michi, braucht eine Not-OP. Charly ist fast schon im Kofferraum.«

Der siebte Tag

69 Waldpark, Mannheim-Niederfeld, Sonntag, 16. Juli, 15.00 Uhr

»Wir sind jetzt Geheimnisträgerinnen. Warst du schon mal Geheimnisträgerin?« Michi saugte kräftig an dem Joint und füllte ihre Lungen restlos mit dem Rauch. »Ist wirklich ein geiles Zeug.«

»Johannes ist nicht mehr sauer auf dich?« Gaby hatte den obersten Knopf ihrer Hot Pants geöffnet, um bequemer auf dem zum Rhein abfallenden Kiesufer hocken zu können. »Zumindest hat er dir diese megageilen Dinger gedreht.«

»Oh doch, er ist stinksauer. Er glaubt mir einfach nicht, dass das gestern ein perfekt geplanter Polizeieinsatz war.« Michi blies eine mächtige Wolke in die Luft. »Ich hätte das beinah verkackt. Danke fürs Leben retten, beste Freundin! Ich habe mir vorhin die Notreserve aus Johannes' Küchenschrank gekrallt.« Michi fummelte in ihrer Handtasche herum und zog grinsend eine kleine, luftdicht verschlossene Plastikdose heraus. »Du musst nicht sparen.« Die Nachmittagssonne schien den beiden Frauen warm ins Gesicht. Der Sommer zeigte sich wieder von seiner angenehmen Seite. Auch Charly genoss es. Munter plantschte er im seichten Wasser des Rheinufers.

Unvermittelt fing Gaby an zu kichern. »Doch! Ein Geheimnis hatte ich schon mal. Ich musste Samantha versprechen, dass ich Rüdiger nichts von ihrem ersten Kuss erzähle. Da war sie vier. Aber so Staatsgeheimnisträgerin, das war ich auch noch nicht. Das ist doch eine richtig feige Bande da oben. Oder?«

»Feige? Auch. Aber vor allem dumm. Das fällt denen irgendwann sowas von auf die Füße. Und wenn die zehn hohe Tiere vom Staatsschutz nach Mannheim einfliegen lassen. Die haben aus der NSU-Scheiße nix gelernt. Tarnen, täuschen, verheimlichen. Ein bisschen kann ich die Sprengler verstehen. Die hat echt alles versucht, um den Mord an ihrem Vater offiziell aufzuklären. Die ist total durchgedreht.« Michi legte sich rücklings in den Kies.

»Das ist ja jetzt auch die offizielle Lesart. Geistig gestörte Polizistin tötet im Blutrausch Verdächtige. Ist ja irgendwie auch richtig. Zehn Tote hat sie auf dem Gewissen, neun davon hat sie eigenhändig umgebracht. Hat sie dir erzählt, wie sie überhaupt an diesen Oleksander gekommen ist?«

»Saache Sie mol. Rauche Sie do Marihuana? Isch konn des riesche. Sie wisse, das des verbote is!« Der ältere Herr schaute entschlossen auf die beiden Kommissarinnen.

Michi zog nonchalant ihren Dienstausweis aus einer Außentasche ihres Frauenutensilientransporters. »Dies ist ein offizieller Polizeieinsatz. Bitte gehen Sie weiter, es gibt nichts zu sehen.«

Kopfschüttelnd zog der Alte ab, und Michi wandte sich wieder Gaby zu. »Klassische Internetbekanntschaft. Die Sprengler hat im Darkweb einen Killer gesucht. Oleksander hat sich gemeldet und ihr klargemacht, dass sie sich einen Serienkiller mit dem Gehalt nicht leisten kann. Da hat er ihr angeboten, sie bei der Beseitigung ihrer Zielgruppe anzuleiten und zu unterstützen. Im Gegenzug sollte sie Transportpersonal für die Drogen aus Weißrussland besorgen. So gab eins das andere. Sie hat sich an Broddl rangemacht, diesen Marco hat sie wohl auch gevögelt, Oleksander sowieso. Und der Hirsch war die Tür zu Johannes.«

»Jaja, wenn die Büchse mal rumgeht, werfen viele was ein«, Gaby stopfte den abgebrannten Rest des Joints zwischen zwei Kieselsteine.

Michis Handy meldete den Eingang einer SMS. »Gute

Nachrichten aus Ingelrein. Richter schreibt mir. Die Kollegen haben diese Rothermel festgenommen. Ich wette, die hat was mit den verschwunden Typen aus ihrem Dorf zu tun.«

»Ich glaube immer noch, dass diese Adina dahintersteckt. Wobei, bei den Weibern wäre ich vielleicht auch von zu Hause weggelaufen. Gibt es eigentlich was Neues von der Breitenstein?«

»Ja, hatte ich ganz vergessen, dir zu erzählen«, Michi zündete sich den zweiten Joint an und reichte Gaby ebenfalls eine Tüte. »Nachdem das LKA den Behörden in Weißrussland den Fund von viereinhalb Tonnen Kokain in Aussicht gestellt hat, ging offenbar alles sehr schnell. Sie ist schon unterwegs nach Deutschland. Meine Methode war aber deutlich schneller.« Michi sah ihre Kollegin süffisant an. »Wie geht es denn Samantha?«

Gaby verdrehte die Augen, während sie die Haschzigarette anfeuerte. »Was das Kind nicht umbringt, macht es eindeutig härter. Jetzt will sie zur AntiFa. Na wenigstens braucht sie dafür keine neuen Klamotten. Schwarz geht halt immer. Machen wir das jetzt eigentlich jedes Mal so?«

Michi drehte sich verdutzt zu Gaby. »Was meinst du?«

»Naja, ein oder zwei fette Tüten rauchen, wenn wir einen Fall gelöst haben.«

»Du willst das als Team mit mir echt durchziehen? Respekt, du bist härter, als ich dachte.« Michi heuchelte Bewunderung und legte sich wieder entspannt zurück. Charly warf sich daneben in die wärmende Sonne.

»Eines noch«, Gaby rollte sich auf die Seite, »weißt du, dass Buddha nicht nur Buddha ist, sondern dieser …«

»… ja, das wissen alle. Nur Buddha weiß nicht, dass es alle

wissen. Und das lassen wir auch so!«

»Sag' mal Michi …«

»Was denn noch?«

»Jetzt, wo wir beste Freundinnen sind, meinst du nicht, wir sollten die Büros zusammenlegen, die Schreibtische gegenüberstellen …«

»… komm morgen erstmal pünktlich zur Arbeit. Ich finde, wir sollten klein anfangen. Also nochmal!«

Einige Tage später

Karl Kalkbrenners handgeschriebener Brief war schon am Montag beim Polizeiposten in Ingelrein eingegangen. Den Poststempel vom Frankfurter Flughafen fanden Polizeikommissar Markus Ballreich und Polizeihauptmeister Norbert Klumpp angesichts des Absenders zunächst aufregender als den Inhalt. Wortreich und detailliert schilderte Karl in klarer, ruhiger Handschrift, wie er Arnold Mönchheimer, Kolja Becker und Rainer Meff das Lebenslicht ausgeblasen hatte. Die sterblichen Überreste fänden sich im Sickerloch in seinem Hof. Einbrechen müssten sie nicht, das Tor wäre offen, auch wenn es ein wenig klemme. Wenn sich die liebe Polizei auch die Mühe machen würde, ein bisschen tiefer in die Grube vorzudringen, würde sie dann auch den Anselm Grabinger finden. Auch wenn er schon vierzig Jahre tot sei, vielleicht interessiere sich ja noch jemand für den üblen Kerl. Die Anneliese habe der Grabinger angefasst, da habe er den Grabinger angefasst. Anneliese habe gesagt, er solle sich kümmern. Nicht mehr als eine Ohrfeige. Der Grabinger sei halt sehr ungeschickt gefallen. Auf einen Stein.

Fürderhin entschuldigte sich Karl für das Ableben von Herrn Rossi. Um den stolzen Hahn täte es ihm ehrlich leid, vor allem, weil der Mönchheimer die Warnung nicht verstanden habe. Immer wieder betonte Karl in dem elf Seiten langen Brief, dass Adina mit alledem nichts zu tun habe.

Erst als Buddha auf dem weggeworfenen Handy von Rainer Meff Kalkbrenners Fingerabdrücke fand, arrangierte sich auch Gaby mit der Möglichkeit, Adina Tchandé könnte unschuldig sein.

In der Sickergrube indes fand eine Sondereinheit der Polizei alles so, wie Karl es beschrieben hatte. Auch Rainer Meff.

Zwar in Teilen, aber laut Gerichtsmedizin ergab das grausige Puzzle ein Ganzes – wahrscheinlich.

Die liebe Polizei machte sich auch die Mühe, tiefer zu graben, und fand in vier Metern Tiefe, fast am Grund der Grube, Anselm Grabinger. Erstaunlich gut erhalten. Der örtliche Bestatter, ein gewisser Hermann Thaddäus König, meinte gar, gegen einen geringen Aufpreis ließe sich die leblose Hülle für eine Aufbahrung durchaus noch ansehnlich herrichten.

Michaela Cordes, Charly und Gaby Heller sind am Mittwoch nach den Ereignissen um die mörderischen Eier tatsächlich zusammengezogen. Also im Büro.

Privat läuft es zwischen Michi und Johannes blendend. Die Hauptkommissarin wohnt jetzt im Loft von Jo, dem Ex-Maulwurf. Die ungeliebte Wohnung im Dachgeschoss in der Goethestraße hat Michi verkauft. Den Erlös investiert sie in Johannes' barrierefreie Erfindungen.

Erfolgreich verlief auch die Transplantation eines Stücks von Buddhas Leber in die kleine Rebecca. Das Mädchen und ihr Bruder Vincent finden es übrigens ziemlich gut, zwei Papas zu haben. Samantha ist fast ein bisschen neidisch. Sie hat allerdings keine Zeit dafür. Ihr leidenschaftlicher Kampf gegen Rechtsradikale, Rassisten und Faschisten füllt sie völlig aus und hält die Familie zusammen. Hannah Ruck ist jetzt oft gern gesehener Gast im Hause Heller.

Hannah und Markus haben endlich auch ihren Vater Guido gemeinsam in der JVA besucht. Michi hatte das eingefädelt, und sie war auch mitgegangen. Die Liebe zu seinen beiden Kindern und die Reue über die unverzeihliche Tat hatten sie tief bewegt.

Für Bewegung hat Michi Cordes auch in Sachen Jean Baptiste Devier gesorgt. Vor allem dank der ausgezeichneten Kontakte von Gotthold von Breitenstein Aue war es ihr gelungen, den ungeliebten Ex-Geliebten wieder in den Hochsicherheitstrakt nach Stuttgart verlegen zu lassen. Es war ihr ein Bedürfnis gewesen, es Jean Baptiste persönlich mitzuteilen. Der sonst gelassene Serienmörder hatte überraschend ungehalten reagiert.

Piotr Barjakov hat etwa zwei Monate nach Michis bizarrer Flucht aus Russland über Finnland nach Hause bei ihr angerufen. Man hätte Jurij gefunden. Angeschwemmt an der Küste der finnischen Insel Kråkö, der Kräheninsel. Er sei vermutlich über Bord gegangen, was eventuell an den fünf Kugeln in seinem Rücken gelegen haben könnte.

Karl schreibt regelmäßig Briefe an Adina. Er hat jetzt Spanisch gelernt. Das Beste daran sei, dass er nicht mehr stottere. Karl hat sich ein Haus gekauft. Nur ein kleines. Aber er hat eine Haushälterin. Prächtig sei sie, die Candela. Und ein bisschen verliebt habe er sich in sie. Die anderen Männer im Dorf würden sie immer ärgern, weil sie so dick ist. Aber er beschütze sie. So wie er Adina beschützt hat.

DANKESWORTE

Ich möchte mich ganz herzlich bei den vielen Menschen und Institutionen für die Unterstützung bei der gut einjährigen Arbeit an diesem Roman bedanken. Mein besonderer Dank gilt:

- der Pressestelle des Polizeipräsidiums Mannheim,
- dem Landeskriminalamt Stuttgart,
- Bernhard Feuerstein, Pressesprecher der JVA Mannheim,
- Michael Brand von der Abteilung Cybercrime der Kriminaldirektion Heidelberg
- RAin Gabriela Etter-Withopf
- meinen Freunden Rosita und Wolfgang Scheidt für ihre stets offenen Ohren,
- meiner Frau Diana für ihre kreativ-kritische Begleitung
- meiner Lektorin Ingeborg Dosch für ihr wunderbare konstruktive Arbeit
- und vielen weiteren zahlreichen Unterstützerinnen und Unterstützern.

Glossar

[1] OK = Dezernat für Organisierte Kriminalität

[2] OFA: Operative Fallanalyseeinheit. Vergleichbar mit dem Profiling in den USA.

[3] Cochin = Sehr groß gewachsene Hühnerrasse, deren Ursprung in Vietnam liegt.

[4] Café Landes = Umgangssprache für die Justizvollzugsanstalt Mannheim.

[5] Die Walther P5 wird als Dienstpistole bei der Polizei Baden-Württemberg nicht mehr ausgegeben, ist aber noch im Einsatz.

[6] Ein Hangaround muss in der Hierarchie eines Motorradclubs von einem Mitglied (Member) vorgeschlagen werden. Das »Mädchen für alles« bewegt sich im Umfeld des Motorradclubs und tut, was ihm gesagt wird. Hält er ein bis zwei Jahre durch, kann er zum Prospect, also einem Anwärter auf eine Mitgliedschaft, aufsteigen.

[7] SBU = Sluschba bespeky Ukrajiny, Inlandsgeheimdienst der Ukraine und in der ehemaligen Sowjetrepublik Nachfolgeorganisation des KGB

[8] Lidocain – Einfach erhältliches, bekanntes Lokalanästhetikum. Wird gerne zum Strecken von Kokain verwendet, da es den Betäubungseffekt bei der Einnahme verstärkt und damit reineren Stoff vorgaukelt.

[9] Levamisol – Arzneimittel aus der Tiermedizin gegen Fadenwürmer. Wird seit Anfang der 2000er vor allem in den USA als Streckmittel verwendet. Im menschlichen Körper hat Levamisol eine verlängernde Wirkung, auch wenn die eigentliche Wirkung des Kokains nachlässt. Die Einnahme ist gefährlich. Sie kann auch zu einer lebensbedrohenden Bluterkrankung führen.

[10] Dreckbehle – Pfälzisch für ein sehr ungezogenes Mädchen

[11] AFIS = Automatisierte Fingerabdruck-Identifizierungs-System. In der Datenbank des Bundeskriminalamtes sind derzeit (Stand Anfang 2019) rund 5 Millionen Finger- und 2,2 Millionen Handabdrücke gespeichert.

[12] Geh nach Hause.

[13] secMail ist ein Mailservice-Provider, bei dem jedermann/frau eine anonymisierte E-Mailadresse anlegen kann, die eine überwachungsfreie Kommunikation gewährleistet.

[14] Piter = Einheimischer Spitzname für St. Petersburg

[15] Pikogramm = Ein Billionstel Gramm (Quelle: https://home.benecke.com/publications/wie-funktioniert-der-dna-abgleichpicture)

[16] Dobryy vecher = Guten Abend

[17] Privet Krasota = Hallo Schönheit

[18] Zhenshiny = Weiber

[19] Primorsky = Stadtbezirk in St. Petersburg

[20] Dyadya = Onkel

Klaus Maria Dechant

ist gelernter Journalist und Kaufmann. Sein Volontariat absolvierte er Ende der 1980er Jahre bei der Schwetzinger Zeitung und dem Mannheimer Morgen. Seine berufliche Laufbahn führte den Politikwissenschaftler 1992 erst als Redakteur nach Goslar und dann zum Süddeutschen Rundfunk (später SWR), wo er bis 2002 als Reporter und Moderator arbeitete. Als Journalismus-Coach war Dechant danach für alle namhaften deutschen PR-Institute und als PR- und Marketingberater für zahlreiche mittelständische Unternehmen und Konzerne tätig. Nach dem erfolgreichen Debut ‚MORDSLUST' erschien mit ‚MORDSEIER' nun bereits der zweite Kurpfalz-Krimi des in Mannheim geborenen Autoren.

WIE ALLES BEGANN …

Eigentlich hat Michi Cordes dienstfrei. Eigentlich sollte jetzt der Kollege Ackermann hier im Swingerclub vor der erdrosselten Frau stehen, der der Mörder die Scham zu einem bizarren Korsett zusammengenäht hat.

Und eigentlich müsste sich die junge Oberkommissarin jetzt nicht die schalen Witze ihres vorgesetzten Hauptkommissars anhören.

Also eigentlich dürfte sich Michis Leben heute nicht ändern. Eigentlich!

Aber diese Nacht ändert alles!

Erhältlich als Taschenbuch, eBook und Hörbuch.

www.early-bird-books.de